루카치를

읽는

밤

루카치를 읽는 밤

1판 1쇄 발행 2022년 6월 20일

지은이 조현 | 그린이 이내 | 펴낸이 윤혜준 | 편집장 구본근 | 디자인 오필민디자인
펴낸곳 도서출판 폭스코너 | 출판등록 제2015-000059호(2015년 3월 11일)
주소 서울시 마포구 월드컵북로 400 문화콘텐츠센터 5층 9호(우 03925)
전화 02-3291-3397 | 팩스 02-3291-3338 | 이메일 foxcorner15@naver.com
페이스북 www.facebook.com/foxcorner15 | 인스타그램 www.instagram.com/foxcorner15
종이 일문지업(주) | 인쇄·제본 수이북스

ⓒ조현, 2022   ISBN 979-11-87514-87-9 03810

루카치를
읽는
밤

조현 산문

마법의 가마솥에서 길어 올린
몸과 마음의 기억들

폭스코너

차례

프롤로그 9

1부 내 손이 카잘스의 손을 스칠 때

2부 루카치를 읽는 밤

3부 시간을 마음에 인화하는 법

프롤로그

어린 시절 난 마법의 선물이란 말을 좋아했다. 누군가에게 마법의 선물을 주려면, 우선 온갖 기괴한 재료를 섞어 푹푹 끓여낼 수 있는 딸기색 가마솥이 있어야 하겠지. 그리고 어디로 배달을 나갈지 목적지를 알려주는 수정구슬도 필요할 테고. 그렇게 해서 약을 짓고 목적지를 확인하면 난 멋들어진 깜장 망토를 두르고 고깔모자를 쓴 다음 마법 지팡이를 타고 하늘을 날아올라 마법의 약을 배달 나가는 거다. 와인이 엎질러진 색깔의 하늘이나 블루 벨벳이 내려앉은 것 같은 밤하늘을 휘휘 날아서 말이다.

어쩌면 글을 쓴다는 것은 자신이 가지고 있는 상흔을 진득하게 끓여내는 행위인지도 모른다. 그러니 글을 계속 쓰기 위해서는 솥단지에 넣어야 할 다른 재료들이 더 필요할지도 모른다. 이를테면 백 년 묵은 지네랑 말린 두더쥐, 오래된 박쥐 이빨이나 순금색으로 피어나는 매그놀리아 꽃잎 같은. 그건 어린 시절 직접 겪었으나 세월에 따라 자기 내부의 심해에 침전한 기억이거나 끝내 토로하기 망설여지는 은밀한 죄 같은 거다.

등단 이후 그런 기억들을 더듬어 이런저런 매체에 에세이로 적어냈던 글들을 묶어 낸다. 에세이로 요청을 받아 쓴 글들이긴 하지만, 사실은 소설로 쓰고 싶었던 기억들이기도 하고 실제로 일부 글은 그렇게 바꾼 것도 있다. 어쨌거나 쓰고 난 후 상당한 시간이 흘러 생경한 구석이 있는 글이기에 더 이상 마녀를 믿지 않는 내가 뒤늦게 가마솥에서 뭔가를 꺼내는 기분이 든다. 그렇긴 하지만, 쓸 당시에는 진심이었으리라 믿어 본다.

1부

**내 손이 카잘스의
손을 스칠 때**

그리운
사차원 서재

내가 '서재'라는 낱말을 처음 들은 것은 초등학교 저학년 때쯤이었다. 유년기를 보냈던 고향에는 대나무가 지천이었지만, 그런 대숲을 떠나 서울로 올라온 나는 심한 전라도 사투리로 아이들의 놀림을 받곤 하였다. 그래서 아이들과 어울리기보다는 자연스레 혼자서 책 읽는 것을 좋아하게 되었다. 책장을 넘길 때면 싸락싸락 하고 내가 좋아하던 대숲의 소리가 났기 때문이다.

하지만 교실 뒤편 학급문고에 꽂힌 책들은 금방 동이 났고 책이 아쉬웠던 나는 쉬는 시간이면 다른 교실의 책까지 빌려와 읽곤 하였다. 이윽고 새 학기가 시작되어 나는 새로운 짝을 만났는데, 그 애는 그런 나를 눈여겨보았는지 어느 날 자신의 집에는 '서재'라는 게 있는데 한번 놀러오지 않겠냔 말을 꺼냈다. 나는 아직도 남아 있는 사투리 억양을 섞어 '서재'라는 게 무엇이냐고 되물었던 것 같다. 그 친구는 곱게 웃으며 서재란 책만 있는 방이라고 대답했던 것 같다.

그때 난 이해할 수 없었다. 책만 가득 담겨 있는 방이라니? 시골에서 상경해 낯선 도시에서 새로운 생활 터전을 잡으려는 부모님을 둔 나에게, '서재' 혹은 '책만 가득 담겨 있는 방'이라는 것은 도저히 이해 불가한 낱말이었다. 어려운 집안 살림살이에 겨우 스무 권 남짓의 동화책을 올려둔 앉은뱅이책상을 가진 나에게 '서재'라는 낱말은 19세기 에스키모들이 고비사막이나 사바나 초원에 대해 생각하는 것만큼이나 난해한 일이었다. 어쨌든 그 주 토요일에 친구의 집에 가볼 수 있게 되었다.

오랜 시간이 흘렀지만, 내가 그 친구 집에 가본 그날이 지금도 생각난다. 멋진 조경수를 심어둔 친구네 집 정원—사실 '정원'이란 말도 그때 처음 들었다—, 2층 양옥집의 오렌지빛 기와, 나풀거리는 거실의 커튼, 밝은 진홍빛의 소파, 깊은 검은색의 피아노까지. 그리고 무엇보다도 2층 서재로 올라가는 계단. 나무로 된 계단은 얼마나 잘 닦여 있는지, 나는 광택으로 빛나는 계단을 오를 때 미끄러질까 봐 가슴을 졸여야 했다. 그리고 드디어 서재의 문을 열자 잠시 지상에 하강한 듯한 천국의 풍경….

아버지가 의사였다고 했던가. 그 친구네 집의 서재는 정말로 서재다웠다. 즉 책들의 천국이었다. 기다란 방에는 모두 합쳐서 열 개가 넘는 책장이 나란히 서 있었고 각각의 서가는 보조 의자를 딛고 올라서야 맨 위 칸의 책을 꺼낼 수 있을 만큼 높았다. 그리고 서가의 낮은 칸에는 금박과 은박으로 된 온갖 종류의 동화 전집이 꽂혀 있었다. 난 굶주리다가 설탕과 빵과 케이크로 만들어진 집에 들어선 헨젤과 그레텔처럼 마호가니로 만든 책상에 앉아 미친 듯이 그 동화책들을 펼쳐보았던 것 같다.

그 친구네 서재는 나에게는 천국 그 자체였고, 나는 그 서가에서 맘껏 책을 꺼내 읽을 수 있는 토요일이 되기만 기다렸다. 내 짝으로 말하자면 책을 그다지 좋아하지 않아서 거의 대부분 꺼내보지도 않는 동화책이라고 했다. 나는 지금도 그 책들을 펼칠 때의 냄새를 기억한다. 그건 뽀송뽀송하게 마른 잉크에 엷은 오렌지 향이 뒤섞인 냄새였다. 그것은 책을 펼치는 순간 호기심에 찬 한 아이를 오즈의 나라로 데려가는 사차원의 냄새였던 것이다.

난 그런 서재를 가진 그 애가 정말로 부러웠다. 어쩌면 그것은 질투였을 것이다. 왜냐하면 오랜 시간을 보내고서도 어린 시절의 그 서재를 생각하면 책들이 가득 찬 서가로 암갈색의 빛깔이 쓸쓸하게 젖어오는 저녁나절이 떠오르기 때문이다.

그 친구네 집에서는 책을 빌려주지 않았다. 토요일 같은 주말에 놀러와서 그 애와 같이 책을 읽는 것은 뭐라 하지 않았지만, 두 가지 암묵적인 규칙이 있었다. 첫째, 저녁 먹을 시간 전에는 돌아가야 한다는 것. 둘째, 책은 절대로 빌려주지 않는다는 것. 그래서 나는 토요일 오후가 되면 이상하고도 쓸쓸한 기분에 젖어 친구네 서재를 나서야 했다. 그리고 나에게 친근하던 그 친구에 대해 몹시도 기묘한 감정을 느껴야 했다. 그건 참으로 이상한 감정이었다. 친구네 집 서재를 나서서 집으로 돌아가는 길에 생각해보면 내가 그 애한테 느끼는 감정은 무조건 좋기만 한 기쁨도 아니고, 그렇다고 온전한 슬픔도 아니었다.

그 애가 치던 명랑한 피아노 소리, 궁전처럼 너른 마당, 혹은 우아한 옷차림이 부러웠을까? 아마도 그랬을 것이다. 하지만 내가 가장 샘났던 것은 무엇보다도 색색의 책들이 꽂힌 서재였을 것이다. 그건 언젠가 그 애의 어머니께서 주셨던 달콤하면서도 떫은 오미자차의 맛과 같았다. 그리고 먼 훗날에서야 그 감정이 시샘이라는 것을 알게 되었다.

아무튼 그 후로 난 전학을 하면서 지금은 이름도 까먹은 그 애와 헤어졌지만, 여전히 난 책을 좋아하게 되었다. 그리고 그때 들은 '서재'라는 낱말은 오래도록 내 마음에 남아, 초등학교 고학년 때는 장래희망란에 '서재'라고 써서 선생님들을 당황스럽게 만들기도 하였다.

그런 어린 시절을 보내서인지, 사회생활을 하면서 어느 정도 경제적인 여유를 찾은 지금에도 다른 건 몰라도 책 모으는 것에는 유달리 집착하는 편이다. 물론 이사라도 할라치면 제일 먼저 서재로 쓸 방을 보아두는 것은 당연한 일이고, 이삿짐 중에서 가장 먼저 정리해야 하는 것도 서가와 책들이었다. 물론 용돈 중 가장 지출이 많은 것도 책 구입비가 되겠다.

책에 대한 욕심은 내가 생각해도 정도가 지나쳐서 뻔히 읽지도 않을 걸 알면서 어떤 작가에 대한 컬렉션을 완성하기 위하여 사는 경우도 있다. 물론 번역자가 다르다는 이유로 같은 외국 소설을 재구입하는 것은 너무나 흔한 일이기도 하다. 이렇게 해서 완성시켜나가는 서재에 있을 때 나는 세상에서 가장 행복하다. 이를테면 바캉스 시즌에도 내게 가장 행복한 장소는 스티븐 킹이나 보르헤스를 다시 읽는 나의 서재이다.

이런 인생의 패턴이 나머지 가족들에게는 커다란 불만의 대상이라는 것은 잘 알고 있다. 하지만 도박이나 음주에 미치는 것보다는 책에 미치는 것이 훨씬 더 낫다고 합리화하고 있긴 하다. 왜냐하면 아직도 책은 펼치는 순간 엷은 오렌지 향을 풍기며 다른 방법으로는 도저히 가볼 수 없는 사차원의 세계로 나를 이끌어주기 때문이다.

그것은 삼엽충이 유유히 헤엄치는 캄브리아기의 깊은 바다이기도 하며, 창궐하던 페스트에도 불구하고 야심만만하게 막 활동을 시작하던 신인 작가 셰익스피어의 16세기 런던이기도 하고, 다시는 돌아갈 수 없는 내 유년기의 대숲이기도 하며, 인간이라곤 하나도 없는 센타우루스자리의 한 행성에서의 아침이기도 하다.

이 모든 신비로운 세계는 나의 집에 있다. 그리고 내가 서재의 문을 여는 순간, 서재는 그 사차원의 세계를 나에게 보여준다. 시인 기형도는 언젠가 〈질투는 나의 힘〉이라는 시를 썼다. 나에겐 서재라는 낱말이 그렇다. 그리고 문득 옛날의 그 서재에 다시 한 번 가보고 싶은 마음이 든다.

꿈을 실현하는 완벽한 매뉴얼

어렸을 적 우리 집에 아직 차가 없었던 시절, 자가용 뒷좌석 선반을 예쁜 물건으로 장식하고 다니는 사람들이 부러웠다. 그래서 나도 어른이 되어 자동차를 몰고 다니게 되면 멋진 바구니에 샛노란 모과를, 그것도 세 개 이상 담아둬야지 하고 생각했다. 그러나 지금은 운전하는 것 자체가 심드렁한 일이 되었다. '달고나'나 '뽑기'도 생각난다. 어른이 되면 아예 뽑기 도구를 사서 맨날 집에서 만들어 먹어야지 하고 굳게 결심했던 일도 있다. 드디어 재작년 대형마트에서 '추억의 뽑기 세트'를 사서 두어 번 만들어 먹은 일이 있었으나 그 뒤 국자와 함께 하트, 별 모양의 뽑기 도구는 싱크대 밑 어딘가에 처박혀 있다.

아마도 간절함의 유효기간이 지나서일 텐데, 대신 다른 바람이 생긴다. 해마다 쓸쓸한 가을이 오면 나도 쇼팽의 한 소절 정도는 직접 치고 싶어 피아노를 배워보고 싶기도 하고, 번화가 쇼윈도를 장식한 예쁜 코발트블루를 보게 되면 나중에 그리스의 에게해에 가서 파란색 색종이로 비행기를 접어 바다로 날려봐야지 하는 생각도 한다. 뭐든 곱게 탄 재를 보면, 거기서 연상이 되어 나중에 달에 가게 되면 월면의 고운 흙에 고무신으로 예쁜 발자국을 찍어봐야지 하는 SF적인 꿈도 꾼다. 죽기 전에 월면을 밟아본다는 것이 가능할지 모르겠다. 휴가철 패키지상품처럼 월면 관광에 나서는 것은 지금으로서는 회의적이지만, 어떤 건 노력 여하에 따라 상당한 가능성이 있는 것도 있다.

이를테면 둘 곳 없는 이런저런 책들을 보게 되면, 나중에 별장 삼아 농가 주택을 구입해 방 하나를 서재로 만들어야지 하는 바람이 생기는데, 이런 건 적당한 의지와 돈만 있으면 가능하다. 물론 여기서 적당하다는 것은 월면 관광에 소요되는 천문학적인 금액에 비해 상대적으로 그 조달이 현실적으로 가능한 범위 내에 있다는 뜻이다.

그러나 이런 것들과 달리 꽤 오랫동안 마음속에 응어리진 꿈도 있는데 그중 하나가 글을 쓰는 것이었다. "상상력은 환상적인 감정에 의해서 작은 사물을 확대하여 우리의 혼을 가 득 차게 만든다"고 파스칼은 《팡세》에서 말했다. 이런 잠언에 영향을 받아서였을까, 글을 써보고자 하는 욕구, 그것 역시 내 가 사춘기 시절부터 오래 내밀히 소망하던 간절한 꿈의 하나 였다.

그래서 대학 입학 후에는 문학동아리에 들어 시와 소설을 끄적거리곤 하였다. 그러나 민주화 항쟁의 열기가 채 가시지 않은 그 시절, 내가 쓴 SF적 분위기의 시나 무협적 코드의 소 설 습작품들은 의식 있는 선배들의 지탄을 받았다. 그 당시는 이른바 리얼리즘의 시대였기 때문이다. 하긴 파스칼은 상상 력은 우리의 혼을 가득 차게 만든다고 했지만, 이 프랑스 철 학자는 변덕스럽게도 몇 문장 건너뛰어서 플리니우스의 이런 구절을 인용하기도 하였다. "자신의 상상력에 의해 지배를 받 는 인간처럼 불행한 자가 또 있을까?" 그리고 나 역시 어느 순 간부터 더 이상 글을 쓰지 않게 되었고 그 상태로 사회생활을 시작하여 어느덧 삼십 대 후반이 되었다. 습작을 하던 그 시절 로부터 거의 이십 년의 세월이 흐르게 되었던 것이다.

그렇게 착실한 샐러리맨이 된 내가 다시금 소설이란 걸 진 지하게 생각하게 된 계기는 MBC 드라마 〈메리대구 공방전〉

이란 드라마를 보면서부터였다. 김인영 극본의 이 드라마에서 주인공 강대구는 무협소설을 쓰는 찌질한 작가로, 그리고 그의 여자친구 황메리 또한 번번이 오디션에 떨어지는 뮤지컬 배우 지망생으로 나온다. 주인공들은 당시 유행어에 따르면 이른바 '88만 원 세대'였는데 지금으로 말하자면 N포 세대로, 난 이런 캐릭터가 정말로 맘에 들었다. 원체 무협소설을 좋아하거니와, 보통의 이웃들이 납득하지 못하는 꿈일지라도 그러한 불씨 하나를 품고 인생을 살아가려는 강대구와 황메리의 캐릭터가 마음에 와 닿았기 때문이었다. 그리고 어느 날, 나는 이 드라마에서 드디어 다음과 같은 대사를 맞닥뜨리게 되었다.

메리 : 당신도 무협소설을 씁니까?

대구 : 그럼요. 한 페이지를 나갈지언정 매일 쓰죠. 하루도 안 거르고.

메리 : 내주겠단 출판사는 있어요?

대구 : 없지요.

메리 : 그런데 매일 쓴다고?

대구 : 언제 무대에 설지도 모르면서 매일 연습하는 댁이 나 매한가지 아닙니까.

이 드라마가 방영된 것은 2007년 늦봄에서 초여름 사이이고, 아마도 이때 비로소 나는 처음으로 내 안에 담겨 있을 불씨 하나에 온기를 지펴보고자 했는지도 모른다. 앞에서 인용한 대사가 방영된 어느 날 밤에 말이다. 그렇다. 내주겠다는 출판사는 없을지라도, 내가 좋아하는 것이면 하루에 한 페이지씩이라도 뭔가 글을 써보자 하는 그런 결심을 말이다. 직장 생활에 쫓기니까, 혹은 시간이나 재능이 없으니까, 이런 생각은 모두 변명에 불과하다는 어떤 상념이 번개처럼 나를 내리쳤던 것이다. 그렇다. 하루에 한 장의 원고를 쓰면 나중에 만장도 쓸 수 있다. 그리고 나는 그 결심대로 하루에 한 장씩 썼다. 그리고 나는 그해 겨울 신춘문예로 등단했다.

결심하고 첫발을 내딛기. 대체로 인생에서 꿈을 이루는 방법은 이렇게 간단하다. 다만, 필요한 것은 자신의 가슴속에 지글거리며 달아오르는 숯불을 오래 간직하는 법이다. 하지만 그조차도 맨 처음에는 망설이듯 불씨 하나를 옮기는 것에서 시작되는 법이다. 마치 새로운 계절이 먼 우주에서 달려오는 듯한 어떤 시 한 편을 읽으며 시작되듯이 말이다. 그리고 내가 존경하는 스티븐 킹은 《유혹하는 글쓰기》에서 이렇게 말했다. "빼어난 스토리와 빼어난 문장력에 매료되는 것은—압도

되는 것은—모든 작가들의 성장 과정이다. 한 번쯤 남의 글을 읽고 매료되어 보지 못한 작가는 자기 글로 남들을 매료시킬 수 없기 때문이다."

누구나 생에 한 번쯤은 강렬하게 무언가에 매료된 적이 있을 것이다. 나에게 그것은 내 영혼을 잠식하는 다른 사람의 글이었다. 이를테면 나에게 그 글은 J. D. 샐린저와 호르헤 루이스 보르헤스였고, 아서 C. 클라크와 김용이었다. 아마도 다른 사람은 다른 것에 매료되었던 적이 있을 것이다. 중요한 것은 누구나 자신의 내밀한 꿈은 그 자신이 진정으로 매료된 것에 닿아 있다는 것이고, 그리고 거기서 자신의 재능이 온전히 발현될 수 있다는 사실이다. 그러므로 문제는 자신이 매료된 것을 찾아내는 것, 그리고 그것에 불씨를 당겨 자신의 영혼에 달아오르는 숯불로 오래 품도록 만드는 것. 만약 《꿈을 실현하는 완벽한 매뉴얼》이란 책이 있다면 이 두 가지가 그 안에 담긴 모든 것이리라.

삶은 왕복 없는
편도 여행

　세상의 모든 역은 저마다 미지를 품고 있다. 그리고 기차가 정차할 때마다 인연이 닿는 승객들에게는 온전히 자신의 꿈을 드러내줄 것이다. 그렇게 믿었기에 난 항상 기차를 동경했다. 특히나 어린 시절 나의 마음을 사로잡았던 기차는 '은하철도 999'였다. 영원히 살 수 있는 기계 몸을 찾아 그 만화영화의 주인공은 은하철도를 타고 우주의 끝까지 달려간다. 그리고 중간중간 기착하는 행성들에서 많은 생명과 마주치며 이 우주에서 생을 살아간다는 것의 의미를 하나씩 배우게 된다.

　"바르고 강하게 산다는 것. 그것은 자신 안에서 은하계를 의식하고 그에 따라 나아가는 것이다. 우리에게 필요한 것은 은하계를 포용하는 투명한 의지, 그리고 거대한 힘과 정열이다."

이 만화영화의 원작자인 미야자와 겐지는 자신의 고단한 인생 역경 속에서도 끝내 인간에 대한 희망을 잃지 않고 이렇게 쓰고 있다.

그리고 일본의 이 동화작가의 낙관주의는 인생의 다함 없는 슬픔 속에서 피어났기에 오늘날에도 여전히 유효하여 바다 건너 우리 한국인의 심성에도 뭉클하게 젖어온다. 나는 한여름 밤이 되면 하늘을 올려다보며 한 세기 전 순박한 이상주의자가 바라본 그 무한한 시공을 생각한다.

〈은하철도 999〉는 생명이라면 필연으로 짊어져야 할 슬픔과 부딪치면서, 그럼에도 불구하고 존재가 추구해야 할 참다운 행복의 의미를 찾아가는 일종의 성장 드라마라고 할 수 있다. 사실 대체로 어린 시절의 반짝이는 꿈들은 성년이 되면서 현실의 벽에 부딪혀 점차 희미해지고 누추해지는 것이다. 그러므로 지금도 여름이면 밤하늘의 은하수를 올려다보며 어린 시절의 은하철도를 떠올리는 것은 저 멀리 어느 별엔가 있을 나의 꿈을 찾아 오늘도 떠나고 싶기 때문일 것이다.

생각해보면 우리의 삶이란 기차를 타고 미지의 내일을 맞닥뜨리는 편도 여행이다. 우리는 이 여행을 통해 수많은 사람

과 새롭게 만나고 또 헤어지면서 인생을 배운다. 내 인생의 의미가 소중하기에 다른 사람의 여행 역시 애틋하다. 그렇게 타인의 꿈을 배울 수 있다는 것, 그것이 인생의 본질이다. 지금도 밤하늘을 올려다보면 은하철도의 궤적이 은하수를 따라 보일 것만 같다. 그런 밤이면 나는 언젠가 이런 인사로 끝나는 글을 쓰고 싶은 것이다.

'안녕, 은하철도 999. 고마워요, 미야자와 겐지!'●

● 비슷한 인사로 끝을 맺는 소설 〈새드엔딩에 안녕을〉을 《문학동네》 2014년 가을호에 발표했고, 2018년 단편집 《새드엔딩에 안녕을》으로 묶어 냈다.

릴르의
시절

오래전, 학교 수업이 끝나면 아이들이 집으로 바로 가지 않고 운동장에 모여 놀던 시절이 있었다. 현관문에 다는 안전고리나 전자식 도어락은 먼 미래의 일이고, '스쿨존'이나 '학교지킴이'란 말도 없었던 시절의 이야기다. 골목길에서 낯선 사람이 길을 물으면 친절하게 알려주고 그에게 짐이라도 있을라치면 함께 들어주는 게 아이들에게도 미덕인 시절이기도 했다. 물론 방과 후 연이어 다녀야 할 학원도 없었기에 아이들은 서녘으로 해가 질 때까지 자주 운동장에 옹기종기 모여 놀았다. 그때 큐브 모양의 철 구조물을 '정글짐'이라고 불렀는데 사다리를 세워놓은 철 구조물에는 달리 이름이 없었다. 물론 '정글짐'처럼 외국에서 건너온 이름이 있었을지도 모르지만 우리는 알지 못했다. 이름을 몰라봤자 아주 작은 불편이었다.

그러다가 내가 별생각 없이 붙인 게 '릁르'라는 이름이었다. 운동장 철봉에 발을 걸고 거꾸로 매달려 철 사다리를 가만히 보고 있는데 '릁르'라는 글자가 보인 것이다. 그건 이를테면 나만의 국어사전이었는데 난 그 말을 친구들에게 사용했다. 달리 불러야 할 이름이 없었으므로 내가 붙인 이름은 친구들 사이에서 대단한 인기를 끌었다, 라고 기억을 미화하고 싶지만 사실 그 정도는 아니고 작은 호응 정도는 얻었다. 이를테면 친구들은 "수업 끝나면 릁르에서 보자"라고 약속을 하거나 혹은 "릁르 밑에서 오십 원짜리 동전을 주웠어"라는 화법으로 말하곤 했다.

그 후로 세월이 흐르고 많은 말들이 생겨났다. '제3의 물결'이나 '시티폰'이란 말이 생겨났다 사라지고 'IMF'라는 세 글자 알파벳이나 '오 필승 코리아'라는 구호에 온 국민이 함께 울고 웃기도 했다. 그리고 더 세월이 흘러 '스마트폰'이 일상화된 어느 날, 그렇게 함께 놀던 동창에게서 오랜만에 연락이 왔다. "야, 그동안 잘 있었니?" 마지막으로 동창회에 나간 게 2002년 한일 월드컵 때였으니 이게 얼마 만의 연락인지. 의례적인 안부와 몇 가지 추억을 들춘 끝에, 이제는 한 아이의 학

부모가 된 여자애는 진정한 용건을 꺼냈다. "사실은 내가 아무개 보험회사에 다니는데 보험 하나만 들어줘라." 동창 애는 빙빙 돌려 말을 했지만 요약하자면 이런 얘기였다. 나는 그 말을 듣는 순간 '그럼 그렇지'라고 가볍게 실망했다. 오랜만에 떠오른 어린 시절의 아기자기한 추억이 금전 거래의 대상이 되면서 아쉽게 엎질러지는 느낌이라고나 할까.

예전에 나는 그 친구와 '를르'에 발을 걸고 머리는 땅 쪽으로 거꾸로 매달린 채 누가 더 오래 버티나 내기를 한 적이 있었다. 그것은 또 다른 친구의 강아지 때문이었을 것이다. 새끼를 여러 마리 낳았다며 모두 주위에 나눠주고 이제 딱 하나 남았다는 강아지를 얻기 위해 우리는 꽤 심각한 내기를 한 것이다. 그렇지만 결국 누가 이겼는지, 그리고 그 강아지는 어떻게 됐는지는 잘 모르겠다. 아마도 그 애가 이겼을 거다. 초등학교 시절, 털이 너무도 하얘서 친구들이 '눈토끼'라고 부르던 친구네 반려견이 낳은 강아지를 얻어 기른 기억이 나에겐 없으니 말이다. 그래서 전화로 이삼 분 더 친구와 옛날 얘기를 하다가 "글쎄, 우리 나이에 어지간한 보험 안 든 사람이 어디 있겠냐? 다음에 필요하면 그때 얘기할게" 하고 에둘러 말을 돌리며 친구와의 오랜만의 전화를 정리하고자 했다.

내 이름으로 가입된 치아 보험 가입증서가 날아온 것은 며칠 후였다. 이게 어찌 된 일이냐면, 사실은 전화의 끝머리에서 난 그 애한테 이런 질문을 했었다. "야, 옛날 우리가 놀던 그 사다리 모양 철봉대를 뭐라고 부른 것 같은데 생각 안 나냐?" 사실 그건 나의 어색함과 미안함을 희석시키기 위해 약간은 의도적으로 던진 질문이었다. 아마도 이런 내심이었을 것이다. '그딴 거 네가 기억할 리 없지. 어차피 인생이 그런 거야. 너랑 나랑 친구였지만 그건 벌써 백악기 시절의 일이라고. 그러니 보험 같은 거 들어주지 않아도 난 너한테 미안해하지 않아도 되는 거야.'

그런데 그렇게 전화를 끊고 나서 한 시간쯤 후에 그 애한테 문자가 왔다. '끌르.' 텅 빈 여백을 배경으로 딱 두 글자. 문자를 보는 순간, 나는 "아…" 하고 신음 소리를 냈다. 그건 전혀 마음의 준비도 없었는데 느닷없이 문턱에 발가락을 찧었을 때 저절로 나오는 나직한 신음 같은 것이었다. 그리고 이번에는 내가 전화를 걸어 일사천리로 보험 가입. 그것도 이제 작년의 일이 되었다.

그리고 오늘 아침, 이번 달에도 보험료가 잘 납부되었다는 보험사 안내문자를 지우면서 난 앞니를 혀로 쓸어본다. 그리고 잠시 생각해본다. '그래, 잘한 거야. 이렇게 오랜 시간이 지나서도 그 이름을 기억할 정도면 그 정도 보험 하나는 가입해줄 수 있는 거지. 사실 치아 보험은 없었잖아?' 난 스스로를 다정하게 다독인다. '살다 보면 언젠가 불의의 사고로 이빨이 왕창 부러질 날이 올지도 모르잖아?' 그런 일이 없길 바라지만 왠지 그런 일이 생겼으면 하는 마음도 든다. 참 이상도 하지.

　작년, '를르'라는 두 글자 문자를 받고 다시 통화할 때 그 애가 말했다. 자기가 그 옛날 삼십 분을 버틴 끝에 결국 나를 이겼다고 말이다. "그날 너 철봉에서 내려오자마자 오줌 마렵다고 엉기적엉기적 화장실로 기어가다가 결국 바지에 실례했잖아?"라는 말도 했다. 그랬던가? 친구의 얘기를 들으니 마치 그런 일이 있었던 것같이 느껴졌다. 그건 그 시절 군침을 삼키며 기다리던 호빵처럼 어딘가 추억의 온장고에서 호출된 따끈따끈한 기억. '를르'에 매달려 있을 때 굉장히 소변이 마려웠던 것, 치마가 밑으로 흘러내리는데도 끝까지 버티던 그 애의 빨간 얼굴. 그런 소소한 기억들이 친구랑 통화할 때 아득히 먼 유년기에서 소환되는 것이다. 그런 추억이 있어서 나는 그 친구와 아직도 가끔 통화하고, 그때마다 인생의 오 분쯤을 할애하여 소리 내어 웃을 수도 있다.

"휴가를 맞아 고향에 가는 여정도 휴가의 일부인 것처럼 사물을 향한 길도 사물의 일부이다." 프랑스 철학자 뱅상 데콩브의 말이다. 이를 응용해서 말하자면 내가 간직한 '를르'의 추억은 내 존재의 일부이자 또한 그 친구의 일부이다. 즉 휴가를 맞아 고향에 가는 여정도 휴가의 일부인 것처럼, 인생의 길에 마주치는 모든 이름들은 곧 인생의 일부라고 우아하게 말할 수 있다. 언젠가 '를르'에 대한 추억을 담담한 문체로 옮겨보고 싶다. 만약 쓰게 된다면 소설의 제목은 '를르의 시절'이라고 붙이고 싶다. 물론 제목이야 그때 가서 다시 생각할 일이지만 글의 마지막은 가급적 이런 문장으로 마무리하고 싶다. '그렇게 본다면 세상 모든 존재는 고리로 이어져 있다. 인생이 그렇다고 믿고 싶다. 누군가가 니의 를르를 기억해준다. 그러니 나 역시 누군가의 낱말을 오래 품어주고 싶다.' 그리고 난 잠시 망설이다가 문장 하나를 덧붙이겠지. '그렇게 생각하면 이 우주의 막막한 두께가 더 이상 무섭지도, 두렵지도 않을 것 같다.'

내 손이 카잘스의 손을 스칠 때

　세상에 태어나 인생을 살아가는 것을, 지구에 잠깐 들른 여행이라고 생각할 때가 있다. 모든 인간은 잠시 출발지를 잊었으나(모든 여행객들은 여행 기간 동안 고향을 잊는다) 두근두근 기대감을 가지고 여행지 지구에 도착한 것이다. 생명을 얻은 것도 굉장한 행운인데 지성을 가진 인간으로 태어나 숭고하고 아름다운 것들을 목도할 수 있으니 말이다. 내가 이런 생각을 하게 된 최초의 근원은 사춘기 시절 읽은 생텍쥐페리의 문장 때문이다. "가장 멋있게 인생을 사는 방법은 가능한 한 많은 것을 사랑하는 것이다"라고 그는 (동시대의, 그리고 먼 훗날의 여행자들에게) 다정하게 조언했다.

　물론 자신에게 주어진 조건에 불만을 가질 순 있을 것이다.

마치 여행지에서 풀어본 캐리어에 미처 담아오지 못한 것들을 떠올리고 속상해하거나 부족한 여행 경비에 아쉬움을 갖는 것처럼. 학창시절의 나로 말하자면 학자가 되고 싶었지만 여러 가지 경제적 문제 때문에 졸업 후 바로 취업을 해야 했다. 그러나 지상에서 불가사의하게 사라지는 것으로 인생을 마무리한 비행사이자 작가인 생텍쥐페리의 조언을 늘 새기고 있었기에 난 직장에 충실하면서도 아름다움과 진리의 목격자로 살겠다는 다짐을 잊지 않았다. 내가 얘기하는 목격자는 니체가 얘기한 위버멘시에 견줄 수 있겠으나, 내가 꿈꾼 것은 낭만적인 위버멘시였다.

넓은 금잔디 들판에 아침이면 물안개가 피어오르는 강이 집 가까이 흐르고 있고, 늦은 오후면 홍매화가 석양의 홍조로 더욱 붉어지는 곳. 밤이면 수양버들 가지가 서재 창문을 치고, 그러면 책상에 읽던 책을 덮어두고 투명한 보름달이 뽐내는 광채를 정겹게 올려다볼 수 있는 곳. 그렇게 고즈넉한 곳에서 주말의 아침이면 플라톤의 《대화록》을, 햇살 따가운 낮에는 페르난도 페소아의 산문을, 그리고 한밤이면 달빛을 닮은 피아노를 칠 수 있는 곳.

그러나 나이가 들면서 그 꿈은 내게서 점점 멀어져갔다. 하지만 나는 포기하지 않고 내 손이 닿는 범위 내에서 할 수 있는 것들을 찾아본다. 이를테면 아침이면 이를 닦으면서 시 한 편을 읽는다. 한 달이면 한 권의 시집을 읽을 수 있으니 이를 닦는 시간이 즐겁다. 물론 그날 고른 시는 퇴근 후 밤 산책을 하는 시간에도 읽는다. 그렇게 흡수하는 시인의 낱말들은 마치 관광지에 남겨진 쪽지 같다(딱지 모양으로 접힌 쪽지는 다른 누구도 아닌, 시인 자신이 영혼을 긁어 적은 지구에 대한 기행문인 것이다). 그렇게 산책길에 달빛에 반짝이는 나무며 정갈한 바람이며 밤하늘의 구름에 마음을 뺏기다가 어느 순간 되새기던 시를 잊어버리는 때가 있다. 짧은 순례와도 같은 밤 산책에 나선 나에게는 최고의 순간이다.

밤의 풍경에 쏙 빠져 시를 잊어버린 밤이면, 나는 기념으로 음악을 듣는다. 이를테면 파블로 카잘스의 《A Concert at The White House》 같은 음반. 1961년 파블로 카잘스는 백악관에서 역사적인 연주회를 가졌다. 이 CD 속지에 실린 연주회 사진을 보면 고풍스러운 유화와 샹들리에, 각종 드레스와 대리석이 깔린 널따란 연주홀이 보인다. 바로 백악관의 이스트룸이다. 사진 속에는 존 F. 케네디 대통령과 재클린 영부인이 앉아 있는 모습도 보인다. 바로 이 연주회가 시를 잊은 밤,

나의 서재에서 재현되는 것이다.

　모든 소음이 잠든 밤은 영혼에 진동을 주는 음악을 듣기 좋은 시간이다. 그 시간에 음반을 재생하면 고귀한 무대가 내 앞에 펼쳐진다. 서재의 양 벽면으로 고풍스러운 유화가 솟구치고 이스트룸의 황홀한 샹들리에가 천장에서 천천히 하강한다. 시간과 공간의 이격을 건너 고풍스러운 백악관 이스트룸이 홀로그램처럼 출현하는 것이다. 그 공간에 청중은 오직 나 혼자뿐이고 마찬가지로 반들반들한 체리 원목이 깔린 무대에도 카잘스와 협연자뿐이다. 그리고 우리는 조용히 서로의 눈을 응시하며 현악의 선율로 대화를 한다. 이윽고 마지막 곡이 연주된다. 고국의 독재자 프랑코에 항거하여 자신의 고향인 카탈루냐의 민요에서 모티프를 얻어 작곡한 〈새의 노래〉이다. 난 이 곡을 마저 듣고 내 앞에 현현한 늙은 예술가의 손을 잡아준다. 오늘도 고마웠다는 작별인사이다. 고요한 새벽 두 시, 내 손이 이렇게 카잘스의 손을 스치는 순간은 내가 소박한 위버멘시가 되는 순간이다. 한 인간의 영혼이 시련을 거쳐 도달한 아름다움을 목도하는 때는 내가 지구에 온 보람을 느끼는 순간이다.

어디 그것뿐일까. 언젠가 난 어느 미술관의 전람회에 갔다가 윈슬로 호머의 〈여름밤〉이란 그림 앞에 오래 선 적이 있었다. 두 명의 여성이 포옹한 채로 바닷가에서 춤을 추는 그림이었는데, 배경으로 그려진 은빛 파도가 환상적인 광채로 빛나고 있었다. 그림을 보고 있는 내내 난 마치 저승의 바다에라도 선 것만 같았다. 한바탕 애절한 춤을 춘 다음 이승의 모든 것들을 놓고 레테의 물을 건너는 한 쌍을 배웅하는 것 같았다. 그처럼 이 지구에는 먼저 여행을 마친 이들이 남긴 고귀한 쪽지가 곳곳에 흩뿌려져 있다.

쪽지는 거창한 것만 있는 것이 아니다. 출근길에 마주쳤던 작은 호의(언젠가 심한 몸살에 걸린 채로 출근을 하는데 버스에서 자리를 양보받았다. 그래서 평소에는 잊고 있다가 마이크 와조스키 캐릭터를 보면 걱정스레 자리를 내준 그분과 그분의 에코백을 떠올린다), 웃으며 헤어졌던 가벼운 접촉사고(서로의 상태를 먼저 걱정해주고 각자 자차 부담하기로 하고 헤어졌다), 손으로 쓴 편지를 주고받는 기쁨. 이런 것들도 카잘스나 윈슬로 호머 못지않게 다정함을 담은 인간의 쪽지다. 그리고 곰곰이 생각해보면 쪽지는 인간만이 남기는 것도 아니다. 막 낳은 새끼들의 젖은 털을 핥는 고양이도, 한곳에 오래 앉아 자신을 두고 간 주인을 기다리는 추레한 개도, 전선

위에 음표처럼 앉아 있다가 지금은 어디론가 사라진 참새들도, 역광으로 빛나는 전봇대도, 옷깃에 쓱쓱 문지르면 빨갛게 미소를 내보이는 홍옥도, 진청록과 적홍색이 뒤섞인 석양도 모두 쪽지를 남긴다. 마치 해가 지면 여행지의 많은 간판에 따뜻한 빛이 들어와 우리에게 위안을 주는 것처럼 말이다. 그런 저녁에 우리는 노천카페 같은 곳에서 지구를 방문한 다른 여행자와 만나 그날 자신이 발견하고 또 사랑한 것들에 대해 얘기를 나눈다(물론 자신이 여행자라는 것을 대체로 까맣게 잊고 있지만 말이다).

사람은 누구나 죽으면 다른 차원으로 건너간다(사실, 생명을 얻어 지구에 잠깐 들른 모든 존재가 그렇다). 어쩌면 그것을 멋진 여행을 마치고 집으로 돌아가는 것이라고 표현할 수도 있겠다. 그러니 살아 있는 동안 최대한 많은 페소아와 카잘스와 윈슬로 호머와 마이크 와조스키 캐릭터가 그려진 에코백을 멘 이와 세상의 모든 시니컬한 고양이와 다정한 개들을 만나봤으면. 그리고 잊지 말자. 내 손이 수많은 카잘스의 손을 스칠 때, 우리는 우주에서 태어나 우주에서 죽는다는 사실을 깨닫는다는 것을.

팥칼국수와
설탕 두 숟가락

한겨울, 눈이라도 펑펑 쏟아지면 문득 팥칼국수 생각이 난다. 물어물어 찾아간 가게에서 뜨거운 팥칼국수 한 그릇을 마주하니 어머니 생각이 간절하다. 난 어머니께서 직접 만들어주시던 팥칼국수를 무척이나 좋아했다. 그러나 이제는 어머니의 팥칼국수를 먹을 수 없다. 이미 오래전에 돌아가셨기 때문이다. 남도식으로 팥칼국수 잘한다고 소문난 집도 찾아다녀봤지만 어머니의 맛은 아니었다. 절반쯤만 비슷하다고나 할까. 마치 얇은 은박지째 초콜릿을 먹는 것처럼 입안 구석에 까끌까끌한 질감이 감돈다. 아마도 그건 오래전 어머니의 솜씨를 내 입맛이 기억하고 있기 때문일 터.

어렸을 적 내가 팥칼국수를 먹고 싶다고 조르면 어머니는 발품을 팔아 애써 좋은 팥을 사오셨다. 반들반들 윤기 나는 붉은 팥, 찬물에 잠기면 더 고운 빛깔로 숨을 죽인다. 솥에 넣은 팥이 삶아지는 동안 어머니는 중력분으로 밀가루 반죽을 하셨다. 그 시절 난 중력분이란 단어를 뉴턴의 만유인력 비슷한 것으로 착각했는데, 돌이켜보면 솥에서 삶아지는 달콤한 팥이 어린 나에게는 중력의 중심이었는지도 모른다. 내가 밀가루 포대를 보며 공상에 잠겨 있는 동안 어머니의 반죽이 끝나고 나에게도 중요한 임무가 주어졌다. 유리병으로 반죽을 미는 일이다. 당시 집집마다 하나씩 있었던 투명한 서울우유병. 반죽을 쟁반 모양으로 동그랗고 평평하게 미는 것은 꽤 힘든 일이었지만 난 팥칼국수 생각에 침을 꼴깍 삼키며 유리병을 밀었다.

지금도 그 시절의 겨울날이 생각난다. 팥칼국수를 준비하는 동안 TV에선 〈빨강머리 앤〉이 나왔는데, 어쩌면 그때가 내 인생에서 가장 행복했던 시절이었는지도 모른다. 난 유리병으로 반죽을 밀며 TV를 보았다. 그리고 주근깨투성이에 홍옥빛 머리칼을 가진 내 또래 외국 여자애가 낯선 곳으로 입양되고 이래저래 우여곡절을 겪다가 결국 마음을 열고 타인을 가족으로 받아들이는 것을 지켜보았다. 내 마음이 잠시 바다 건너 먼 나라에 가 있는 동안 팥은 잘 삶아지고 어머니는 채에 알갱이를 비벼 으깬다. 그리고 내가 동그랗게 민 밀가루판을 나무 도마에 여러 겹으로 접어 올리고 써는 것이다. 난 아직도 밀가루를 썰 때 또각또각 들리던 명랑한 소리가 귀에 선하다. 다 썬 국수는 팥앙금이 끓는 동안 신문지 위에 펴서 얼추 말린다. 그럼 나중에 꼬들꼬들한 식감이 더 좋아진다. 창밖으로는 단단한 고드름이 매달려 있고 난 만화영화를 보며 어머니께서 해주신 팥칼국수를 먹는다.

그 후로 오랜 세월이 흐르고 올해도 어김없이 함박눈이 이불처럼 세상을 하얗게 덮는다. 하지만 모처럼 팥칼국수집을 찾았지만 어린 시절 그 맛이 아니어서 서글프다. 그렇게 그리움에 젖은 밤이면 어머니와 찍은 사진을 들춰본다. 이런저런 여행 사진이나 졸업식 사진들. 왜 그리도 로봇처럼 뻣뻣한 자세로 찍었는지. 예전에 한강 둔치에 놀러 갔던 사진도 있다. 난 그때 운전 연습을 한답시고 차를 어설프게 몰다가 우리 집 반려견을 칠 뻔해서 어머니의 심장을 쿵 내려앉게 했었다.
마지막으로 오래 들여다본 사진은 어머니의 결혼식 사진. 앳된 얼굴로 한복을 곱게 차려입은 스무 살 당신의 모습, 지금의 나보다 채 절반도 안 되는 나이의 어머니 사진을 보자 그리

움이 아득하게 차오른다. 이제 어머니의 팥칼국수를 먹을 수 없다…. 다시는. 영원히.

그런데 우주 순환에 대한 어떤 과학 이론에 따르면 그런 날이 다시 올지도 모른다. 우리의 태양이 적색거성을 거쳐 백색 왜성이 되고 지구는 다시 먼지로 돌아가고 우리 은하계가 소멸하고 하여 열역학 법칙에 따라 온 우주가 지고한 고요에 휩싸이다가 다시 어떤 특이점의 순간이 찾아온다면 말이다. 이전과 똑같이 우주의 시간과 공간이 빅뱅으로 터져 나오고 원자들이 뭉쳐 지구가 되고 그 바다에 삼엽충이 번성했다 물러나고 어느 순간 인간이 다시 등장한다. 드디어 20세기가 시작되고 마침내 1980년대가 도래하고, 하여 어느 겨울 TV에서 〈빨강머리 앤〉이 방송되는 날, 한 아이가 오후의 투명한 햇살이 스며드는 유리병을 가만히 들여다고 있다가 팥칼국수를 먹고 싶다고 생각하면 말이다. 아마도 그때 그 유리병 안에는 한 우주의 모든 시간이 채워져 있을 것이다.

그리고 그 아이는 마치 운동장에서 줄을 설 때 앞으로나란히를 하는 것처럼 두 손을 바르게 하여 유리병으로 반죽을 밀면서 삶은 팥을 으깨는 어머니를 지켜보는 것이다. 그리고 어머니와 아이 사이에는 그 후로도 오래 이런저런 좋은 추억이 쌓일 것이다…. 그러니 어떤 독일의 철학자가 진심을 다해 주장한 영겁회귀가 진리에 가깝다면 이 겨울, 어머니의 팥칼국수를 먹지 못한 것도 그리 슬픔에 잠길 일은 아니다. 억겁의 세월이 흐른 후에 다시 팥칼국수의 시절이 연거푸 돌아올 테니까. 그리고 상한 팥을 고르는 어머니 옆에서 우주의 모든 시간이 채워져 있는 그 투명한 유리병을 다시 들여다볼 수 있을 테니까.

우주의 영겁회귀에 대해 생각하는 겨울 저녁이면 난 돌아가신 어머니께 전화를 한다. 011-297-8046, 여러 번 휴대전화를 바꾸는 동안 계속 저장해둔 당신의 번호. 난 오래 눈에 익은 숫자를 천천히 누른다. 열 개의 숫자를 다 누른 다음 난 혹시 계실지도 모르는 우주의 전능한 존재에게 간절하게 빌고 통화 버튼을 누른다.

"현이냐?" 하고 생전 음색 그대로 당신이 전화를 받을 것만 같은데. 하지만 이번에도 결번이라는 안내음성이 차분하다. "엄마, 잘 있지? 나도 잘 있어. 저녁에 눈이 엄청 내려서 전화해봤어. 근데 나 엄마 많이 보고 싶으다." 난 어머니께 뭔가를 조를 때면 '…싶으다'라고 말꼬리를 길게 끄는 버릇이 있었다. 언젠가 팥칼국수가 먹고 싶다고 졸랐을 때처럼. 결번을 알리는 안내음성을 무시하고 그렇게 무작정 얘기를 이어가는데 눈으로 가득 물기가 차오른다.

"엄마, 요즘엔 고드름을 볼 수 없어. 어렸을 적엔 집집마다 그리도 많았는데 말이야. 엄마, 혹시 생각나? 예전에 고드름 따서 장난치다가 친구 녀석 눈 찌를 뻔한 거?" 그래, 그때도 난 어머니의 심장에 쿵 하고 북소리를 냈다. "근데 엄마, 팥칼국수에는 설탕을 뿌려야 제맛이지? 두 숟가락. 그치?" 어떤 사람들은 팥칼국수에 소금을 살짝 뿌려야 단맛이 돋보인다고 한다. 하지만 팥칼국수에는 설탕 두 숟가락. 이게 옛날부터 어머니가 눈감아준 나의 레시피다.

난 눈 오는 거리에서 가로등에 이마를 대고 그리운 시절로 전화를 한다. 맛있는 음식은 무엇을 먹느냐의 문제가 아니라 누구와 먹느냐의 문제라고 생각하는 편이다. 만약 영겁회귀에 대한 독일 철학자의 진심이나 우주 순환에 대한 과학 이론에 오류가 있다면 앞으로 영원히 어머니의 팥칼국수를 먹지 못할 터이다. 그렇지만 풍성한 눈발이 마음을 잠식하는 계절

이면 가끔 8046으로 끝나는 번호로 전화를 걸 수는 있다. 팥칼
국수에는 설탕 두 숟가락이라고, 지금도 난 당신을 사랑한다
고 다른 차원으로 다정하게 보내는 전언 말이다.

옛날 옛적 내가 보물지도를 그릴 때

열 살 정도 됐을까, 그 시절 나의 유토피아는 《로빈슨 크루소》와 《15소년 표류기》에 나오는 무인도였다(그리고 스티븐슨의 《보물섬》에 나오는 섬도 빼먹지 말아야지). 난 그 모험담을 책장이 닳도록 읽었고, 그 후로 나만의 보물지도를 만들어 반 아이들에게 뿌리기 시작했다. 보물지도에는 학교 운동장을 바다에 둘러싸인 섬처럼 그려 넣었고, 철봉이나 플라타너스 같은 좌표를 정해 그것을 기점으로 동쪽으로 몇 걸음, 다시 남쪽으로 몇 걸음, 이런 식으로 보물이 묻힌 곳을 표시해두었다.

그리고 난 그 보물지도를 친구들에게 약간의 돈을 받고 팔아넘겼다. 아이스바 하나 정도의 값이었을 것이다. 아이들은 그 지도를 잘도 샀다. 왜냐하면 나는 실제로 그곳에 친구들이 좋아할 만한 것들을 묻어두었으니까. 비록 유행이 지났지만 아직도 볼만한 만화책이나 쇠구슬 다섯 알(구슬치기할 때 그 쇠구슬은 어떤 유리구슬이든 한 방에 박살 냈다. 그럼 아이들은 '끼요' 하고 이소룡의 목소리를 흉내 냈다. 무적의 아이템이라고나 할까. 요새 스마트폰 게임에서 파는 유료 아이템과는 상대가 안 된다), 혹은 내가 진짜 엽전으로 만든 제기(엽전은 아직도 진짜였을 거라고 믿고 있다. 그건 내가 직접 청계천 만물상에서 사온 거니까), 그리고 고무로 된 연식 야구공이 아닌 진짜 홍키공 등.

　나는 버전별로 다른 보물지도를 제작했고 내가 표기한 최종 좌표에 그때그때 구해온 보물들을 묻어두었다. 당연히 내 보물지도는 꽤 인기 있는 상품이었다. 아이스바 하나 값으로 아이들은 어떤 종류의 미지의 쾌락을 얻었을 테니까. 아마도 보물지도에서 가장 좋았던 점은 그 미지의 장소를 찾아낼 때까지의 흥분감이 아니었을까? 그것은 오래된 화단에서 막상 보물상자를 찾아낼 때보다도(이를테면 골판지로 된 흙 묻은 종이상자에서 스위스제 오리지널을 흉내 낸 조악한 만능칼을 꺼낼 때보다도) 열 배는 더 격렬한 흥분이었을 것이다.

어쩌면 그것이 내가 그 시절 밤새도록 보물지도를 그린 이유이기도 했을 것이다. 기묘한 흥분감, 바로 그것 때문에 아이들의 돈을 모아, 거기에 내 돈을 오히려 더 보태 이런저런 잡동사니들을 사서 묻어두었던 것이다. 그리고 난 어딘가에 있을 진짜 보물섬을 그리워했다. 아마 처음이자 마지막 가출을 한 것은 그즈음이었을 것이다. 나는 아이들 몇 명을 꼬셔내어 실제로 가출을 감행했다. 가방에 보름달 빵과 오란씨 병을 넣고 아이들과 함께 인천 쪽을 향해 하염없이 걸었던 그날이 생각난다.

하지만 항구에 가봤자 정말로 별게 없을 거란 걸 이미 알고 있었을 것이다. 다만 내가 맛보고 싶었던 것은 학교 운동장의 오래된 화단 밑에서 보물상자를 꺼낼 때까지 마음 졸여 하던 친구들의 흥분감이었을지도 모른다. 지도의 창조자는 정작 보물찾기의 흥분감에서 소외되고 만다. 그건 어린 나이에도 참으로 기묘한 이율배반이었다. 그건 마치 추리소설 작가가 자신이 고안해낸 기발한 트릭으로부터 소외되는 역설과도 같은 것이다. 요컨대 난 보물찾기의 흥분감을, (그것을 발견하는 선원의 입장에서) 세심하게 맛보고 싶었던 것이다.

어쨌거나 그날, 오래도록 멀리 서쪽을 향해 걸을 때 우리들 옆으로 비껴들던 그 석양을 나는 잊지 못한다. 그때 우리는 영화 〈스탠 바이 미〉에 나오는 것 같은 철길을 따라 왕십리에서부터 옥수역을 지나 용산에 이르도록 한없이 걸었던 것이다. 늦은 해는 철길에 걸려 있었고, 그리고 우리는 모두 강에 걸린 석양을 보면서 울었다.

풍경이 아름다운 것은 그 안에 기묘한 슬픔이 담겨 있기 때문이다.

우리는 그때 무엇이 슬퍼서 울었을까. 이렇게 가더라도 결국 보물섬이란 건 없다는 것을, 사실은 우리가 알고 있어서였을까? 아니면 생각만큼 보름달 빵과 오란씨가 맛이 없어서였을까? 지금도 한 친구가 오란씨 말고 환타를 샀어야 했다고 투덜거리던 게 생각난다. 그리고 오란씨 빛으로 저물어가던 그날의 석양도…. 우리 모두는 어두워지자 집이 그리워 울먹였다. 아니, 사실은 어른들께 혼날 것이 두려웠는지도 모른다.

그렇게 대책 없는 가출은 저녁나절 막을 내리고 우리는 각자의 부모님께 몹시 얻어터졌다. 그리고 수많은 세월이 흐르

고 이제 난 그때의 어린이가 아니다. 때때로 나는 그 사실이 못 견디게 슬플 때가 있다. 그때 가출을 감행했던 친구는 학교 졸업 후 처음 직장생활을 할 때 그 괴로움에 대해 내게 얘기해줬다. 거래처 관계자를 접대한다고 따라간 술집에서 추한 짓을 억지로 권하는 회사 상사와 거래처 사람들을 보며 내가 이런 곳을 평생 다녀야 하는구나 생각하니 눈물이 흘렀다고 했다.

어디 그것뿐일까. 우리는 살아가면서 삶이라는 풍경에서 쏟아지는 온갖 슬픔을 본다. 때때로 찾아오는 모멸에도 눈앞에 어른거리는 가족들을 생각하며 갑질을 참아내는 이웃들의 모습. 아니면 올챙이처럼 배가 튀어나온 아프리카의 아이들을 볼 때라면 어떨까. 혹은 차가운 겨울밤 새끼를 거느린 고양이가 차 밑에 웅크리고 있는 걸 볼 때, 그도 아니면 어제 교통사고 사망자가 세 명이라는 도로전광판의 안내 문구를 보고도 아무렇지도 않게 출근길 운전을 하고 있는 내 모습을 문득 제3의 눈으로 바라볼 때.

그럴 때면 나는 보물섬을 찾아 나선 그 시절의 어떤 날을 떠올리며 이루 말할 수 없는 비애로 눈이 서러워진다. 비에 젖어 으슬으슬하면서도 사람을 경계하는 개들을 볼 때(아무렴, 주인 없는 개들은 눈초리만 봐도 알 수 있지. 그 불안한 눈망울은 우리 모두의 눈이기도 하다), 오래된 책갈피에서 이제는 어디에도 쓰지 못할 우표 몇 장을 발견할 때(난 그것을 우체국에서 긴 줄을 서서 샀다), 존경하는 작가가 쓴 진부한 소설을 읽을 때, 옛날에 같이 가출했던 또 다른 친구가 사고로 딸을 잃었다는 소식을 뒤늦게 들을 때(그 친구는 그때 얼마나 슬펐을까. 그건 아마도 죽음으로도 죽일 수 없는 고통이었을 것이다).

혹은 이제는 더 이상 시간도 없고 의욕도 없어 남아 있는 인생의 어떤 시절에도 영원히 피아노를 배우지 못한다는 사실을 문득 절절하게 깨달을 때, 그때 나는 눈물을 흘린다(어린이에게는 모든 가능성이 열려 있지만 한 살씩 나이를 먹을수록 버킷 리스트의 문은 하나씩 닫힌다. 어떤 해에는 한 번에 세 개씩 닫힌다). 그럴 때 나는 문득 배낭에 책 두어 권을 넣고 어딘가 먼 곳으로 무작정 떠나고 싶은 충동을 느낀다. 비록 저물어가는 석양에 소스라치게 놀라 낯익은 대문과 이부자리가 있는 집으로 돌아올지라도 말이다.

아마도 내가 집어넣은 책들에서는 어린 시절의 보름달 빵과 오란씨의 맛이 나리라. 그러니 오늘 밤, 나만의 보물지도를 다시 그리도록 하자. 내가 거슬러온 풍경을 기억하며, 오래되고 흙 묻은 종이상자에 다시 무엇을 넣을지, 그리고 어느 누가 그 안에서 무엇을 발견할지는 운에 맡겨두고서 말이다.

나를 살려준
당신의 이름은

내게는 한 번도 만나보지 못한 딸이 있다. 딸은 해마다 크리스마스가 되면 편지 한 통을 보내온다. 한 해를 마무리하는 연말에 편지를 받고 나서야 "아, 내게 딸이 있었지" 하고 혼잣말을 한다. 그리고 새삼스레 한 번도 직접 만나보지 못한 딸아이를 생각한다. 딸은 서울에서 1만 킬로미터 떨어진 곳에 살고 있다. 어쩌면 1만 2천 킬로미터가 넘을지도 모른다. 정확히는 모르지만 어쨌든 엄청나게 먼 곳이다. 내가 딸과 맺어진 것은 2007년도의 일이다. 그해 난 한 국제구호기관에 아동 후원을 신청했고, 멀리 모잠비크에 사는 여섯 살 소녀와 인연을 맺게 되었다. 난 그 애를 딸이라고 생각한다. '아타나시오 마닌하 실리로.' 이름도 참 예쁜 소녀였다. 딸은 밝은 초콜릿 색의 피부를 가졌다. 난 해마다 한 차례씩 전해지는 편지를 통해 아타나시오가 쑥쑥 커가는 모습을 지켜볼 수 있었다.

처음 소개받았을 때 아타나시오는 아직 학교에 다니지 않으며 땅따먹기 놀이를 좋아한다고 수줍게 찍은 사진과 함께 편지를 보내왔다. 그 후 해마다 난 딸애에 대해 조금씩 알게 되었다. 이제 학교를 다닐 나이가 됐고 독서를 좋아하게 됐다는 것, 그리고 살고 있는 동네 이름은 라피지라는 것도. 하지만 모잠비크가 마다가스카르라는 큰 섬 옆이라는 것도 아프리카 지도를 찾아보고 겨우 알았으니 라피지 마을이 모잠비크에서도 어디쯤인지는 아직도 모른다. 아마 그 애도 내가 사는 서울이 세상의 끝처럼 여겨질 테지만.

더불어 난 아직도 딸에 대해 모르는 게 많다. 이를테면 어느 해였던가 아침밥으로 '포리지 바바'를 좋아한다고 카드를 보내온 적이 있는데, 이게 어떤 음식인지 아직도 모른다. '포리지 바바'는 어쩌면 '포리지 파파'일지도 모른다. 그 애가 손으로 적은 글씨를 보면 가끔 'b'와 'p'가 헷갈리니까. 어쨌거나 세상의 끝에서 내가 인연을 맺은 딸이 수줍은 미소를 머금고 살아가고 있다는 것은 참으로 신기한 일이다.

그해 멀리 모잠비크의 소녀를 가족으로 맞아들인 것은 한

여배우가 어떤 아이를 안고 있던 사진 때문이었다. 영화 〈로마의 휴일〉의 주인공 오드리 헵번이었다. 그녀는 어린 시절 2차 세계대전 와중에 굶주림으로 많은 고초를 겪었다고 한다. 어려서의 기억 때문에 나이가 든 헵번은 남은 여생을 굶주림에 시달리는 아프리카의 어린이들을 위해 살아가게 된다. 내가 본 사진은 바로 쭈글쭈글한 주름을 가진 이 여배우가 뼈가 앙상하게 남은 흑인 아이를 안고 있는 모습이었다. 그렇게 무심코 잡지에 실린 헵번의 사진을 들여다보고 있는데 그때 옆에 계셨던 어머니께서 옛날이야기를 하셨다.

내가 어려서 시골에 살 때 이질에 걸려 거의 죽을 뻔한 적이 있었다는 얘기였다. 며칠째 민간요법에도 불구하고 병세는 너 위독해져 사색이 된 나를 보며 마을 사람들은 막 시집 와 새댁으로 불렸던 어머니를 안쓰럽게 위로했다고 한다. 그런데 어린 새댁에게 무슨 용기가 났을까, 더 이상 이대로 둘 수는 없다고 결심한 어머니는 나를 업고 무작정 광주에 있는 병원을 찾아갔다고 한다.

그런데 문제는 치료비였다. 그 시절 농촌 살림살이가 모두 빈한했듯 어머니한테도 돈이 없었던 것이다. 할 수 없이 결혼 반지를 병원 근처의 전당포에 맡기고서야 병원비를 냈는데 계속되는 치료에 돈은 다시 모자라게 됐다. 세상 물정을 잘 모르는 새댁이었지만 그래도 부끄러움은 알았던 어머니. 하지만 도저히 다른 방법이 없어 금반지를 맡긴 전당포에 다시 찾아갔다고 한다.

돌아가는 사정을 들은 그 전당포 주인은 순순히 금반지 금액을 훌쩍 넘는 돈을 더 내어주었단다. 그때 밝혀진 내 병은 이질이었다. 지금이라면 초기에 병원을 찾아 무난히 고칠 수 있겠지만 당시 시골에서 민간요법에만 맡긴 채 어린아이를 방치했으니 사경을 헤매게 된 것도 당연지사. 새댁을 꾸짖던 의사 역시 마음이 따뜻한 분이어서 우리의 형편을 듣고 병원비를 깎아주었다고 한다. 그러나 병이 호전되고 나서도 여유가 없어 결혼반지는 영영 못 찾게 되었고 염치가 없어 그 전당포 주인에게도, 의사에게도 변변하게 인사를 못 했다고 한다. 그리고 서울로 이사 오기 전 그분들 이름이라도 알아둘 건데 오랜 세월이 흘러 이제는 영영 알 수 없게 되었다고 안타까워하셨다. 그리고 이제는 그 어머니마저 돌아가셨으니 어려서 나를 살려준 은인들의 이름을 내가 알 수 있는 길은 영영 사라져버렸다.

그날 내가 세상의 끝에 있는 한 아이를 딸로 보살피고자 결심한 것은 어머니의 옛이야기 때문이었으리라. 그 후로 국내에 있는 아이들을 위해서도 조금씩 후원을 하고 있다. 매달 갚아야 할 주택융자금이 아직도 산더미 같긴 하지만 어려서 나를 살려준 그 전당포 주인은, '좋은 일은 다음에, 그러니까 내가 더 형편이 나아지면 해야지' 하고 미루지 않았다. 그리고 의사 역시 어린 새댁이 부끄러움을 무릅쓰고 도움을 요청했을 때 '바로 그 순간' 선뜻 선의를 베풀어주었다. 이런 이유로 내가 살아났고 지금의 나이가 되어 이렇게 살아가고 있다.

"병원비를 깎아준 소아과 의사 선생님, 그리고 금반지를 받고 그것보다 훨씬 더 큰 돈을 주신 전당포 주인님, 난 당신들의 이름을 몰라요. 하지만 당신들에게 아들, 딸이 있으면 잘되라고 빕니다. 그리고 당신들의 아이가 자라서 또 아이를 낳으면 그 아이들도 항상 건강하고 모든 복을 받으라고 빕니다. 당신들이 행복한 삶을 살았기를, 또 당신들의 모든 자손들이 잘되기를 바랍니다."

살아생전 어머니는 이렇게 치성을 드렸다. 나 역시 이름은

• 1970년대 초 광주 대인동에 있었던 외자로 된 'ㅇ소아과'와 바로 근처에 있었던 전당포다(이분들을 기억하시는 분은 forlux21@gmail.com으로 꼭 연락 부탁드립니다).

모르지만 나를 살려준 분들께 같은 기도를 드린다.*

언젠가 태양계 외곽에 도달한 우주탐사선 보이저 2호가 보내온 지구의 모습은 눈에 보일락 말락 하는 창백한 푸른 점이었다고 한다. 이 한 톨 크기의 지구를 보며 영민한 천문학자이자 유쾌한 로맨티스트였던 칼 세이건은 이렇게 말했다. "여기 있다. 여기가 우리의 고향이다. 이곳이 우리다. 우리가 사랑하는 모든 이들, 우리가 알고 있는 모든 사람들, 당신이 들어봤을 모든 사람들, 예전에 있었던 모든 사람들이 이곳에서 삶을 누렸다."

우주적인 시간과 거리에서 보면 어린 시절 그 전당포나 세계의 끝에 있는 모잠비크도 모두 한 톨 크기의 점으로 뭉칠 수 있을 것이다. 마치 돋보기로 햇볕을 모으면 한 점이 되는 것처럼 손가락이 다른 손가락을 보고 "넌 누구니? 우리 집에 뭐하러 왔니?"라고 물을 수 없다.

손가락은 손바닥으로 이어지고 그 손은 다시 심장으로 거슬러 올라간다. 그리고 바다 위에 솟은 섬처럼 보이는 모든 심장들은 바다 밑의 광활한 지구로 연결되어 있다. 그렇게 생각하면 전당포 주인이나 의사나 그들의 아들딸 역시 돌아가신 나의 어머니처럼 나의 부모이자 나의 형제이자 나의 아이들인 것이다. 마치 아프리카의 어떤 마을에서 바나나를 좋아하고 선생님이 되는 것을 장래의 꿈으로 생각하는 소녀가 세계의 끝에 있는 한 동양인 아저씨에게 해마다 연말이면 수줍은 글씨체로 카드를 보내고 아빠라고 불러주는 것처럼 말이다. 그렇지 않니, 아타나시오?

고귀한
말들의 정류소

　인간은 언어를 통해 서로의 고통과 상흔을 정답게 다독인다. 나는 방금 '정답게'라는 낱말을 썼다. 정답다는 것은 미워하지 않고, 지루해하지 않으며, 천천히 손을 내밀고, '난 잘 있어요'라고 눈인사를 하고, 사물에 애정이 담긴 이름표를 붙여 주고, 체온을 담아 악수를 하고, 그리하여 일용할 양식처럼 그 기억을 나의 살로 취하고, 나의 존재를 부족하면 부족한 대로 당신에게 온전히 내보인다는 것이다. 그런 이들에게 언어는 말들의 정류소에 고여 있다가 시간과 공간을 초월하여 현현한다. 진심을 담았기 때문에 진심으로 전해지는 말들. 스스로를 고귀하게 만드는 말들. 하여 영원한 현재 속에 거주하는 문장들.

오래전, 그러니까 학창시절에 광화문의 한 신문사에서 아르바이트를 한 적이 있었다. 조사부 도서실에서 신문사의 역대 자료를 정리하는 일이었다. 당시 신문사에는 서평으로 실어달라거나 혹은 기사화해주었으면 하는 책과 홍보물들이 배달되곤 했다. 그렇지만 신문에 실리는 것은 극히 일부이고 나머지는 필요한 기자들이 가져갔다. 혹여라도 나중에 기사에 참고할 수도 있으니까.

그리고 기자의 눈길을 끌지 못한 것들은 신문사 조사부로 넘어왔다. 사서 자격증이 있는 조사부 기자들은 그 자료들을 선별하여 보관할 가치가 있는 것은 도서실에 등록하고 나머지들은 도서실 입구에 있는 책장에 꽂아두었다. 그 서가로 말하자면, 신문사 도서실에 드나드는 누구라도 원하면 가져갈 수 있는, 그러니까 갈 곳 잃은 홍보물과 책들이 머무는 곳이었다. 난 그 책장을 '말들의 정류소'라고 불렀다.

서평이나 기사로 실릴 것을 기대하고 신문사로 보내졌으나, 서평은 고사하고 기자들의 관심도 끌지 못한 자료들. 그나마 신문사 도서실에 자리 잡기는커녕 '정류소'에 꽂혀 쓸쓸히 시간을 견디는 책들. 하여 난 점심시간마다 그 책들을 한 권씩 들고 나갔다. 그리고 메뉴를 주문하고 식사가 나오는 짧은 시간 동안 그 책들을 읽었다.

　신문사에서 갈 곳 잃은 책들은 대체 무슨 종류였을까. 난 점심시간 광화문의 식당에서 갈 곳 없는 말들에 대해 집중 탐구를 한 셈이다. 딱딱한 말투의 정부 홍보물, 알 듯 말 듯한 단체의 기관지, 온갖 행사 포스터와 안내 책자. 뭐 이런 것들이었다. 그중에는 처음 들어보는 출판사에서 나온 문집도 있었다. 난 특히 그런 문집에 관심을 가졌다. 그러나 어느 한 책에 많은 시간을 할애하진 않았다. 딱 십 분만 읽어보고 아니다 싶으면 점심 먹고 돌아오면서 '말들의 정류소'에 다시 꽂아두었다. 너에겐 다른 인연이 있겠지, 하고.

　그러던 어느 날 노란색 표지의 시집을 발견했다. 물론 시인은 처음 들어보는 사람이었고 표지는 밍밍했다. 아마 표지 디자인만으로 책의 운명이 결정된다면 그 시집은 인쇄소에서 나오자마자 말들의 정류소로 와야 할 그런 책이라고 생각됐다. 어쨌든 난 "오늘은 이 책을…" 하고 혼잣말하며 그 시집을 들고 점심을 먹으러 갔다.

　그날 내가 주문했던 메뉴는 무엇이었을까. 순두부찌개? 오프라이스? 글쎄, 그런 건 기억나지 않지만 마치 비가 올 듯한 침침한 날씨였다는 건 생각난다. 난 식당 앞에서 자리가 나길 기다리며 마음속으로 숫자를 세었다. 내가 백까지 세기 전에 비가 내린다면 그날 좋은 일이 생길 거라고 자기 최면을 걸고서. 그리고 거의 백까지 숫자를 세었을 때 딱 맞춰 비가 내렸다. 그래서 난 기분 좋게 그 촌스러운 노란 표지의 시집을 읽어봤다. 우연히도 맨 처음 실린 시는 〈봄비〉였다.

지난밤에도
어머니는 내 잠을
지키셨다

한밤 꼬박,
門 밖을 서성이며
서럽게 울고 계셨다
일어나야지
그만 일어나거라
나직나직 내 가난의
겨울잠을 일깨우시고

노란 입술의 꽃잎 몇 개,

다녀간 흔적으로

뜰 앞에 남기셨다.•

  때마침 비가 내려서였을까, 난 약간의 감동 속에 밥을 먹으며 나머지 시들을 읽어보았다. 하지만 첫 시와는 달리 다른 시들에선 별로 눈에 띄는 게 없었다. 하지만 난 시집을 '정류소'로 돌려보내지 않고 내가 가지기로 했다. 그런데 안타깝게도 시집은 집으로 와서 금세 잊어버리고 말았다. 그리고 훌쩍 스무 해가 지나고 또다시 봄이 되었다.

  그해 봄은 나에게 무척이나 힘든 계절이었다. 사랑하는 어머니가 투병 끝에 돌아가셨기 때문이다. 말기 암이었다. 어떤 경우에도 편한 임종은 없겠지만, 어머니는 너무나 힘들게 돌아가셨다. 말기 암은, 그것을 지켜본 사람은 잘 알겠지만, 인간의 존엄성을 해치는 시련이다. 머리는 모두 깎이고 항암제의 부작용으로 얼굴은 부어오른다. 미각과 더불어 다른 감각

• 본문에 소개된 노란 표지의 시집은 《소문같은 햇살이》(이희자 지음, 도서출판 모모, 1987)이다. 현재는 절판됐으며, 〈봄비〉는 《시간 밖의 생각》(이희자 지음, 인간과문학사, 2015)에 수록되어 있다.

을 차례로 잃어간다. 그리고 보호자의 헌신적인 노력에도 불구하고 등창으로 인해 피부는 짓물러지고 의식을 잃는 빈도가 늘어간다. 동생과 나는 어머니의 짓무른 등을 닦아드리면서 얼마나 울었는지 모른다.

"엄마, 조금만 참아. 조금만 더 참으면 이제 영원히 아프지 않을 거야. 그러니까 조금만 더 참아. 엄마, 사랑해. 엄마, 사랑해."
밤의 병실에서 이미 의식을 잃은 어머니의 통통 부은 손을 잡고 나는 그렇게 말했다. 그리고 어느 새벽에 어머니는 우리 곁을 떠나셨다.

어머니의 상을 치르고도 간간이 눈물이 터져 나오는 날들이 계속됐다. 그렇게 한 세월을 보내고 어느 비 오는 여름 저녁을 맞았다. 그 저녁, 비에 떨어져 흙물이 묻은 꽃잎들을 보는데 문득 옛날의 노란색 시집이 생각났다. 애써 찾아보니 안 보는 책들을 넣어둔 상자에 시집이 있었다. 난 빗소리를 음악 삼아 〈봄비〉라는 시의 마지막 연을 여러 번 읽었더랬다. 그리고 다음 날 새벽, 난 어머니 꿈을 꾸었다. 돌아가신 후 처음으로. 꿈에서 난 어머니를 뵙자마자 울먹이는 마음을 진정시키며 말했다. "엄마, 지금은 아프지 않지?" 꿈에서 어머니는, "그래, 이제 아프지 않아. 그러니 행복하게 살거라" 하고 답을 하셨다. 꿈에서 어머니는 젊은 시절의 모습이셨다. 그리고 말간 피부에 자애로운 미소를 짓고 계셨다. 난 어머니의 말씀에 한없이 마음이 편안해졌다. 그리고 비록 꿈이었지만 "다행이에요, 다행이에요" 하고 기뻐했다.

꿈에서 깨고 나서 난 시집을 다시 펼쳐보았다. 그리고 그날 이후로 난 어머니의 고통을 떠나보내고 젊은 시절 고왔던 모습으로 어머니를 기억할 수 있게 되었다. 물론 지금도 봄비 내리는 날이면 '말들의 정류소'에서 데려온 그 시집을 펼치곤 한다. 젊은 시절에 미처 내 눈에 차지 않았던 다른 시들도 읽을 때마다 새롭다. 촌스럽게 생각되었던 노란색도 얼마나 다정다감하게 느껴지는지. 난 그때마다 시집에 새겨진 '이희자'란 이름을 손끝으로 쓰다듬어본다.

그러니 이제야 말할 수 있겠다. 세상에 쓸모없는 책은 없다. 좋은 책과 더 좋은 책이 있을 뿐이다. 더불어 그 시절 '말들의 정류소'에 고여 있던 언어들은, 이 세상에서 단 한 명쯤에게는 승천(昇天)하는 꿈의 전령이 되어주었을 거라고 믿는다. 어느 비 오는 새벽, 내가 어머니와 잠시 재회한 것처럼 말이다.

말이 어떻게 생겨났는지 모른다. 그러나 간절함을 전하고 싶은 누군가가 있었기에 말은 탄생했을 것이다. 무심코 털어 놓은 진심의 문장들, 머뭇머뭇 눈빛으로 보내는 침묵의 말들, 비 내리는 새벽 다녀간 흔적으로 남기는 꽃잎의 언어들, 고통과 상흔을 달래는 손짓들. 잠시 말들의 정류소에 거주하고 있다가 이윽고 시간과 공간을 초월하여 마음을 전하는 나와 당신의 가여운 언어들.*

---

* 이 글에 담긴 기억을 단편소설 〈말들의 정류소〉로 개작하여 2019년 《문장 웹진》에 발표했고, KBS 〈라디오 문학관〉의 단막극으로 방송됐다.

식물과의 대화에 대하여

　나는 본업 외에도 하루에 십 분 혹은 일주일에 한 시간은 다른 직업을 갖는다. 내 다른 직업은 정원사이다. 엄밀히 말하자면 베란다 정원사. 언젠가부터 마당 있는 집에 살면서 이런저런 꽃나무를 심고 나무 평상을 만들어 계절별로 그 꽃그늘 아래서 좋아하는 단편소설을 읽거나 음반을 듣는 것이 소원이었다. 하지만 도시의 삶이라는 게 마당 몇 평 마련하는 것이 어려워 다른 이들처럼 아파트 베란다에서 화분 몇 개 기르는 것으로 자족하며 살고 있다. 물론 몇 해 전에는 아예 매화와 자목련이 잘 보이는 아파트 1층으로 이사 와 거실 창으로 내다보이는 빈 자락에 앵두며 라일락을 더 심어두긴 했지만.

　식물을 기르는 것으로 말하자면 직접 씨앗을 심어 싹을 틔우는 기쁨이 크다. 언젠가 돌아가신 어머니 제사를 모시느라 시장에서 알밤을 사왔는데 쓰고 남은 것을 며칠 두었더니 가느다란 싹이 잘 깎은 연필심처럼 뾰족하게 나왔다. '난 살아 있어요'라는 기특한 신호. 난 그게 대견하기도 하고 생전에 인연이 닿는 것을 소중하게 여기셨던 어머니 생각도 나서 키우기로 했다. 싹이 텄다 하더라도 밤이란 녀석은 꽤 까탈스럽다. 물이 많으면 뿌리가 상하고, 맑은 공기를 좋아해서 답답한 실내에 두면 시무룩하게 고개를 숙이다 말라버린다. 굉장히 사랑스럽지만 성격은 섬세하고 까탈스러운 연인을 묘사하는 글을 쓴다면 '아, 어린 밤나무 같은 분'이라고 표현해야지 하고 궁리한 적이 있을 정도다.

그 밤나무가 한 뼘 정도 자란 후에 더 이상 베란다에서 기를 수 없어 어머니를 모신 공원묘원 산기슭에 옮겨 심었더랬다. "나 대신에 우리 엄마 좀 잘 살펴줘"라고 속삭이면서. 막 옮겨 심은 어린 밤을 쓰다듬으면서 그 말을 건넬 때 어찌나 눈물이 나던지.

어느 초겨울, 횡단보도를 건너려고 신호를 기다리는데 하필 나의 발등에 떨어진 은행나무 열매에 왠지 마음이 가서 이듬해 봄 화분에 심어 싹을 틔운 일도 있다. 두어 해를 거쳐 두

뼘이나 자란 은행나무 역시 밤나무 옆의 기슭으로 옮겨주었다. 식당에서 후식으로 나온 사과를 먹다 나온 씨앗을 심어서 싹을 틔워본 적도 있다. 사과의 어린싹이 얼마나 예쁜지 아시는지. 직접 심어 흙에서 고개를 드는 새싹을 보는 것은 경이로운 일이다. 그 무렵이었던가, 아파트단지 구석에 버려진 화분을 보살핀 적도 있다. 화초 같긴 한데 하도 비쩍 말라 어떤 종류인지도 몰랐다. 다행히 뿌리는 살아 있는 것 같아 베란다로 옮겨 다른 아이들 보살필 때 애정을 나눠주었더니 오래지 않아 누추해진 잎 사이로 푸른 줄기가 올라왔다. 그리고 드디어 꽃. 피보다 더 붉은 산나리였다. 산나리는 겨울이 되자 몇 알의 씨앗을 인사처럼 남기고 흙으로 돌아갔지만, 그 훈훈한 미소는 잊을 수 없다.

덩굴식물이나 관엽식물처럼 살아 있는 식물의 일부를 얻어와 보살피는 것도 좋아한다. 골목길을 걷다가 내다 놓고 기르는 화분을 보면 걸음을 멈추고 잠시 들여다보곤 한다. 그건 미술관에서 맘에 드는 그림 앞에 멈추는 것과 같은 기쁨. 그리고 그게 덩굴식물 종류면 대문의 초인종을 누른다. 주인을 불러 반 뼘 정도 덩굴식물을 얻으려고. 낯선 이의 부탁에 고개를 갸웃하던 주인은 이내 미소를 짓는다. 지금까지의 경험으로는 한 분의 예외도 없었다. 반 뼘의 호의, 반 뼘의 기쁨. 그렇게 데려온 아이는 물을 채운 작은 유리병에 꽂아둔다. 며칠을 두면 잔뿌리가 나오는데 그때 화분에 옮겨 심는 게 요령. 미술관에서 담아온 근사한 색채가 내 마음을 풍요롭게 만들듯 그렇게 데려온 식물이 나의 보살핌으로 온전히 뿌리를 펴고 하나의 독립된 생명으로 자라는 것을 보는 것도 인생의 기쁨이다.

그런데 식물의 싹을 틔우거나 마디를 끊어와 기르는 것에도 요령이 있다. 가장 중요한 것은 애네들에게 이름을 붙여주고 매일 말을 걸어주는 것. 베란다 정원사로서 내가 챙기는 아이들은 모두 예쁜 이름을 가지고 있다. 이를테면 하탸투란이나 쌔름이와 투덜이, 그리고 사랑의 탐구 같은 아이들. 단 며칠이라도 내 손길을 빌지 못하면 기가 푹 죽어버리는 녀석들.

하탸투란은 풍선화초라고도 부르는 풍선덩굴이다. 언젠가 삼청동의 카페 골목에서 발견한 아이. 가게 앞 화분에 핀 꽃이 하도 예뻐서 주인에게 물어보니 씨앗 주머니가 마치 풍선 모양으로 부풀어 올라 풍선화초라 한다고 알려주었다. 그리고 마음씨 좋은 주인은 미리 받아둔 씨앗을 선물로 내어주었다. 이처럼 식물을 기르는 이는 친절하고 순수한 마음을 가졌다. 씨앗 주머니가 마치 예쁜 종처럼 생겨서 교향곡 〈종〉을 작곡한 하탸투란

(Khachaturian)의 이름을 따서 부르는 이 아이는 아기 손 같은 덩굴을 감아올리며 오늘도 열심히 벵갈고무나무를 타고 오르고 있다.

쎄름이와 투덜이는 베란다가 아니라 서재 책상 한쪽에 있는 아이들이다. 허브 식물이라서 만지면 알싸한 향이 나는 빅스플랜트가 쎄름이, 그리고 옆에서 수경재배로 키우는 스킨답서스가 투덜이다. 책상 아래까지 길게 넝쿨을 드리운 스킨답서스는 시선이 마주칠 때마다 왠지 "나도 흙에 심어줘!" 하고 투덜대는 듯한 목소리가 들려 이 이름을 붙여주게 되었다. 사랑의 탐구는 줄리아페페 품종이다. 예전에 부암동 길을 걷다가 화분에 풍성하게 돋아 있길래 얻어온 것. 이 아이를 데려온 날 밤에 마침 시집《사랑의 탐구》를 읽고 있었기에 애의 이름은 이것으로 정해졌다.

이렇게 나의 아이들은 이름을 얻고 나의 속삭임을 듣는다. "오늘 하루는 어땠어? 심심하지 않았니? 오호, 낮에 햇살이 다정하게 보듬어주었다고?" 이런 식으로. 물론 "넌 의젓하게 뿌리를 펼 거야. 힘내자. 아자 아자!" 하는 격려도. "한 뼘만 더 크렴. 그럼 양지바른 산기슭으로 옮겨줄게." 이런 약속도. 난식물을 오래 기르면서 녀석들도 친구와 관심과 사랑을 원한

볕 좋은 날은 기뻐하는게 보여.

다는 것을 알게 되었다. 이를테면 비실비실 시들어가다가도 가까이에 건강한 친구 식물을 붙여놓으면 금세 기운을 차린다는 것을. 고요한 일요일 오후 나른한 햇볕을 쬐는 이 아이들을 지켜보면 녀석들끼리 대화하는 소리가 들린다는 것을. 마치 벨벳처럼 부드럽게 재잘거리는 속삭임들.

그런 오후에 난 생각한다. 누군가 내 기억의 한 마디를 꺾어다 매일 밤 말 걸어주며 온전히 하나의 존재로 키워줬으면. 사랑과 다정한 속삭임으로. "사랑이란 다름 아닌 침묵하는 것 부드럽게/어루만져주는 것 쓰다듬어주면서/네가 하는 말을 다 이해한다고/고개 끄덕여주는 것."● 시인 이승하는 시 〈사랑의 탐구〉에서 이렇게 적고 있다. 그럴 때 난 이런 생각도 해본다. 일상을 살아갈 때 갑자기 숨이 벅차오르거나, 괜스레 기분이 좋아지거나, 문득 옛날에 좋았던 기억을 떠올릴 때, 그때 어떤 미지의 존재가 나에게 정답게 말을 걸어주는 게 아닌가 하는. 그러니까 그건 마법으로 흘러들어오는 속삭임이다. 마치 내가 줄리아페페에게 "너도 사랑을 탐구하니?"라고 다정하게 속삭이듯 말이다. 다른 차원에서 흘러들어오는 그런 위안을 받을 때 내 피의 절반은 식물이었으면 좋겠다. 난 걷는 식물이 되고 싶다.

● 《사랑의 탐구》, 이승하 지음, 문학과지성사, 1994.

몽당연필의
시절

 남자가 나타난 것은 중학교 입학식 며칠 후였다. 교문 옆에 '파커 세트를 드립니다'란 플래카드를 내건 남자는 하굣길의 아이들 앞에 주섬주섬 반짝이는 무언가를 꺼내놓았다. 남자는 웅성거리는 아이들에게 영어로 꿈을 꾼 사람이 있냐고 묻고, 만약 있다면 파커 만년필과 볼펜 세트를 주겠다고 했다. 남자는 하교 시간에 며칠 더 나올 테니까 꿈을 꾼 사람은 언제든 자신에게 얘기하라고 했다. 남자가 보여준 만년필은 붉은 몸체에 인디언 화살 같은 금빛 펜촉이 달려 있었다. 우리는 모두 서로의 얼굴을 쳐다봤지만, 미국에서 살다 온 것도 아니고 영어로 꿈을 꾼 아이가 당시만 해도 촌 동네인 왕십리에 있을 턱이 없었다. 1980년대 초반 우리는 까만 교복을 입어본 마지막 세대였으며, 외국인이라곤 반년에 한 명 볼까 말까 한 시절이었다. 그러면서 남자는 앞에 늘어놓은 회화 테이프를 소개하며 이걸로 공부하면 몇 달 내로 꿈에 미국인이 한 다스씩 나올 수 있을 만큼 영어를 잘하게 된다고 했다. 즉 남자는 지금은 없어진 영어교재 회사의 외판원이었다.

지금 생각해보면 스토리가 너무 뻔한 상술이었지만, 당시의 난 며칠 동안이나 영어로 된 꿈을 꾸어야지 하면서 잠이 들 정도로 그 파커 만년필과 볼펜이 갖고 싶었다. 남자는 아이들에게 시험 삼아 만년필을 써보게 했는데 사각사각 종이를 긁어대는 촉감과 유려하게 흐르는 잉크의 느낌은 나에게 외제 만년필과 볼펜에 대한 어떤 환상을 심어주었다. 그 후로 이 나이까지 난 십여 자루의 만년필을 갖게 되었다. 가장 최근 것은 등단 기념으로 선물 받은 몽블랑이다. 그것도 두 자루나. 책상서랍에 고이 모셔놓은 만년필 중엔 물론 어린 시절의 로망이었던 파커도 있다.

누구나 그렇듯이 어린 시절에는 멋진 필기구를 갖는 게 꿈이었을 것이다. 그래서 그런지, 자라오면서 예쁜 필기구나 노트를 보면 자제하지 못하는 편이다. 최근 노트북에 글을 쓰는 버릇이 생기고 나서야 그 필기구에 대한 집착이 조금씩 줄어

들고 있다. 그런 주제에 딸애가 새로 나온 형광펜이나 노트를 사려고 하면 질색하며 말리곤 한다. 지난주에도 시내 대형서점에 나갔다가 문구 코너에서 딸애와 가벼운 실랑이를 했다. "너 지난달에도 형광펜하고 노트 잔뜩 샀잖아. 그런데 또 사? 웬만하면 그것부터 다 쓴 다음에 사지?" 그러나 피는 못 속이는지 딸애는 들은 척 만 척이다. 하긴, 요샌 왜 이리 잘 만드는지 세계 각국의 온갖 휘황찬란한 필기구를 보자 나 역시 손이 절로 가니 말이다.

재작년이었던가, 한 구호기관에서 동남아시아와 아프리카 어린이들에게 쓰던 필기구를 기부하는 행사를 가진 적이 있었다. 나 역시 안 쓰는 필기구를 얼마간 보냈는데, 얼마 후 현지의 아이들이 그 펜을 가지고 공부하는 행사 사진을 보게 되었다. 올망졸망한 아이들이 흙벽돌로 된 교실을 배경으로 모나미며 바른손, 더존이나 동아연필을 쥐고 자신의 모국어를 적어내려가는 모습이 뭉클하기 그지없었다. 한국에 있었으면 주인의 손길을 타지 못하고 책상 서랍 깊은 곳에서 긴 동면을 하고 있었을 볼펜과 연필들이 이렇게 소중하게 다뤄지고 있다니, 난 그동안 내가 무엇을 가진지 모르고 살아왔구나 하는 생각이 자연스레 들었다.

생각해보면 과거의 어느 때, 볼펜 깍지에 몽당연필을 끼워 쓰던 게 당연시되던 시절이 있었다. 그러니 외제 필기구가 그토록 로망이었을 테다. 그 후로 살림살이가 점점 나아지면서 우리는 갖고 싶은 걸 맘껏 가지게 되었다. 최소한 문구류 정도라면 말이다. 물론 국산도 외제 못지않게 좋아졌고. 그래서 어느 집이고 책상 서랍을 뒤져보면 쓰지 않는 필기구가 수십 자루씩은 숨어 있을 테다. 안 쓰는 지우개며 십 원짜리 동전들과 더불어 말이다. 그러나 세상에는 아직도 그 흔한 볼펜이며 연필조차 소중한 곳이 있다. 하긴, 우리가 수출한 중고 버스들이 캄보디아나 하바롭스크 같은 곳에서 아직도 쌩쌩 달린다는 관광객들의 목격담이 종종 전해진다. '광안리 해수욕장'이나 '신촌행' 같은 한국어 글자를 그대로 달고서 말이다.

　이미 시대가 바뀌었으니 새것에 대한 욕심을 무조건 버릴 순 없을 것이다. 그러나 서랍 안에서 잠자고 있는 필기구 하나가 바다 건너 얼굴이 까만 어떤 아이에게는 자기 어머니에게 사랑을 전하거나 자신의 꿈을 펼치는 소중한 수단이 된다는 생각을 해본다. 어디 문구류만 그럴까. 이제는 패션을 위해 계절마다 사는 새 옷이나 신발, 그 밖에 다른 많은 것도 그러할 것이다. 우리에게 이제는 흔한 것이 누군가에는 아직도 절실한 것임을 알고 소비를 할 때 우리의 생활은 좀 더 의미가 있지 않을까. 그건 그렇고, 안 쓰는 필기구를 모아 외국의 학생들에게 전달하는 행사는 또 없을까. 서랍에서 잠자고 있는 필기구들을 모아 얘네들을 소중히 아껴줄 어린 새 주인을 찾아줄 수 있을 것도 같은데.

맨 손가락으로
달의 지도를 더듬는 밤

어떤 지도나 사진을 보면 굉장한 기시감에 사로잡힌다. 이를테면 달의 지도나 아폴로호의 달 착륙 사진을 보면 맨발로 달의 흙을 밟아본 적이 있는 것만 같다. 참나무 탄 재 같은 보드라운 흙에 선명하게 발자국을 남기며 어느 해였던가 달의 계곡을 걸어본 기억.

그럴 때면 달의 지도를 펼쳐놓고 상상하기를 좋아한다. 맨 손가락으로 달의 지도를 짚어보며 내가 가야 할 곳과 언젠가 머물러야 할 곳을 찾아보는 것.

이 작은 분화구에는 서른두 명쯤이 앉으면 꼭 차는 원형 계단이 있고(고대 그리스의 극장처럼 원형의 계단이고), 거기서 너는 처음 보편적인 노래를 부르고(나는 따뜻한 코코아를 마시며 노래를 듣고), 저쪽 계곡 위에는 오렌지색으로 반짝거리는 지붕이 있고, 회색의 재처럼 보드라운 흙이 깔린 고궁이라고 명명하고(너는 그 사진을 찍어 나에게 보내주고), 진공을 머금고 산소를 뱉어내는 이끼들의 산책로를 걷고(지도에서 연두색 부분을 거닐고), 네가 처음 자전거를 배운 크레이터 경사로를 지나고, 은색으로 빛나는 광산을 지나고(오래전 너는 거기서 숨바꼭질을 했다고 적었고), 너는 날마다 한 가지씩 새로운 낱말을 나에게 가르쳐주고, 나는 그것을 월면의 사암지대에다 쓰고 또 지우고, 그리고 그런 게 없다는 걸 뻔히 알지만 수억 년 묵은 돌들을 들춰보고, 그렇게 혹여나 하고 월인(月人)의 화석을 찾아보고.

나는 너를 찾아 지구에서 달까지 도보로 먼 길을 걸어오고, 그런 너는 이제 달에 살지 않고, 아니 애당초부터 달에 도착한 적이 없고("그럼 너는 그 많은 편지를 어디서 부쳤단 말이지?"라고 나는 생각하고).

또 달의 지도를 펴놓고 즐겨 하는 다른 놀이도 있다. 그건 달의 협곡에 서서 지구를 올려다보기(그런 상상을 하기).

아마도 달의 밤하늘에 지구는 파란 유리구슬처럼 떠 있고, 나는 신비롭다는 낱말을 달의 공화국 사전에서 찾아보고, 떠

나온 지구의 숨결을 그리워하고(그러니까 지구에서 불어오는 바람을 그리워하고), 한 가닥 붉은 실을 지구로 흘려보내고(실은 나의 모자에서 얌전하게 출발하고), 가늘지만 철사처럼 질긴 의지는 라그랑주 포인트에서 잠깐 쉬고(숨을 헉헉대며 차가운 물 한 잔으로 몸을 적신 후에 실은 다시 출발하고), 드디어 지구의 어느 지붕으로 연결되고.

달의 공화국에서 올려다보는, 아래쪽이 반쯤 그림자에 잠긴 지구를 뭐라고 부를까(그러니까 달 공화국의 사전에는 뭐라고 등재될까). 반지구(半地球) 혹은 하프어스(half-earth)라고 해야 할까. 나는 차라리 쪽빛의 '쪽'이라고 임시로 부를 테다(그러니까 '반쪽', '보름쪽', '그믐쪽', '초생쪽', '눈썹쪽'이라고 말이지. 무엇보다도 '쪽'은 그리움이 향하는 '쪽'이 될 테니까).

그런 생각을 하는 밤, '눈썹달'을 올려다보며 한 가지 소원을 빈다. 마치 월인(月人)이 있다면 파란 지구를 보면서 소원을 빌듯이 정중하고 고요하게 말이다.

그러자 달에서부터 내 귀로 후, 바람이 불어오고, 그 순간 달의 바람은 깊고 요염하고, 그건 마치 보드라운 혀를 뾰족하게 모아 귓속을 간지럽히는 애무 같고, 그렇게 달에서 바람은

불어오고, 바람은 사랑하는 이들의 다정한 전희 같고, 어린이
가 처음 치는 북처럼 마음을 쿵쾅거리게 만들고.

　사실 달에서 좋은 것은, 먼 미래의 일이 마치 십 년 전의 일
인 것처럼 가깝게 느껴진다는 것이다. 즉 달에서 기다린다는
것은 쓸쓸하지만 한결같기도 하다.

　언젠가 달에 발목까지 차오르는 호수가 생기고, 허리까지
차오르는 바다가 생기고(염분이 없고, 그래서 누구도 빠져 죽
거나 목마르지 않고), 아홉 가지 빛깔로 반짝이는 물고기들이
헤엄치고(민물고기와 바닷고기의 차별이 없어지고, 그리고
또한 물고기들은 발랄한 형광색이고), 그 해변을 이민자의 후
손들이 산책하고(물고기처럼 월인 사이에는 매일 밤 자신이
머무는 지붕들의 구분이 없고), 산책하면서 달의 자유와 기쁨
을 느끼고, 나는 너에게 공중전화로 전화를 걸고, 절반의 대기
와 절반의 진공과 덧대어진 인공 중력을 느끼고(이제는 더 이
상 지구에서는 걸을 수 없고, 그렇다, "달아 이제는 네가 없으
면 안 돼"라고 속삭이는 연약한 척추를 지니고), 코발트 빛으
로 빛나는 이끼들에 대해 정다운 눈길을 건네고.

인생에 한 번은
고고학자

뱀과 곤충들이 우글거리는 동굴 속에서 막 석관을 열고 있는 해리슨 포드, 푸른 녹을 벗겨내자 번쩍번쩍 빛나는 금관, 수북하게 쌓인 금화 더미나 고풍스러운 도자기, 그리고 으스스한 미라와 해골들. 내가 어렸을 적 고고학이란 단어를 들으면 연상했던 이미지들이다. 그런데 나중에 나이를 먹어가던 어느 해 고고학에는 이렇게 아찔한 모험과 경이로운 발견만 있는 것이 아니며, 이른바 '쓰레기고고학'이라는 희한한 분야도 있음을 알았다. "슬픔만 한 거름이 어디 있으랴"라고 노래했던 시인 허수경이 그 좋던 시를 작파하고 독일로 유학을 가던 1990년대 중반이었다.

그해 난 내가 남몰래 좋아했던 그 젊은 시인이 느닷없이 왜 그토록 먼 곳으로 가려는지, 그리고 그 사람이 공부하려는 것이 왜 생뚱맞게도 시와는 몹시도 거리가 먼 고고학인지 궁금했다. 차라리 독일 문학이나 유럽 문화사 같은 것이면 이해라도 가겠지만, 하고 한숨을 쉬었다. 하여 나는 도서관의 미로와도 같은 서가에서 고고학에 대한 책들을 찾아보았다. 그렇게 도서관의 햇살이 먼지 묻은 고고학 책들 위로 비껴들던 걸 바라보던 때가 나의 이십 대였다.

이른바 '쓰레기고고학'은, 1971년 미국의 고고학자인 랏제(W. Rathje)가 애리조나주의 투손에서 쓰레기 매립지를 발굴하면서 알려졌다고 한다. '쓰레기고고학이라니? 농담하나?' 하고 나는 고고학의 역사에 대한 책을 읽으며 생각했다. 하지만 랏제는 진지했다. 하여 그 미국인 고고학자는 쓰레기 매립지에서 발굴한 기저귀나 신문, 그리고 플라스틱과 같은 생활쓰레기를 분석해서 이 지역에서 생활한 현대 도시민들의 삶과 생활상을 재구성했다고 한다. 우리나라에서도 청계천 복원사업을 하면서 지층에 묻혀 있던 각종 생활 쓰레기를 발굴하여, 조선시대부터 현대에 이르는 생활사를 복원한 바 있는데 이 역시 '쓰레기고고학'이라 할 것이다.

생각해보면 우리가 버린 쓰레기는 우리 자신을 규정짓는 어떤 증거물이라 할 수 있다. 우리 안의 지층에 쌓여 있는 수많은 쓰레기는 우리가 먹고 입은 것, 읽고 쓴 것, 그리고 무엇보다도 사랑하고 행복해한 것들의 흔적이기 때문이다. 이를테면 지금 중년의 나이에 접어든 세대라면 '쫀드기'나 '라면땅' 혹은 작은 빨대 안에 색색으로 단맛가루가 채워져 있던 '아폴로'를 기억할 것이다. 비록 당시에는 불량식품이라는 악명을 뒤집어썼지만, 하굣길 아이들의 입맛을 사로잡은 그 옛날 과자들의 껍질은 지금도 어딘가 땅속에 묻혀 고요히 썩어가고 있을 것이다.

그리고 먼 훗날 어느 고고학자가 그 매립지를 발굴하여 그 시절 유년기를 보낸 이들의 발랄함과 애틋함을 그대로 복원해낼지도 모른다. 친구들과 '다방구'나 '오징어포' 놀이를 하다가 연탄 화덕에 둘러앉아 '쫀드기'를 구워 먹던 기억이나, 어느 비 오는 날 지각을 해서 교실 뒤에서 손들고 서 있다가 뒷자리의 급우에게 '아폴로' 하나를 몰래 건네받던 추억들을 말이다. 그때 벌을 받던 내가 선생님 몰래 빨아 먹던 '아폴로' 과자의 비닐 빨대는 어떻게 되었을까. 비닐은 썩는 데 백 년 이상이 걸린다니 내 입술에 닿았던 그 비닐 빨대 역시 지구의 어느 곳에서 윤동주의 어떤 시처럼 '어둠 속에서 곱게 풍화작용하며' 삭아갈 터이다.

 그렇게 지구의 어느 곳에 묻혀 있거나 혹은 마음의 지층에
쌓여 고요히 식어가는 것이 어디 옛날 과자들의 껍질뿐일까.
쓰다 만 연애편지의 구겨진 종잇조각, 이런저런 입학식이나
졸업식 때 받은 꽃다발, 유원지에서 들고 다니던 색색의 풍선
들, 언젠가 불치병으로 친구가 죽었을 때 그 친구의 동생과 나
눠 마신 소주병, 군에 입대하던 날 훈련소 입구까지 따라온 부
모님이 부디 몸 건강하라며 건네주신 두유 한 병. 이런 것들도
언젠가는 쓰레기라는 이름으로 불리게 될 것이다.

 그리고 마음의 지층에 켜켜이 쌓이는 이러한 기억들은 누
구나 마찬가지일 것이다. 예진에 태어나면서부터 장에 이상
이 있어 한 번도 제대로 변을 보지 못했다는 신생아에 대한 얘
기를 들은 적이 있다. 다행스럽게도 치료가 잘되어 그 신생아
는 이윽고 제대로 똥을 누게 되었는데, 그 아기의 어머니는 자
기 아기의 똥이 묻은 그 기저귀에 얼굴을 묻고 기뻐 흐느꼈다
고 한다. 나는 그 얘기를 들으면서 어떤 쓰레기는 그 당사자에
게는 가장 소중한 보물이 되기도 한다는 것을 깨달았다. 그것
이 비록 남들에게는 역한 냄새를 풍기는 똥 기저귀라 할지라

도, 당사자에게는 백만 송이의 장미보다 더 향기로울 수 있다고 말이다.

하지만 쓰레기가 언제나 이렇게 애틋한 것만은 아니다. 내가 본 쓰레기 중에서 가장 처참하고 당혹스러웠던 것은 언젠가 쓰레기종량제 비닐에 담겨 있던 살아 있는 병아리였다. 아파트단지 종량제 비닐 안에서 "삐약삐약" 하고 가냘프게 들려오던 그 소리는 인간이 무엇인지, 그리고 인간은 다른 생명에게 어떤 예의를 갖춰야 하는지에 대해 나 자신을 돌아보게 만들었다. 이렇게 극단적인 경우는 아니라 할지라도 우리는 대체로 쓰레기의 냄새에 코를 막는다. 한때 우리의 입속에 들어가고 남은 음식물도, 혹은 거실의 화병에서 실내를 밝히던 꽃도 때가 되면 가차 없이 버려지게 된다. 그리고 어쩌면 이런 것이 우리 삶의 풍경이다.

어쩌면 이런 게 삶이다. "오랜 나날 뒤에야 마침내 흘러간 세월이, 오점들을 지우고 영혼의 정수를 순수하게 하기까지…"라고 로마의 시인 베르길리우스는 《아이네이스》에서 노래했다.

사람은 언젠가 누구나 고고학자가 된다. 적어도 인생에 한

번은 말이다. 그리고 자신이 평생 묻어둔 온갖 쓰레기들을 헤아려볼 것이다. 그리고 오래 삭은 그 쓰레기들은 우리가 누구인지 우리 스스로에게 알려줄 것이다. 그때를 위해 나는 오늘도 쓰레기를 버린다. 그리고 이런 순간이면 고고학과 시와 쓰레기는 어떤 면에서 서로 통한다고 생각한다. 인생은, 세월에 의해 자연스레 삭혀지는 무엇…. 어쩌면 이게 바로 오래전 젊은 시인이 독일에 가서 터득하고 싶어 했던 것인지도 모른다. 이렇게 생각하면 쓰레기를 버릴 때 조금은 더 신중하게 된다.

표지가 아름다운
책은 바다가 보이는
창문과 같아

표지가 아름다운 책은 바다가 보이는 창문과 같아, 그걸 보는 순간 어쩔 줄을 모르게 된다. 최근에 그런 책을 보았다. 애덤 니콜슨이 쓴 《Sea Room》이란 책인데, 이런 구절이 있다.

1937년, 애덤 니콜슨의 아버지는 다음과 같은 신문광고에 대해 답신을 했다. "사람이 거주하지 않는 섬 판매. 아우터헤브리디스 제도, 600에이커 면적. 바다오리와 물개 포함. 신청 바람."*

바닷가에 사는 사람은 코웃음을 칠지 모르겠지만, 나는 오

* 《Sea Room》, Adam Nicolson, Picador(NY) 중에서.

래전부터 바다가 보이는 창문이 있는 방에 살고 싶었다.

창을 열면 시간과 기온에 따라 다채로운 색으로 표정을 바꾸는 바다.

그러면 나의 창은 커다란 화폭이 되고 그럼 난 아마도 인상파 화가들의 작품으로 구성된 나만의 메트로폴리탄 미술관을 소유하게 되는 거라 생각했다.

그리고 바다로 열린 창 앞에는 마호가니로 된 육중한 책상과 원목으로 된 책장이 있었으면 했다. 거기서 난 자주 턱을 팔로 괴고 파도를 내다볼 것이다.

매주 한 번씩 그 외딴곳으로 신간이 세 권쯤 배달되면 더 좋겠지. 그럼 난 이틀에 한 권씩 창가에서 책을 읽고 남는 시간에 해변을 산책할 거야.

그리고 책을 일찍 읽은 날은 저 멀리 갯바위 너머까지 걸어가 지난해 절벽 밑 빈 땅에 심어둔 해당화가 잘 있는지 살펴볼 것이다. 그러다 문득 그 선홍빛 꽃 뒤로 무리 진 갯질경이 사이에서 물새가 모아둔 새알들을 발견하고 슬며시 미소 지을

수도 있을 것이다.

그런 오후면 난 애덤 니콜슨의 책을 펼쳐볼 테다. 《Sea Room》의 부제는 '헤브리디스 제도에서의 섬 생활'이야. 정말 멋지지 않니? 이처럼 멋진 제목은 물새 알을 발견할 때나 선홍 빛으로 얼굴을 붉히는 꽃을 찾아낼 때처럼 나를 설레게 한다.

물론 꽉 막힌 출근길의 도로에서 창문을 열고 이런 생각을 하다가 슬쩍 이런 종류의 감수성이 약간은 유치하다는 자책에 빠지기도 한다.

그러나 때로는 유치한 게 삶을 구원하기도 한다. 적어도, 어떤 사람이 유치하다면, 그는 적어도 다른 사람에게 폭력을 쓰지 않는다는 뜻이기도 하고, 때로는 귀엽기까지 하니까.

그러니까, 그래서, 바다에 대한 이런 공상 덕분에 나는 기꺼운 마음으로 딸깍딸깍 깜빡이를 연발하는 차를 웃는 낯으로 끼워주기도 한다.

표지가 아름다운 책은 바다가 보이는 창문 같아. 그걸 열면 무엇이 나의 심장을 날카롭게 찌를지 아무도 모르는 거잖아.

니콜슨의 아버지처럼 섬을 구입할 순 없으나 바다가 보이는 창을 내 눈에 품고 싶다. 하여 고요한 바다 위로 달빛이 명랑한 밤이면 마음에 스며드는 문장들을 번역하고 싶다.

그것으로도 난 충분히 흐뭇해할 것이다.
누군가는 바다나 강보다는 산을 보면서 살아야 한다고 말했었지만.

천천히 녹아내리는 시간에 대하여

흔히들 유리가 고체라고 알고 있는데 사실 물리학적으로는 액체에 가까운 분자 구조를 가지고 있다. 의아하신 분들은 위키피디아를 검색해보면 된다. 사실 유리는 고체도, 액체도, 기체도 아닌 제4의 상태이다. 비유하자면 '딱딱한 액체'라고나 할까.

뭐 그건 그렇고, 유리가 액체의 성질을 가진 결과, 중력의 방향으로 아주 천천히 주저앉는 현상이 생기게 된다. 요컨대 유리가 흘러내리는 것이다. 다만 육안으로는 확인할 수 없는 속도로 아주 천천히 녹아내리는 것일 뿐. 즉 유리의 시계는 인간보다 천만 배 정도 느리게 흘러간다고 보면 된다.

언젠가 평행우주라 할 수 있는 어떤 차원, 그러니까 'KHS405-

2948572'에서 외계인 탐험가들이 지구를 방문한 적이 있다. 물론 차원의 분류번호나 탐험가라는 지칭은 지구의 언어로 의역한 것이다. 어쩌면 수행자, 대화자라고 번역하는 게 더 적합할지 모르겠지만.

이들의 평균 수명은 인간의 기준으로 일만 분의 일 초에 불과한데 이들의 의식 작용은 이 시간에 맞춰져 있다. 이에 따라 그들이 지구에 와서 본 것은 유리처럼 굳어 있는 풍경이었다. 즉 신체 구조나 인식 방식이 우리 우주와 약간은 다른 물리법칙에 따라 진화해왔으니 그들의 눈에 지구는 마치 하나의 결정세계로 보인 것이다.

그리고 그네들 중에서는 정지한 지구의 결정들이 사실은 생명작용을 하는 것일지도 모른다는 가설을 세운 유별난 외계생물학자도 있었다. 마치 우리가 원사번호 83번 비스무트(Bismuth) 광물의 결정체를 볼 때마다 어떤 문명의 산물로 느끼는 것처럼 말이다. 하여 그 외계인 학자는 일생을 바쳐 지구의 사물들에게 말을 걸어보기로 한다.

하지만 그 의욕에 찬 외계생물학자는 결국 아무런 대답을 얻지 못하고 지구에서 고독한 죽음을 맞이하게 된다. 하긴 당연한 일이다. 그의 일생은 일만 분의 일 초에 불과했고, 따라서 지구인에게 아무리 갖은 방법으로 대화를 시도해봤자 숨소리 한 차례 온전히 들을 리 없는 것이었다.

그러나 그들의 인생이 그토록 짧다고 해도 불쌍하게 여기진 말자. 왜냐하면 그는 0.00000001초 만에 그들 문명의 셰익스피어를 읽거나 혹은 0.0000000001초에 불과하지만 그들만의 시간관념으로는 충분히 긴 시간 동안 오르가슴을 느끼며 살고 있는, 지성적인 동시에 명랑하며 유머 감각도 겸비한 생명체들이니까 말이다.

다만 그들과 우리의 차이는 시간 차원, 그러니까 타이밍의 차이뿐이다. 천천히 흘러가는 시간, 혹은 찰나적으로 흘러가는 시간…. 단지 이 차이뿐이다. 뭐 사실, 이러한 시간 차원의 이격으로 인한 커뮤니케이션의 단절은 '지구 위의 존재자들' 사이에서도 벌어지고 있다.

이를테면 바위는 아주 천천히 사고한다. 오늘 점심으로는 뭘 먹을까 하는 정도의 의문을, 바위라면 거의 일백 밀레니엄에 걸쳐 떠올리는 것이다. 하긴 그래서 바위들은 대부분 수명이 수억 년 정도 한다. 그들의 시간은 인간의 기준으로 보면 굉장히 느리지만 그들의 입장에서는 그다지 지루할 리 없는 일생이다.

느리게 사고하기는 구름도 마찬가지이다. 한 번의 태풍이 몰아치는 사건은 인간으로 보자면 뉴런에 생체신호 한 가닥이 전달되는 작용에 불과하다. 즉 구름으로 보자면 수백 번의 태풍이 몰아쳐야 겨우 하나의 단일한 촉감을 느끼는 것이다.

만약 바위나 구름의 인식체계를 가지고 이 지구를 살아간 다면 굉장히 다른 경험을 할 것이다. 호모사피엔스사피엔스가 발흥하여 결국은 핵전쟁이나 치명적인 바이러스로 멸종할 때까지의 사건은 바위로 보자면 숨 한 번 내쉴 시간에 이루어지는 찰나적인 에피소드에 불과한 것이다.

그래서 유리잔이 천천히 녹아내리는 데 천만 년이 걸리는 시간의 관점에서 보면, 인간의 욕구가 다소 부질없는 것임을 느끼게 된다. 즉 우주적 시간의 관점에서 보면 일조 분의 일 초 동안의 사랑과 행복을 위해서 역설적으로 인간은 너무나 자기 자신에 대해 괴로워하는 것이다.

비가
좋다

비가 좋다.

자주, 비에 대해서 생각할 때마다 비는 은밀하고 촉촉하게 추억을 상영한다.

비가 오면 어떤 종류의 기억들이 막 뜯은 원두커피처럼 고소한 향을 풍기며 내 마음에 새초롬히 내려앉는다. 마치 전봇대에 조르륵 앉아 있는 참새들마냥. 그러면 난 그 촉촉한 깃털을 부드럽게 매만지며 지난 시간을 돌이켜 섬세하게 손질하는 것이다.

아주 오래전, 누군가로부터 "아침부터 비가 타박타박 내렸어"라는 말을 들었다.

아마도 초등학교 시절 짝에게서였을 거다. 난 타박타박이란 말이 신기해서 그 말을 숙제로 해오는 일기장에 적어두었다. 그리고 중학교 시절 글짓기 대회에서 그 표현을 잊지 못하고 산문으로 옮겨 적었었다.

초등학교 시절의 그림 일기장은 사라졌지만 상을 받은 덕분에 그 산문에 담긴 표현은 오래도록 내 마음속에 남아 있다.

초등학교 시절 내게 그 말을 전해준 애의 집에 있던 일본어판 세계명화집에는 귀스타브 카유보트의 〈The Yerres, Rain〉이란 그림이 실려 있었는데 그 이후로 난 'Yerres'란 단어의 의미가 궁금했다. 어린 나의 짐작으로도 그건 분명 도시나 강의 이름이라고 생각했다(그리고 이 단어를 어떻게 발음해야 할지 몰라서 "예-레-스"라고 길게 늘어지게 말하곤 했지).

훗날에서야 그게 프랑스의 한 소도시의 이름이자 그 도시를 비껴 흐르는 강의 이름이란 걸 알았다.

방금 비를 보며 전봇대에 앉은 참새 한 마리의 기억을 더듬어봤다.

이처럼 비는 과거에 내게 슬픔과 기쁨, 후회와 보람을 주었던 이런저런 기억들을 소환한다.

그래… 어쩌면 비는 그처럼 경쾌한 발걸음 소리를 내며 내게 인사를 건네는 건지도 몰라.

새벽에 잦아드는 빗소리를 듣는데, 스카치의 캠벨 체크무늬 우산을 쓰고 거칠게 물이 불어나는 강가를 내려다보고 싶었다.

삶의 어지러운 소용돌이, 막상 겪을 때는 아득한 현기증으로 숨이 막혔으나 지나고 보면 아무것도 아니었던 사건들.

한때는 내 것이었으나 이제는 내 것이 아닌 기억들을.

2부

**루카치를
읽는 밤**

별은
인간의 영혼을 덥힌다

이런 가정을 해보자. 먼 우주의 어느 별로 편도 여행을 떠나는 것이다. 여행은 아주 오래 걸리며, 우주선에는 혼자밖에 없다. 그리고 목적지인 그 별에 도착하기까지 그 누구와도 통신할 수 없고, 오로지 별빛만을 길의 지도 삼아 고독한 여행을 떠나는 것이다. 자, 그렇다면 당신은 그 우주선에 무엇을 싣고 떠나겠는가(어쩌면 이 질문은 "본질적으로 고독한 인간이여, 그대는 무엇으로 영혼의 벗을 삼겠는가"라는 질문으로 치환될 수 있다).

물론, 우주선의 부피 제한으로 인해 많은 것을 가져갈 수는 없다. 그러므로 당신의 고민은 더욱 깊어질 것이다. 그렇다. 난 사춘기 시절 이후 이런 공상에 빠질 때가 많았다. 그리고 난 그동안 살아오면서 그 우주선에 실을 만한 몇 가지를 찾아냈다.

코플스톤이나 라다크리슈난의 철학사 전집, 바흐의 오르간 작품집이나 황병기의 가야금 산조 CD. 더불어 오동나무 바둑판과 《관자보》나 《현현기경》 따위의 기보집. 물론 취향에 따라 여러 종교 경전이나 브리태니커 백과사전을 싣고자 하는 사람도 있겠지만, 나는 타르코프스키나 심슨 가족 DVD 컬렉션을 잊지 않겠다. 그리고 고흐.

그렇다. 그중 하나가 바로 고흐의 〈론강의 별이 빛나는 밤〉(1888)이다. 별들이 따뜻한 순금빛으로 그려져 있다면 복제화라도 관계없다(그림 소장자가 큰 인심을 써서 오리지널을 준다면 감사의 말이야 전하겠지만, 지구의 다음 세대들을 생각해서라도 어렵사리 사절해야 할 판이다. 그렇다. 오리지널을 감상할 기회는 아직 태어나지 않은 영혼들에게도 주어져야 하는 것이다).

우주선에 있으면 별은 질리도록 볼 수 있는데 웬 별 그림이냐고 말하지 말자. 론강을 따뜻하게 데우는 별빛은 인간의 영혼을 덥히는 신의 은총인 것이며, 그 강가에 찰랑거리는 가스등의 빛 물결은 곧 지구에 대한 애틋한 추억인 것이다. 그러므로 나는 결심한다. 우주선에 단 하나의 물건만 실으라고 한다면, 난 기어코 고흐를 선택하겠노라고.

그렇다. 훗날 지구에서의 삶을 마감할 날이 분명히 올 터인데 그때 영혼만 남아 별까지 날아간다면, 내가 택하고 싶은 단 하나의 것은 고흐의 그림에서처럼 죽어서도 간직할 지구에 대한 순금빛 추억인 것이다. 그리고 별은 그때까지 지상의 영혼들을 덥힌다.

내게 남겨진
최후의 책

프랑스의 모리스 블랑쇼는 "보르헤스에게 있어서는 우주가 곧 책이고 책이 곧 우주"라며 "만일 세계가 한 권의 책이라면 모든 책은 세계이다"라고 고백한 적이 있다. 인간의 지성이 자아낸 이 신비로운 발명품—책이라는 현상—을 나 역시 좋아한다.

우연인지 숙명인지 지성을 지닌 인간으로 태어나 경외의 마음으로 무한한 우주를 올려다볼 때 책은 우리가 속한 라비린토스의 미궁을 헤쳐나갈 수 있는 자애로운 나침판이 된다. 그러나 수없이 다채로운 음조 속에서 때로는 견고한 침묵을 찾듯 지금까지 내가 서재에 모아둔 많은 책을 떠나보내고 딱 백 권만 남기고 싶다는 생각을 해본다. 그렇게 한다면 난 아마

스티븐 킹의 소설 중에서는 중편 〈시체〉만을 남기고 아쉽지만 나머지는 모두 떠나보낼 것이다. 영화 〈스탠 바이 미〉의 원작이 된 중편 〈시체〉의 첫 부분에는 이런 문장이 씌어 있다.

　　나는 열세 살 때 처음으로 사람의 시체를 보았다. 그것은 1960년에 일어났으므로 아주 오래전 일이다. 그러나 때때로 내게는 그리 오래되지 않은 것처럼 생각되기도 한다. 우박이 그 시체의 눈으로 떨어지는 꿈을 꾸다가 깨어나는 밤에는 더욱 그랬다.[•]

　이 짧은 문단에는 스티븐 킹이 추구하는, 인간의 공포에 대한 그의 태도가 잘 드러나 있다. 따라서 이 짧은 중편 하나만 제대로 읽으면 나머지 스티븐 킹은 포기해도 좋다.

　정삼각형 하나만을 취함으로써 다른 모든 삼각형의 본질을 터득할 수 있듯이, 하나의 대표작을 선택하여 그 작가의 개성을 직관하는 것은 파스칼 키냐르에게도 해당한다. 다만 파스칼 키냐르라면 취향에 따라서 《은밀한 생》과 《떠도는 그림자》혹은《섹스와 공포》사이에서 잠시 망설일 수밖에 없는데, 오히려 나는 비주류라 할 수 있는《세상의 모든 아침》을 선택하고 싶다. 소설의 마지막에서 생트 콜롱브와 마랭 마레의 대화를 지켜보면서 과연 화음—예술—이란 게 무엇인지에 대한 어떤 심오한 통찰력을 얻을 수 있었기 때문이다. 마치 그들의 협연 후에 동터오는 세상의 모든 아침처럼 말이다.

이런 식으로 한 작가에게서 고갱이를 얻은 후에 이번에는 비슷한 색감을 지닌 작가들을 견주어본다. 아마도 난 사르트르와 카뮈를, 귄터 그라스와 하인리히 뵐을, 그리고 에드가 앨런 포와 하워드 필립스 러브크래프트를 비교할 것이다. 작품을 우열로 따질 수는 없으나 선호의 차이는 존재할 것이니 베스트 오브 베스트를 추려내는 게 가능할 터이다. 지금 예감으로는 나쓰메 소세키의《마음》이나 루카치의《소설의 이론》혹은 니체의《선악의 저편》이나 세이쇼나곤의《마쿠라노소시》같은 게 틀림없이 포함될 것이라고 믿는다. 그들은 각자의 시대와 인종, 성별과 신념을 깊게 숙고한 후에 어떤 보편적인 '인간 현상'을 우리에게 제시하고 있기 때문이다.

이렇게 백 권을 선정한다면 나머지 책들은 누군가에게 주어도 좋을 것이다. 그리고 다음으로 할 일은 그 백 권마저 하나씩 나의 품에서 떠나보내는 일이다. 이를테면 분명히 백 권 중에 포함될 파블로 네루다의 시집 같은 것은 지하철 선반 위에 던져놓는 것이다(그럼 사랑에 빠진 누군가가 우연히 집어 들어 자기 내면의 열기를 더욱 뜨겁게 달구겠지. 과거의 내가 그랬듯이).

메를로-퐁티라면 병원의 휴게실에 놓아둘 테고, 질 들뢰즈라면 무작위로 딱 한 쪽만 찢어 대형쇼핑몰의 반짝이는 화장실 거울에 붙여놓을 것이다. 그럼 인연이 있는 사람이라면 아마도 그 짧은 잠언만으로도 한 인간이 구축한 장엄한 형이상학의 세계로 기꺼이 인도되리라. 이오네스코의 희곡이라면 사춘기 시절 우리 또래 중에서 처음으로 마스터베이션을 했던 친구에게 주고 싶고, 무라카미 하루키라면 내게 데면데면하게 굴었던 직장 동료에게 주어도 될 듯싶다. 어떤 책은 떠들썩한 야구장에 놓아두고—이를테면 다카하시 겐이치로의 《우아하고 감상적인 일본 야구》 같은—, 또 다른 책은 다시 서점에, 또 어떤 책은 봄비 내리는 공원 벤치에 놓아두어 내가 끝내 소화해내지 못한 어떤 사유를 실컷 물에 불어터지게 만드는 것도 좋을지 모른다.

그렇게 백 권을 하나씩 내 품에서 떠나보내도 끝내 남는—혹은 버리지 못한—책이 한 권 있으리라. 나는 항상 그 책이 궁금했다. 내게 남겨진 최후의 책은 무엇일지. 아마도 그것은 내가 지향하는 지성의 이데아가 식물섬유인 펄프의 옷을 입고 현현한 것이리라. 더 욕심을 부린다면 딱딱한 종교 경전은 아니지만 그에 버금가는 광휘와 부드러운 유머를 동시에 지닌 것이라면 더욱 좋겠지. 그런데… 그렇다 해도 궁금증은 더 남는다. 만약, 만약에 말이다, 내가 그 마지막 책까지 떠나보내면 나는 무엇이 될지에 대하여.

그러니까 그 견고한 집착으로 이루어진 최후의 세계마저 품에서 떠나보낸다면—세계는 곧 한 권의 책이므로—과연 너는 어떤 생물로 진화해 있을지에 대해서.

대숲을 품고 있던 담양을 떠나 서울로 이사를 온 것이 일곱 살 남짓이었다. 나중에 왕십리 쪽으로 전학을 가긴 했지만 처음 입학한 학교는 남산이 잘 보이는 장충초등학교였다. 당시 교장 선생님께선 하이킹광이셨는지(남산으로 출발하기 전 훈화를 통해 교장 선생님께 '하이킹'이란 단어를 처음 들었다) 혹은 건전한 정신은 건전한 신체에 깃든다는 쿠베르탱 남작의 금언을 신봉해서인지는 모르지만, 토요일이면 학생들을 남산 정상까지 오르게 했다. 물론 1학년생도 예외가 아니었다. 덕분에 난 자주 토요일이면 수업을 대신하여 지금은 서울타워라고 부르는 남산타워 밑에서 서울의 전경을 내려다볼 수 있게 되었다. 그 시절 서울 시내를 내려다보며 했던 생각은 딱 하나였다. '저 많은 집과 빌딩에는 도대체 얼마나 많은 만

화책이 숨겨져 있을까?'

지금도 남산을 오르던 어린 시절의 길이 기억난다. 다람쥐가 아이들이 흘린 크래커를 주워 갔고, 가끔은 좀 더 큰 짐승이 산책로를 가로질렀다. 라일락 냄새는 향기로웠고 나무들 사이로 부서지던 초여름의 햇볕은 만화책만큼이나 어린 소년의 마음을 흔들었다. 남산을 오르던 아이들이 아카시아꽃을 따 먹던 시절이다. 지금 이렇게 그때를 생각하니 그 시절의 아늑함이 지금 마시고 있는 허브차의 향기처럼 흠씬 배어 나올 것도 같다.

남산과의 인연은 좀 더 이어졌다. 왕십리로 이사 가면서 남산과는 영영 작별인가 싶었는데 고등학교를, 역시나 남산 밑자락에 있는 장충고로 배정받은 것이다. 여러 가지로 고민이 많았던 그 시절, 난 아주 얌전한 반항을 했다. 학과 공부보다는 보고 싶은 책만 냅다 읽었던 것이다. 순전히 남산도서관 때문이었다. 올라가는 교통편이 다소 애매하긴 했지만, 도서관이 학교에서 그런대로 가까웠기 때문이다. 초등학교 시절 하도 산에 올랐더니 그만큼 남산도서관에 이르는 심리적인 거리가 가까웠던 탓일까, 난 주말이면 남산도서관에서 살다시

피 했다. 해방 전으로 거슬러 올라가는 역사를 가지고 있는 도서관에는 고풍스러운 책들이 많았다. 이를테면 하드커버로 된 J. D. 샐린저의 《Nine Stories》.

무엇보다도 도서관 창으로 비껴드는 햇살이 좋았다. 남산에서 용산이 내려다보이는 석양에 의지하여 버트런드 러셀의 《서양철학사》나 그레이엄 그린의 《사건의 핵심》이나 《사랑의 종말》을 읽노라면 세상의 모든 의문이 풀릴 것만 같았다. 서울에서 가장 오래된 숲이 내려다보이던 어느 오후, 갑작스러운 소나기는 투명한 유리창을 두드리며 쇼팽을 연주하곤 하였다. 청동으로 만들어진 여러 동상들과 이국적인 식물원을 구경하는 것은 하산길의 보너스였다.

누구나 그렇겠지만 고민이 많았던 학창시절은, 지금 생각해보면 참 좋은 시절이었다. 아무려면 《수학의 정석》이나 《성문종합영어》 대신 읽었던 아우구스티누스나 본회퍼 혹은 마틴 루터 킹이나 김교신은 나 자신을 다른 방향에서 진지하게 만들어주었으니까. 똑같은 책이라도 남산도서관에서 읽는 책은 그 숨결이 달랐다. 적어도 내게 남산도서관은 자애로운 스승이었다.

물론 소설도 읽었다. 난 남산도서관에서 미시마 유키오의 《금각사》를 읽었고, 토마스 만의 《선택된 인간》을 펼쳤다. 일본 장르 소설도 잔뜩 읽었는데 고마쓰 사쿄의 《부활의 날》은 얼마나 무시무시했던지 그날 도서관에서 내려오는 길에 바라본 서울 시내가 예사롭지 않았다. 마침 석양이 질 때여서 비스듬히 떨어지는 햇살이 힐튼 호텔을 붉게 물들이던 공포스러운 풍경은 지금도 생각난다. 그리고 아서 C. 클라크의 《유년기의 끝》과 스타니스와프 렘의 《솔라리스》도 빼놓을 수 없다. 그 시절 SF는 내게 있어 미지의 세계로 출항하는 명랑한 항구였으니까.

가장 기억에 남는 것은 J. D. 샐린저의 단편 〈에스메를 위하여〉였다. 지금도 난 이 단편소설의 마지막 부분을 읽으면 뇌의 한구석, 특히 정수리 부근이 욱신거리는 느낌을 받는다. 그 시절 난 이 단편을 거의 외울 정도로 되풀이해서 읽었던 것 같다. 그리고 남산도서관을 뒤져 이 작품이 실린 1948년 판 원서를 찾아보기까지 했으니까. 짙은 잿빛의 하드커버였고 고풍스러운 타이포그래피로 'Little, Brown and Company'라는 출판사 이름이 박혀 있었다. 서가 구석에 놓인 채 수십 년간 아무도 찾아보는 이 없다가 비로소 내가 펼친 것이다. 그 후로 살아오면서 여러 대학 도서관도 다녔지만 1948년 판《Nine Stories》하드커버가 있는 곳은 남산도서관이 유일했다.

그래서 누가 내게 글쓰기의 스승을 묻는다면 난 그 고풍스러웠던 남산도서관의 서가가 자연스레 떠오른다. 나는 그곳에서 인간과 세계에 묻고 싶은, 혹은 물어야만 할 여러 질문을 배웠다. 이를테면 이런 질문이다. 일본 군국주의의 부활을 외치며 할복자살한 미시마 유키오가, 그 아름다운 소설《금각사》를 쓴 인물과 동일인이 맞는지? "내가 인생에서 최초로 부딪친 어려운 문제는 '미(美)'라는 것이었다고 해도 지나친 말이 아닐 것이다. 그래서 자그마한 여름꽃들이 새벽이슬에 젖어 희미한 빛을 내뿜는 것 같은 순간에는 그것이 '금각사'처럼 아름답다고 생각했다"라고 말한 그가 맞는지? 정말? 그가 던진 '미'에 대한 질문은 곧 그 시절 나의 의문이었기에 나는 나중에 그의 할복을 알고 감내할 수 없는 배반의 감정을 느꼈다. 아니, 어쩌면 한 일본 작가에 대한 이러한 경멸도 학습된 나의 편견은 아니었는지?

그 시절 남산도서관에서 난 다른 질문들도 배웠다. 이를테면《금시조》를 쓴 이문열은 그 찬란한 금빛 새를 자신의 작품

속에서 보았는지? 디트리히 본회퍼는 죽는 순간에도 언젠가 자신이 감옥에서 쓴 일기에서처럼 "기억이 아름답고 풍부하면 풍부할수록 이별은 괴로운 것이다. 그러나 감사에 의해서 기억의 슬픔은 조용한 기쁨으로 변해가는 것이다"라고 여겼는지? 그 독일인은 삶이 엄숙하다는 것을 그 시절 처음으로 내게 알려주었는데 말이다. 그리고 그 질문들은 여전히 유효하다. 내가 지금 소설을 쓴다면 그 이유는 그 질문들에 대한 답을 찾기 위해서이다.

언젠가 기회가 되면 다시 남산도서관에 오르고 싶다. 그리고 내가 즐겨 앉았던 창가 쪽 자리에 앉아 그 옛날의 책들을 다시 펼쳐보고 싶다. 지금도 소장되어 있는지는 모르겠지만 가장 먼저 꺼내 보고 싶은 것은 1948년 판 《Nine Stories》 하드커버이다. 때때로 난 잿빛 커버를 가진 그 책이 나를 기다리는 꿈을 꾼다. 세상에 있는 모든 도서관의 책들은 자신이 펼쳐지길 기대한다. 그리고 어떤 이들에게는 세상에서 가장 풀기 힘든 질문들을 품게 만든다. 그런 꿈을 꾸는 밤이면 난 깨어서 잠시 우주의 저편으로 고개를 돌린다. 밤의 남산도서관에서 바라보았던 바로 그 하늘이다.

번역의
다채로움

십 년 전 봄, 아파트 재활용품 분리대 밑에서 비 맞은 새끼 고양이처럼 웅크리고 있는 책 꾸러미를 발견했다. 노끈으로 묶인, 김창석 님이 번역한 정음사 판 《잃어버린 시간을 찾아서》 전집이었다. 비록 버려졌지만 책을 묶은 단단한 끈과 빳빳한 하드커버에 난 마음이 기꺼웠다. 1985년인가 초판이 나온 이 전집은 당시에도 구하기 힘든 절판본이었으니 그날 이 책을 얻고 얼마나 기뻤는지 모른다.

그 후로 고마운 마음을 가지고 직장에 약간 일찍 출근한 아침이면 몇 쪽씩 전집을 읽기 시작했다. 마치 독실한 종교인이 경전을 읽는 것처럼 많을 땐 십여 쪽, 적을 땐 반 쪽 정도. 물론 거르는 날도 훨씬 많았다. 덕분에 1부인 《스완네 집 쪽으로》 를 그 이듬해 여름까지 일 년 반에 걸쳐서 읽을 수 있었다. 어

쩌면 그 속도는 마르셀 프루스트가 소설을 쓰는 속도와 비슷할지도 모르겠다.

그 뒤로 늦은 나이에 등단을 하고 이런저런 바쁜 일에 읽는 속도는 더뎌져 이제야 3부인 《게르망트 쪽으로》를 읽고 있다. 하지만 천천히 읽는 프루스트는 나에게 작은 기쁨이었다. 이를테면 오늘 아침에는 이런 구절을 읽었다. "사랑과, 사랑에 따르는 번민은, 취기처럼, 외계의 사물의 모습을 우리 눈에 다르게 보이는 힘이 있으니까."

이런 문장과 더불어 시작되는 아침은 나에게 큰 축복이다. 그리고 작년에는 반가운 소식도 들렸다. 김희영 님의 새 번역이 출간되기 시작한 것. 민음사의 전집은 표지까지 훌륭해 더욱 기뻤다. 지금 읽는 속도로 보아 김창석 님의 번역본 읽기를 마칠 때쯤이면 김희영 님의 번역도 완간될 거라 생각한다. 그럼 난 아침마다 새로운 우리말로 다듬어진 프루스트와 마주하게 되리라.

사실 난 번역이란 다채로울수록 좋다고 생각한다. 번역은 원작에 대한 개성적인 해석이자 변주이기 때문이다. 예를 들어 독일어의 'Gott'를 우리말의 '신 / 하느님 / 하늘님 / 하나님' 등으로 옮기는 것은 제각기 간직한 마음의 프리즘을 거치는 것이다. 그러니 '하나님'이 맞고 '하느님'은 틀리다는 것은 있을 수 없다. 그건 마치 카라얀이 지휘한 베토벤은 맞고 칼 뵘은 틀리다는 말과 같으니까. 분명 베토벤은 하나의 악상을 악보로 표기했지만 그것을 어떻게 해석하고 숙성시키느냐는 카라얀과 칼 뵘, 그리고 정명훈과 오자와 세이지가 다른 길을 갈 수가 있는 것이다.

그러니 나로서는 원곡을 독창적으로 해석하는 지휘자나 연주자의 수가 다양할수록 좋다고 생각하는 입장이다. 루빈스타인으로 쇼팽을 들었다고 만족하지 않고 아슈케나지나 루간스키의 손끝에 맺힌 〈녹턴〉에도 귀를 기울인다. 안개 낀 어느 날은 임동혁이, 비 오는 다른 날은 이반 모라베츠가 마음에 젖어온다. 그리고 기회가 된다면 쇼팽을 곱고 나긋나긋하게 잡아냈다는 타마스 바사리도 들어볼 생각이다. 이처럼 모든 원작에는 다양한 해석의 기쁨이 존재하는 법이다. 그건 마치 연보랏빛 라일락이 광채와 온도, 그리고 습기와 바람에 따라 다른 미소로 나에게 인사를 하는 것과 같다.

물론 여러 가지 언어에 재능이 있어 원서를 직접 접하는 것도 좋겠다. 번역본을 거치지 않고 직접 원서와 마주하는 것은, 비유하자면 다년간 첼로를 연마하여 바흐의 첼로 조곡을 직접 연주하는 기쁨을 누리는 것과 같다. 그렇다 해도 번역은 다른 가치를 가지고 있다. 예를 들어 아이리스 머독의 《바다여 바다여》의 첫 대목에는 "Near to the horizon it is a luxurious purple, spotted with regular lines of emerald green. At the horizon it is indigo"라는 문장이 나온다. 나는 이 문장에 쓰인 'a luxurious purple'이나 'emerald green', 그리고 'indigo'의 뜻을 짐작할 수 있다. 더불어 "수평선 근처는 화려한 보랏빛이며, 에메랄드빛이 규칙적인 무늬를 수놓는다. 수평선은 쪽빛이다"라고 번역한 안정효 님의 문장이나 "수평선 부근은 현란한 자색과 아름다운 초록색이 뒤섞여 있다. 수평선은 남색이다"라고 옮긴 최옥영 님의 우리말에서 또 다른 기쁨을 느낀다.

그러니 난 바흐의 첼로 조곡을 연주할 수 있는 능력이 있다고 해도 기회가 된다면 파블로 카잘스의 연주에도 관심을 가질 것이다. 그건 나의 눈으로 바라본 세상과 다른 이가 바라본 세상에는 우열을 가를 수 없는 개성적 가치가 스며 있기 때문이다. 번역은 내 마음의 프리즘을 다른 이에게 전하는 공감 행위이다. 문학의 본질은 세상을 넓고 다채롭게 바라보는 시선에도 존재한다.

팔월이다. 서재엔 에어컨이 없기에 해마다 이맘때면 오백 밀리리터짜리 캔맥주를 뺨에 대고 책을 읽곤 한다. 냉장고에서 막 꺼낸 캔인데 이것을 난 '휴대용 뺨 에어컨'이라고 부른다. 차가운 금속의 냉기가 뺨에 달라붙으면 정신이 맑아진다. 즉 마시는 용도가 아니라 뺨에 대는 용도인 것이다.

그리고 반 시간쯤 지나 냉기가 가시면 함께 쥔 손수건으로 깨끗하게 닦아 냉장고에 다시 넣어두고 다른 녀석을 꺼낸다 (A매치 축구 경기에서 선수들이 교대할 때처럼 서로 하이파이브를 하는 녀석들의 소리가 들리는 것도 같다). 그래서 밤에 잘 때도 베개 옆에 끼고 잔다. 지난밤에도 하이네켄과 기네스를 차례대로, 그리고 지금도 마튼즈 라들러를 뺨에 대고 뭔가를 쓰고 있는 거다. 물기가 맺히면 얇은 리넨 손수건으로 닦

상상도 못했지.

아가면서.

예전부터 이상하게 에어컨 바람이 싫었다. 물론 차에서는 예외지만(내가 뜻대로 온도를 조절할 수 있으니), 여름이면 사무실에서 하도 에어컨을 대차게 틀어 이런 계절이면 꼭 한 번은 냉방병에 걸리곤 한다. 사실은 사무실에서 얇은 담요를 두르고 있기도 하지만 같이 일하는 이들에게 눈치를 주게 되니까 이것조차 신경이 쓰인다. 예를 들어 내가 담요를 두르고 있으면 "저기… 에어컨 끌까요?"라고 물어본다. 난 아니라고 손사래를 치지만—나름대로 열심히 친다. 그렇지만—결국 에어컨은 꺼진다. 그리고 사무실에 번지는 시무룩한 기운. 그게 미안해서 담요 두르는 것조차 신경이 쓰인다.

한번은 우리 사무실에 들른 상사로부터 에어컨 바람이 차갑다고 담요를 두르는 것은 남자답지 못하다는 핀잔을 듣기도 했다. '헛, 남자답지 못하다고요? 헐이다, 헐.' 살면서 한 번도 인간의 감정을 표현한 것에 있어, 젠더의 차원에서라면 부끄러워한 적이 없다(라고 주장한다. 뭐, 아님 말고). 이를테면 책이나 영화를 보면서 펑펑 운다고 남자답지 못하다고 생각한 적이 없다. 다른 사람의 안쓰러운 사고 소식을 신문에서 보면서, 소나기 한 번 왔다고 멋도 모르고 나왔다가 땡볕에 말라 죽어가는 지렁이를 보면서, 그리고 지난겨울 나에게는 정말로 소중한 식물이 아버지의 실수로 얼어 죽거나—외출을 하시면서 환기를 위해 열어둔 창문을 그대로 두고 가셨기에— 할 때 우는 것을 부끄러워한 적이 없다.

그런 것처럼 춥다고 담요를 두르는 것이 남자답지 못하다는 핀잔은 개소리라고 생각한다(라고 썼다가 괜스레 귀여운 강아지들에게 미안해지니 이 말은 취소). 눈물 얘기를 좀 더 해보자면 어려서부터 난 눈물이 많았던 것 같다. 〈터널〉의 시사회에 갔을 때도 영화가 세월호 사건을 많이 연상시켜서 중간에 울었었다. 앞으로 얼마나 많은 세월호의 기억들이 영화며 소설이며 시로 등장할까. 그리고 별 관계도 없는 내가 이렇게 힘든데 그걸 보는 유가족들은 또 얼마나 괴로울까 하는 생각도 들었다.

그런 밤이면 나의 '휴대용 뺨 에어컨'을 다른 용도로 쓰기도 한다. 즉 기분을 전환하려고 캔에 달린 알루미늄 마개를 따고 캐롤 길리건의 《기쁨의 탄생》에 인용된 시라도 읽어야지 하고 생각했던 것이다(예를 들어 이 책에는 "힘들게 사는 것이 편안하게 죽는 것보다 나아요"라는 구절이 나온다. 산 채로

제물로 바쳐질 뻔한 이피게네이아의 발언이다. 이처럼 이 책에는 고대 그리스의 희곡을 비롯해 여러 곳에서 인용된 잠언들이 등장한다. 물론 읽으면 힘이 나지요).

　　그리고 '휴대용 뺨 에어컨'을 마시며 데이브레이크—아니, 데이브레이커였던가? 술김이어서 헷갈린다—의 곡들을 들어보기도 했다. 이 인디밴드는 어제 처음 들어봤는데 참 명랑한 곡들이어서 기뻤다. 그리고 음악을 듣다가 문득 생각나는 음반이 있어 평소에 잘 열어보지 않던 창고의 보관 상자들을 꺼내서 열어보기로 했다(상자들을 꺼내다가 발등을 찧긴 했지만). 그런데 그렇게 꺼낸 상자 속에서 어떤 책과 마주쳤다. 루카치였다. 아니, 루카치들이었다. 난 루카치란 이름을 본 순간, 또 눈물이 핑 돌고 말았다. 방금 전까지 실없이 웃으면서 발등에 연고를 발랐는데 다시 눈물이 차오르기 시작한 것이다.

　　내가 살짝 좋아하는 이분법에 따르면 세상은 항상 두 가지 부류로 구분할 수 있다. 이를테면 스티븐 킹을 좋아하는 사람과 그렇지 않은 사람, UFO를 본 사람과 그렇지 못한 사람, 철학자 버클리를 아는 사람과 그렇지 않은 사람, 혹은 H. P. 러브크래프트를 읽어본 사람과 그렇지 않은 사람… 이런 종류의 이분법이다. 그리고 난 누군가를 만나면 나의 이분법을 그 사람에게 적용하여 이리저리 재어보는 것이다(좋게 얘기하면 그 사람의 마음을 읽어본다는 뜻이리라). 그리고 얻어낸 예측에 따라 그 사람에 대해 예의 있게 응대하곤 한다(중요한 핵심 포인트는 나와 반대편에 있다거나 혹은 모른다고 불쌍하게 여기지 말기). 그리고 혹여라도 그 사람의 내부에 내가 좋아하는 것—그러니까 스티븐 킹, UFO, 철학자 버클리, H. P. 러브크래프트—에 대해 친밀감을 보일 가능성이 있다면 나는 무척 행복해진다. 왜냐하면 내가 흠뻑 빠져든 다른 것을 그 사람에게도 소개시켜줄 수 있기 때문이다. 마치 소개팅을 주선해주는 것처럼 말이다(대화를 할 때 마음을 열고 온기를 느끼면 그 사람이 스티븐 킹이나 UFO나 혹은 아일랜드의 성공회 주교나 아웃사이더 호러 작가를 좋아할지 아닐지가 보이는 거죠).

그런 이분법에 속하는 이름 중에 루카치가 있다. 즉 '루카치를 읽어본 사람과 그렇지 않은 사람', 아니 루카치를 읽어본 사람이라도 더 엄밀하게 구분할 수 있겠다. 그러니까 '루카치를 읽으며 울어본 사람과 그렇지 않은 사람'. 그렇다. 내 인생에 있어 루카치를 읽으면서 눈물을 글썽인 사건은, 이를테면 장준하나 노무현이 남긴 투박한 편지 혹은 체 게바라나 마틴 루터 킹의 "나에게는 꿈이 있습니다"라는 연설문을 읽으며 눈시울을 붉힌 경험과 등치된다. 한 인간의 열정을 내 내면의 거울로 삼아, 인생의 지도로 여기는 이러한 경험은 우주와 세계에 대한 일종의 존재론적 각성인 것이다.

사실 이런 경험을 종교적인 개념으로 치환한다면, 이는 신학에서 말하는 자연계시에 가까운 경험이리라. 어쨌거나 루카치를 읽으며 눈물을 글썽인 경험이 있는 사람은 누구나 공감할 것이다. 온갖 종류의 불온한 프로파간다가 만연한 사회에서 루카치는 인간이 신성한 방향으로 변화될 수 있고, 또 변화되어야 한다는 명제를 영혼으로 기록했다는 사실을. 그리고 루카치는 그의 글을 읽어본 사람들 사이에 은밀한 연대의식을 부여한다는 것을.

나는 루카치 때문에 궁극적으론 인간의 본성이 선하다는 것과 인간의 영혼들은 시대를 거슬러 서로 대화할 수 있다는 것을 믿는다. 내가 처음 루카치를 읽어본 것은 군 복무를 마친 스물세 살이었다. 당시 문학동아리 선배와 함께 안나 보스톡이 번역한 《소설의 이론》 영문판을 한국어 번역본과 대조해가며 읽었다. 지금 생각해봐도 참 행복한 기억이다.

루카치의 핵심은 아무래도 《역사와 계급의식》이나 《프롤레고메나》에서 발견된다. 루카치의 중요한 사유들이 서술되었기 때문이다. 그렇긴 하나 이 책들은 다소 딱딱하다. 그런데 이렇게 건조한 그의 사유가 한 편의 부드러운 시처럼 녹아내린 게 바로 《소설의 이론》이나 《영혼과 형식》이다. 이 책에서 루카치는 마틴 루터 킹의 '버밍햄 감옥으로부터의 편지'에서처럼 인간의 진심에 대한 열정으로 가득 차 있다. 인간에 대한 그러한 신뢰는 마치 모네의 유화에서처럼 다채로운 빛을 뿜어낸다. 어떨 땐 우는 아이를 다독이는 어머니처럼 부드러운 애정으로 찰랑거리고, 때로는 뜨거운 태양 아래 건강하게 넘실대는 해바라기밭 한가운데 홀로 서 있는 것 같은 기분을 느끼게 한다.

보관 상자에서 꺼낸 루카치를 펼쳐보니 'rift'나 'abyss', 'hieroglyphics' 같은 낱말을 사전에서 찾아본 흔적이 남아 있다. 'plentitude' 같은 건 지금도 모르겠다. 그리고 'transcendental locus'의 뜻이 애매모호하여 원어인 독일어 'transzendentaler ort'를 찾아본 흔적도. 그렇지만 모두 좋은 기억이다. 이 책에 플라톤이 나오면 플라톤을 읽어봐야지, 칸트가 나오면 칸트도 읽어봐야지, 그리고 단테나 볼프람, 에센바흐가 나오면 오오, 이 사람들도 읽어봐야지 하고 의욕이

충만하던 시절이었다. 그 시절, 영문판에 나오는 'rounded in this duality'라든가 'totality'라는 개념을 어렴풋이 이해하고 나서 그게 너무도 기뻐 마치 어린이가 트램펄린에서 뛰듯이 방방 뛰었던 것도.

그 시절에는 내가 책 한 권을 읽으면—진심을 다해서 읽으면 말이다—그 앎이, 그리고 앎에 의한 행동이 나와 세계를 바꿀 수 있을 것으로 믿었다. 그런데 언젠가부터 열정을 다해 살아간 사람들의 삶이 하나의 유행이자 액세서리가 되고 있다. 이를테면 보드카나 속옷 따위에 체 게바라가 등장한다. 어디 체 게바라뿐이던가. 발터 벤야민은 유한계급의 브로치처럼 자본주의 예술철학의 시녀로 널리 인용된다. 신념을 위해서 망명을 하다가 결국은 죽고 만 이 남자의 입장에서 보면 참으로 아이러니한 일이다. 뭐든지 집어삼키는 자본주의의 불온함이 두렵다. 하지만 인간의 영혼이 선하다는 것을 여전히 나는 믿는다. 헝가리의 위대한 이상주의자 게오르크 루카치 때문에.

이 남자가 헝가리 정치사에, 더 나아가 20세기 전반기의 유럽과 소비에트의 지성사에 있어 헤게모니를 잡았으면 얼마나 좋았을까 하고 생각한다. 아마 그랬으면 인간의 역사는 많은 부분에서 유토피아에 더 근접했을 것이다. 그러나 불행히도 인간 해방을 주창하는 이념의 내부에서도 인간의 선의를 도구로 보는 자들이 권력을 잡고 많은 것을 망가뜨렸다. 그러나 그렇다 하더라도 강철과 콘크리트로 바벨탑을 쌓아가는 인간의 문명에 그래도 희망이 있다면 루카치나 마틴 루터 킹이나 호치민이나 노무현 같은 아름다운 이상주의자들이 이 초록빛 지구에서 살았기 때문이라고 나는 생각하는 편이다.

별이 총총한 하늘을 보고, 갈 수가 있고 또 가야만 하는 길의 지도를 읽을 수 있던 시대는 얼마나 행복했던가? 그리고 별빛이 그 길을 훤히 밝혀주던 시대는 얼마나 행복했던가? 이런 시대에 있어서 모든 것은 새로우면서도 친숙하며, 또 모험으로 가득 차 있으면서도 결국은 자신의 소유로 되는 것이다. 그리고 세계는 무한히 광대하지만 마치 자기 집에 있는 것처럼 아늑한데, 왜냐하면 영혼 속에서 타오르는 불꽃은 별들이 발하고 있는 빛과 본질적으로 동일하기 때문이다.●

●《소설의 이론》, 게오르크 루카치 지음, 반성완 옮김, 심설당, 1985.

또 이런 구절은 어떤가.

세계에서 한 인간은 타인의 삶 속에서 어떤 의미를 지닐 수 있는가? 무한히 많은 의미를 지닐 수도 있고 거의 아무런 의미도 지니지 않을 수도 있다. 한 인간은 타인에 대해 일종의 운명일 수도 있고, 운명을 변형시키는 사람일 수도 있으며, 조종하는 자일 수도 있고, 혹은 새로운 창조자나 파괴자일 수도 있다. (그러나) 우리가 만난다는 사실 하나로, 우리의 삶이 종말을 고할지라도, 우리는 그 때문에 타인을 사랑할 수 있다.[●]

팔월의 달빛을 환한 아우라로 감싸 안아 여태껏 잠자지 않는 사람들의 창가에 공평하게 흩뿌려주는 한밤, 오랜만에 찾아낸 루카치의 글을 골라 읽어본다. 수많은 세월이 흘러서도 그의 정갈한 글들은 뺨에 닿은 차가운 알루미늄처럼 내 영혼에 시리고 맑은 자극을 준다. 이런 고요한 두근거림 때문에 밤하늘에 빛나는 별들을 오늘날에도 올려다볼 수 있는 것이다. 목소리, 그들이 밤하늘에 총총하게 남긴 목소리를 통해 인간의 영혼들은 시대를 거슬러 서로 대화를 한다.

●《영혼과 형식》, 게오르크 루카치 지음, 반성완•심희섭 옮김, 심설당, 1988.

입술 이전에
속삭임이 있었지

가끔 어떤 문장이 떠오르고, 그것이 내가 생각해낸 것인지 혹은 어디서 읽은 것인지 모호할 때가 있다. 예를 들면, "만약 사람의 눈이 태양이 아니라면, 눈은 결코 태양을 직시할 수 없을 것이다" 같은 문장이 그렇다. 예전에 쓰던 노트에 적어둔 글인데, 그즈음에 읽던 책들을 뒤져보고서야 이 말이 고대 그리스의 신비사상가 플로티노스의 말이란 걸 찾아낼 수 있었다. 더불어 위 문장 뒤에는 바로 이어서 "마찬가지로 스스로의 영혼이 아름답지 않다면, 영혼은 결코 아름다움을 볼 수 없을 것이다"라는 대구가 나온다는 것도. 그러므로 다행인 것은 하나라도 생각의 실마리가 얻어지면 그에 따른 연상으로 다른 기억들이 덤으로 딸려온다는 것(이왕이면 근사한 기억만 밀려들면 좋겠다).

이를테면 사춘기 시절, 아우구스티누스 때문에 이름을 알게 된 플로티노스의 저작을 읽고 싶었으나 번역된 게 없어 아쉬워하며 내려올 때 남산의 풍경 같은 것들. 그때는 가을이었고 남산에는 플라타너스가 한창이었다. 사춘기 시절 나는 김현승의 시 〈플라타너스〉를 좋아했으므로 이후로 이 나무를 보면 비슷한 발음을 가진 플로티노스를 떠올리게 되었다. 그래서 만약 내가 어른이 된다면, 서기 3세기를 살아간 이 남자가 남긴 책을 꼭 읽어보겠다고 결심하게 되었다.

　그리고 드디어 성년이 된 이후 철학사에 대한 몇 권의 책을 읽었는데 플로티노스와 관련해서는 이 남자가 말했다고 전해지는 인용문 몇 가지를 본 게 전부이다. 그래서 지금도 플로티노스에서 연상되는 것은, 신플라톤주의라는 철학 사조와 유출설이란 개념, 그리고 아우구스티누스에게 영향을 미쳤다는 추상적인 관념 정도(그리고 추측한다. 이 남자의 신비주의에는 분명 종교적인 수행을 통한 직관이 있었을 거라고. 그리고 그 방법론은 아마도 명상이었을 것이다. 신플라톤주의의 유출설은 종교적 명상을 통해서만 다다를 수 있는 거라고 나는 생각하는 편이니까).

그렇다 해도 사춘기 시절 그리운 얼굴들처럼 쓸쓸히 떨어지는 플라타너스 잎들을 보며 플로티노스의 저작을 읽어보고 싶다는 막연한 다짐은 지금도 여전히 숙제로 남아 있다. 그렇게 마음의 숙제로 남아 있는 게 어디 플로티노스뿐일까. 이를테면 오시프 만델스탐에 대해서도 그렇다. 예전에 영화감독 타르코프스키에 대한 어떤 책을 읽다가 이 러시아 시인의 시가 영어로 인용된 부분을 한참 들여다보았다. "Perhpas before the lips, the whisper had existed"라는 구절이었다.[•] '아마도 입술이 있기 전에 속삭임이 존재하고 있었지' 정도로 옮길 수 있을까. 어쨌든 이 구절만큼이나 맘에 들었던 것은 시의 제목이었다. 'Schubert on the water and Mozart in the songbirds'라니, 난 시의 전문이 어떨지 궁금했다. 그리고 영어로 짧게 인용된 부분이 아니라 러시아어로 된 원문 전체를 읽을 수 있으면 얼마나 좋을까 생각해보았다. 그러나 내게 남은 수명과 나의 언어적 재능을 고려할 때 앞으로 고대 그리스어로 된 플로티노스의 저작을 원어로 읽기란 불가능하다는 것을 안다. 물론 오시프 만델스탐을 러시아어로 읽는 것도 그럴 것이다. 구글의 괴짜 미래학자 레이 커즈와일이 얘기한 대

• 《Tarkovsky:Cinema as Poetry》, Maya Turovskaya, Faber and Faber, 1989.

로 조만간 기술적 특이점이 발생하여 인류가 영생한다면(감히 영생까지는 바라지 않지만 평균 수명이 오십 년쯤이라도 더 늘어난다면), 헬라어나 러시아어에 도전하여 플로티노스와 오시프 만델스탐에 대한 오랜 숙제를 기쁘게 시작할 수도 있을 듯싶은데 말이다.

그러나 그렇다 하더라도, 원어로 철학자나 시인의 글을 읽는다고 해서 지적인 갈증이 해소되는 것은 아니리라. 예를 들어 한국인으로 자란 내가 모국어로 박상륭의 《열명길》이나 《죽음의 한 연구》를 읽는다 해도 그 작품이 품고 있는 모든 것을 얻을 수 있는 것은 아니니까. 즉 어떤 작품을 온전히 이해하려면 그 작가와 영혼이 겹쳐져 그 작품을 지어내는 경험을 동일하게 해봐야 한다고 생각하는 편이니까. 내가 서기 3세기, 그러니까 이미 위풍당당한 고대 그리스의 여름은 쇠잔해지고 아직 중세의 가을은 오지 않은 시대를 살아간 철학자가 되거나, 혹은 사물의 본질에 대해 서정성을 가지고 천착했으나 정치 권력에 의해 유형에 처해지는 러시아 시인의 삶을 동일하게 살아보는 경험을 하는 것은 불가능하니까.

즉 이런 생각을 플로티노스의 명제를 이용해 약간 단순화

한다면 다음과 같이 말할 수 있겠다. "태양과 동일하지 않으면 태양을 인식할 수 없다." 이를테면 내가 흑인이 아니라면 아무리 노력해도 흑인을 이해할 수 없다. 우리가 동성애자가, 코시안이, 쿠르드족이 아니라면 동성애자의, 코시안의, 쿠르드족의 심정을 이해할 수 없다. 그렇다면 진리를 추구한다는 입장에서 우리가 타인의 글이나 음악이나 사진이나 영상이나 미술작품을 보는 행위에—그것을 번역문으로 보거나 원어로 보거나, 녹음으로 듣거나 실황으로 듣거나, 인쇄된 사진으로 보거나 육안으로 목도하거나 관계없이. 그런 건 사실 부차적인 문제이다—어떤 가치를 부여할 수 있을까.

그래도 나는 보고 싶다. 본다는 것, 듣는다는 것, 그리고 만지는 것이 진리의 차원에서 어떤 의미가 있는지는 잘 모르겠지만, 그래도 능력과 여유가 되는 한도 내에서 인간이 지어내는 고귀한 것들에 대해 명상하고 싶다. 비록 19세기 말엽 러시아에서 태어나 머나먼 동토로 유형에 처해진 적은 없어 시인의 마음과 온전히 겹쳐지는 않겠지만, 그가 목도한 물 위의 슈베르트와 지저귀는 새들 가운데의 모차르트는 먼 공간과 시간을 이격하여 나에게도 뭔가 삶과 우주의 경이를 일깨워줄 것이다.

  살다 보니 다소 센티멘털한 소원이 생겼다. 시골로 이사를
가 마당에 앵두와 홍매화 그리고 평소 소원하던 목백합을 다
정하게 기르는 것이다. 물론 2층에는 다락방이 있어 정원 쪽
으로 창이 나 있으면 좋겠다. 그럼 난 교자상을 펴고 한밤의
독서를 할 것이다. 그런 밤이면 바람이 불고 길게 늘어진 목백
합의 가지가 창문을 툭툭 칠지도 모른다. 그럼 난 창문으로 교
교한 달빛을 올려다보며 잠시 우주의 신비로움에 사로잡힐
테다. 그런 낭만적인 밤에 어울리는 책들이 있다. 구하기 힘들
겠지만 내가 꼭 읽고 싶은 책. 그중 한 권이 데릭 하트필드의
《기분이 좋다는데 뭐가 나빠?》라는 책이다. 이 책에는 다음과
같은 구절이 나온다고 한다.

문장을 쓰는 작업은, 한마디로 말하면 자신과 자신을 둘러싼 사물과의 거리를 확인하는 일이다. 필요한 것은 감성이 아니라 잣대다.●

그러나 얼마 전 이런 책은 없다는 것을 알게 되었다. 1936년도 작품이라는 꽤 구체적인 연도에도 불구하고 이 책은 무라카미 하루키의 소설 속에 등장하는 허구의 저서임을 얼마 전에 알게 된 것이다. 내게 그 사실을 언급한 사람은 당연히 내가 그 사실을 알 거라 여겼겠지만 난 정말 몰랐다. 하여 전화를 끊고 나서 생각했다. '그렇단 말이지. 무라카미 하루키의 《바람의 노래를 들어라》를 다섯 번 되풀이해서 읽는 동안 난 단 한 번도 데릭 하트필드의 존재를 의심하지 않았다고.'
　어쨌거나 그 말을 듣는 순간 이런 생각도 퍼뜩 들었다. 《바람의 노래를 들어라》에 에피소드가 인용된, 그러니까 1938년 유월의 어느 맑게 갠 일요일 아침, 오른손에는 히틀러의 초상화를 껴안고 왼손에는 우산을 펼쳐 든 채 엠파이어 스테이트 빌딩의 옥상에서 뛰어내린 데릭 하트필드라는 인물은 반드시 실제로 존재했던 인물일지도 모른다고. 그리고 젊은 시절 외

●《바람의 노래를 들어라》, 무라카미 하루키 지음, 김난주 옮김, 열림원, 1996.

국 여행에 나선 하루키가 어느 항구의 헌책방이나 개러지 세일에서 그 사람의 글과 생애가 실린 낡고 조그만 작품집을 우연히 발견하게 된 것이라고. 그래서 하루키는 문장이 막히거나 새로운 착상이 필요할 때 야금야금 그 안에 있는 내용을 요령껏 인용해가며 소설을 쓰고 있는 거라고.

(뭐 이럴 가능성은 없을까? 하루키가 《1Q84》 2권에 적은, "인간이 스스로의 용량을 뛰어넘어 완전해지고자 할 때 그림자는 지옥에 내려가 악마가 된다"라는 문장은 원래 "완전한 문장 같은 건 존재하지 않아. 완벽한 절망이 존재하지 않는 것처럼 말이야"와 같은 문장을 쓴 데릭 하트필드의 교묘한 모방일는지 말이다. 어쩌면 그걸 진심으로 바라는 사람이 있을지도 모른다. 왜냐하면 그로 인해 인류는 센티멘털한 무라카미 하루키 대신에 비운의 데릭 하트필드를 얻을 수 있으니까. 무라카미 하루키가 질색인 사람이라면 솔깃할지 모르겠다. 하루키가 미운 사람들은 이런 음모론에 동조하시길.)

뭐 그건 그렇고, 꼭 읽어보고 싶은 다른 책도 있다. 1943년 Harper and Bros에서 나온 《Anger in the sky》라는 책이다. 이 책에는 데릭 하트필드가 우산을 껴안고 뛰어내린 맑게 갠 일요일 아침 대신 비 오는 일요일 오후에 대한 문장이 들어 있다고 한다. 이런 문장이다.

비 오는 일요일 오후에 무엇을 해야 할지 모르는 수백만
의 사람들이 불멸을 동경한다.[*]

아, 물론 이건 데릭 하트필드보단 꽤 신빙성 있는 책이다. 왜
냐하면 이 책은 존 배로의 《무한으로 가는 안내서》의 제11장
〈영원한 삶〉의 첫 번째 인용 각주에 등장하니까. 의심스러운
분들은 2011년 4월 해나무 출판사에서 번역된 이 책의 인용
각주를 뒤적이면 될 터이다. 물론 수잔 에르츠의 존재가 케임
브리지 교수 존 배로의 익살스러운 장난일 수도 있겠다. 대체
로 영국의 역사가들은 일상생활의 적재적소에서 써야 할 유머
감각을 이렇게 엉뚱한 곳에서 발휘하기도 하니까. 그러니 유머
를 발휘한답시고 가상의 저서를 인용하는 것도 가끔은 가능하
리라. 이를테면 케임브리지식의 영국 유머일 것이다.

'가없고 끝없고 영원한 것들에 관한 짧은 기록'이란 긴 부제
가 붙어 있는 이 책의 번역판 표지에는 소실점을 향해 나아가

●《Anger in the sky》, Susan Ertz, Harper and Bros, 1943.

는 긴 철로가 보인다. 아마도 이 길은 인간이 지향하는, 혹은 지향해야 할 지성의 궤도일 것이다. 그리고 수많은 역에 정차하는 잠시 동안 무라카미 하루키나 수잔 에르츠 같은 인물이 타고 내릴 것이다. 내 느낌으로는 왠지 승객 중에서 데릭 하트필드도 찾아볼 수 있을 것 같다. 물론 케임브리지의 수학사가 존 배로의 가정처럼 우리의 우주가 크기(부피)는 무한하고 생명이 발생할 확률이 0이 아니라면 말이다. 혹은 최신의 평행우주론처럼 다른 무한한 우주가 있다고 상상하면 말이다.

그런 우주에서는 문장이 어떠할까. 그런 우주에서는 모든 문장이 가능할 것이다. 그리고 존재할 수 있는 모든 종류의 픽션들도. 그래서 1936년 작 《기분이 좋다는데 뭐가 나빠?》를 읽으면서 교교한 달빛을 올려다보는 것도, 다락방의 창문으로 뻗어온 목백합의 가녀린 가지를 어루만지면서 아마도 우리 우주에는 존재하지 않는 하루키의 진한 에로 소설을 읽는 것도. 그리고 데릭 하트필드의 말처럼 문장은 잣대로 쓰는 거지만 우주의 크기를 제대로 재려면 잣대의 눈금은 감성으로 새겨져 있을 테다. 못 믿겠으면 한밤에 교교한 달을 올려다보라. 그리고 그 너머의 너머에 있는 무한을 당신의 잣대로 재어보라. 아마도 그것이 문장 혹은 인간의 상상력이 지향하는 소실점일 테다.

어린 스티븐 킹의
다락방 상자

　중이염이나 편도선염 따위로 학교를 자주 쉬었던 병약한 한 아이가 있었다. 어느 날, 아이는 다락방에서 책 상자 하나를 발견하는데 그 안에는 SF와 호러 소설이 가득했다. 아이는 책들을 달달 외울 정도로 읽었고, 드디어 비슷한 얘기를 쓰기 시작했다. 그리고 수십 년 후 세계적인 베스트셀러 작가가 되는데 그가 바로 스티븐 킹이다. 일각에서는 풍부한 대중소설의 유산이 오늘날 미국을 콘텐츠 산업의 제국으로 성장하게 만들었다고 말한다. 그리고 미국의 대중문화는 이제 전 세계로 도도하게 넘쳐흐르고 있다.

　최근 몇 년간 우리나라에도 고전 장르문학이 체계적으로 소개되고 있다. 레이먼드 챈들러와 이언 플레밍, 올라프 스테

플던과 스타니스와프 렘 그리고 필립 K. 딕이나 아서 C. 클라크 등을 꼽을 수 있다. 특히 주목할 것은 이들 작가가 전집의 형태로 소개되고 있으며 그 분야가 추리소설에서 SF 및 호러, 판타지까지 다양해지고 있다는 점이다. 이러한 현상은 곧 우리나라 장르문학에도 다음과 같은 영향을 줄 것이다.

첫째, 고전 장르소설은 독자의 눈높이를 높일 것이다. 우리 독자들은 외국의 대중문화에 영향을 준 고전을 직접 접하지 못했었다. 이를테면 스티븐 킹을 비롯해 수많은 대중소설과 영화에 영향을 준 H. P. 러브크래프트가 그러한데, 최근 전집으로 소개되면서 작가의 작품세계를 직접 살펴볼 수 있게 됐다.

둘째, 작가의 창작 수준을 끌어올릴 것이다. 이를테면 무라카미 하루키는 어떤 인터뷰에서 레이먼드 챈들러의 《기나긴 이별》을 열두 번이나 읽었다고 말하며 자신이 영향받은 11인의 작가에 스티븐 킹과 더불어 이 작가를 꼽은 바 있다. 즉 하루키 문학의 일부는 스티븐 킹과 레이먼드 챈들러에게 빚진 셈이다. 하루키의 사례에서 보듯이 고전 장르문학의 번역 소개는 한 나라의 대중문화 수준을 점진적으로 향상시킬 수 있다고 본다.

우리나라에서도 이러한 사례가 등장하고 있다. 최근 국내 출판계에서 최대의 화제작 중의 하나로 떠오른 《7년의 밤》이 이에 해당한다. 그동안 한국소설에서 드물었던 탄탄한 스토리텔링과 힘찬 문장을 구사해 주목받고 있는 이 작품의 작가 정유정은 한 인터뷰에서 다음과 같이 말한 바 있다. "레이먼드 챈들러는 스티븐 킹과 더불어 내가 많이 연구하고 존경하는 작가다. 챈들러에게선 스타일과 문체를, 스티븐 킹에게서는 이야기 구성력을 배웠다. 챈들러나 스티븐 킹의 작품이 그렇듯 인간의 양면적인 모습을 다루는 데 관심이 많다. 그런 양면성을 들여다보고 싶었다."

즉 레이먼드 챈들러와 스티븐 킹이 그들에게 경도된 한 일본 청년을 무라카미 하루키로 만들었다면, 그들은 한국에서 한 평범한 간호사를 작가 정유정으로 만들었다. 이것은 모두 그들의 작품이 일본어나 한국어로 번역돼 현지에 소개됐기에 가능한 일이었다. 1980년대 김용의 《영웅문》 시리즈가 국내에 소개되었기에 1990년대 이후 한국 무협소설의 주목할 만한 부흥이 이뤄졌다. 일본 작가들이 우리보다 앞서 멋진 소설들을 써냈다면 그건 그들이 먼저 고전 장르소설을 읽고 자극을 받았기 때문이다. 늦었지만 이제 우리 앞에도 이런 고전들이 놓이게 됐다. 어린 스티븐 킹이 다락방에서 찾아낸 상자를 우리는 이제야 발견한 듯한 기분이다. 풍성한 고전 속에서 분명 새로운 한국적 장르문학이 싹틀 것이다.

인간 내부의 얼룩과
은유로서의 호러

　나는 인간의 내부에는 누구나 얼룩이 있다고 생각한다. 어떤 얼룩은 크고 어떤 얼룩은 작다. 어떤 얼룩은 발목 정도 차오르는 얕은 곳에 있고 어떤 얼룩은 마리아나 해구처럼 영혼의 심해에 침잠해 있다. 어떤 얼룩은 성능 좋은 세정제로 닦일 수 있지만, 어떤 얼룩은 지워지기는커녕 건드릴수록 더 심하게 영혼을 더럽히는 것도 있다. 광기와 악의, 혐오와 타자화는 이러한 얼룩을 가리키는 또 다른 이름이다. 인간이 자기 내부에 있는 얼룩에 개성적인 이름을 붙여주기 시작한 것은 근세기 이후의 일이다. 이를테면 프리드리히 니체나 지그문트 프로이트 같은 이가 얼룩을 재발견하고 라벨을 붙이기 시작했다. 이제야 비로소 인간의 얼룩은 고유한 이름을 부여받고 재분류되고 있다. 이를 얼룩의 지도라고 할 수 있다.

얼룩은 인간 안에도 있다.

인간의 얼룩에 대해 주목하고 그것에 내러티브를 부여하는 방식으로 표정을 그려낸 작가들도 있다. 에드거 앨런 포나 H. P. 러브크래프트 같은 선구자가 그렇다. 그리고 그들의 훌륭한 후계자들이 있다. 이를테면 우리 시대의 스티븐 킹. 자아의 내부에 맺혀 있던 얼룩들을 형상화하여 이름을 붙이는 것으로 치자면 메인주 태생의 이 미국 작가처럼 능수능란한 이가 없다. 그의 호러 작품을 보면 그가 인간들의 지층에 위치한 갖가지 어둠들에 어떻게 인격을 부여하고 심오한 괴물로 불러내는지가 매우 설득력 있게 서술되어 있다.

스티븐 킹은 1947년 미국 메인주의 포틀랜드에서 태어났다. 그가 불과 두 살 되던 해의 어느 날 저녁 담배를 사러 간다던 아버지는 홀연히 세상에서 사라진다. 그것을 시작으로 삶의 궁핍과 불가사의가 그의 유년기를 장식한다. 그런 어린 스티븐 킹에게 있어 유일한 기쁨은 다락방의 상자였다. SF 및 호러 소설로 가득 찬 책 상자. 어린 소년은 낡은 페이퍼백을 읽고 또 읽으며 자신을 덮친 삶의 얼룩에 대해 자기만의 감수성을 쌓아간다. 스티븐 킹의 자전적인 에세이이자 글쓰기 철학을 담은 《유혹하는 글쓰기》에는 작가로서의 정체성과 관련된 꽤 중요한 체험이 기록되어 있다.

대여섯 살 때 스티븐 킹은 어머니에게 사람이 죽는 것을 본 적이 있느냐고 물어본다. 어머니는 한 선원이 호텔에서 자살한 사건을 들려준다. "아주 박살이 나버렸지." 어머니는 아무렇지도 않은 듯 말하고 이렇게 덧붙였다. "시체에서 흘러나온 것은 녹색이었다. 난 그 장면을 잊을 수가 없단다." 어머니의 이 말에 스티븐 킹은 이렇게 대답했다. "저도 그래요, 어머니." 여기서 생기는 의문. 왜 스티븐 킹의 어머니는 녹색을 본 것일까? 그녀가 본 녹색은, 사실 착시가 아니었을까? 혹은 녹색은 인간 내면에 존재하는 어떤 것에 대한 은유이지는 않을까.

만약 그렇다면 우리는 호러를 일종의 은유라는 차원에서 바라볼 수 있다. 이를테면 가라타니 고진은 그의 명석한 에세이 《유머로서의 유물론》에서 유머란 "동시에 자기이며 타자일 수 있는 힘"이라고 적은 바 있다. 만약 유머라는 현상이 존재의 타자화에 대한 일종의 은유라고 가정한다면, 비슷한 맥락에서 호러 역시 인간의 얼룩이 외면화된 것에 대한 은유라고 볼 수 있지 않을까? 이를테면 경제학자 우석훈은 《생태요괴전》이란 유머러스한 저서에서 뱀파이어(드라큘라)를 자본

가와 대기업, 그리고 좀비를 소비자에 비유했다. 이는 호러물에 등장하는 캐릭터들을 사회학적인 상상력이 담긴 은유로 해석한 것이다. 즉 스티븐 킹의 어머니가 본 녹색은 일종의 은유라는 것이다.

호러물에 담긴 내러티브를 사회학적인 관점에서 은유로 가정하는 것은 인간의 합리적 이해에도 들어맞는다. 이를테면 스티븐 킹의 주목할 만한 데뷔작 《캐리》에 대해 살펴보자. 1974년 출간되어 스티븐 킹을 전업작가로 만들어준 《캐리》는 사춘기 소녀가 맞닥뜨리는 공포를 다루고 있다. 종교적 광신주의자인 어머니에게서 지극히 폐쇄적인 가치관을 주입받아온 캐리는 이로 인해 또래의 문화와 성에 무지하게 되고 학교 내에서 철저하게 따돌림을 받는다. 친구들의 짓궂은 조롱 속에 학교 샤워실에서 초경을 한 그녀는 자신의 몸에서 빠져나오는 피를 이해할 수 없다. 그녀는 이 피를 죄의 산물이라고 생각한다. 그러므로 이 피는 미국의 비현실적인 청교도주의와 그 대척점에 서 있는 물질주의적 세계관 사이에서 흘러나오는 모순에 대한 은유로 해석되는 것이다. 그리고 우리 시대에는 코시안, 외노자 등 또 다른 '캐리들'이 자신의 정체성을 찾아 밤의 거리를 부유하고 있는 것이다.

《캐리》의 성공에 힘입어 발표한 《살렘스 롯》과 《샤이닝》에서 스티븐 킹은 각각 현대 미국 사회에서 기세를 올리는 뱀파이어와 엽기 살인마를 주인공으로 선택했다. 특히 《샤이닝》은 스티븐 킹 최초의 베스트셀러로 기록되는데, 고립되고 단절된 환경이 어떻게 한 인간을 광기로 이끄는가를 실감 나게 잘 보여주는 역작이다. 이 소설에는 평범한 가장이었다가 호텔의 악령들에게 홀려 사악한 살인마가 되는 잭 토런스가 주인공으로 등장한다. 잭은 결국 광기에 사로잡혀 자신의 아내와 아들까지 죽이려고 드는데, 가장 근원적인 신뢰를 가져야 하는 가족의 붕괴는 현대 미국 사회의 고립과 단절에 따른 가치의 붕괴를 은유하고 있다고 볼 수 있다. 물론 이러한 은유는 오늘날 한국 사회에서도 유효하다. 예를 들어 우리 사회의 '일베' 현상은 고립과 단절로 인해 자기만의 논리에 함몰되면 어떤 괴물이 탄생하는지를 잘 보여준다고 할 수 있겠다.

어떤 기자회견에서 호러의 제왕 스티븐 킹에게 정작 그 자신이 가장 무서워하는 것이 무엇인지 질문한 기자가 있었다. 이에 대해 스티븐 킹은 자신은 조지 W. 부시가 제일 무섭다며, 사실 부시 개인보다는 그토록 강대한 군산복합체를 통제하는 힘이 그토록 유별난 신앙과 유치한 감성을 지닌 사람에게 부여됐다는 사실이 두렵다고 밝힌 바 있다. 스티븐 킹의 이런 고백은 그의 호러가 충분히 사회학적 상상력에 근거한 은유로 해석될 수 있음을 보여준다.

이 기자회견에서 역시 스티븐 킹에게 가장 궁금한 것이 무엇이냐는 질문도 나왔다. "죽음입니다. 사람이 죽으면 어떻게 될까 하는 것"이라고 스티븐 킹은 대답했다. 사실 호러라는 은유를 통해 인간의 얼룩을 탐구한 스티븐 킹은 가장 주목할 만한 중편 〈시체〉에서 죽음과 글쓰기에 대한 존재론적인 성찰을 수행한다(〈시체〉는 봄, 여름, 가을, 겨울로 이어진 《사계》의 가을 편에 해당한다). 〈시체〉의 주인공 고디는 자신에게 철저하게 무관심한 아버지를 두고 있다. 부모의 무관심은 뛰어난 운동선수였으나 사고로 죽은 형과 관련이 있다. 즉 고디는 죽은 형을 대신할 만한 가치가 없는 잉여 존재였던 것이다. 다시 말해 열등감을 가지고 자포자기한 상태로 시체와 같은 삶을 살고 있었던 게 바로 어린 소년 고디였던 것이다.

그런 그에게 철로의 끝에 시체가 있다는 소문이 들려온다. 하여 고디와 그의 단짝 친구들은 시체를 찾아 나선다. 즉 소문으로 들려온 시체는 곧 정체성을 찾지 못한 고디 자신에 대한 은유이다. 그리고 고디는 여행의 끝에 이르러 시체와 마주하고, 드디어 존재론적인 각성을 통해 한 명의 인격체로 거듭난다. 그런데 여기서 존재론적인 각성의 수단은 예술, 다시 말해 글쓰기로 묘사된다.

소설을 쓰는 단 한 가지 이유는 과거를 이해하기 위해서이며 미래에 맞이할 죽음을 준비하기 위한 것이지요. 그래서 소설의 시제는 거의 과거형입니다. 아주 잘 팔리는 수백만 권의 책도 다 똑같죠. 유용한 예술의 두 가지 형태는 종교와 소설입니다.[*]

훗날 작가가 된 고디는 소설 속에서 이렇게 고백한다. 물론 작가 고디는 《미저리》나 《듀마 키》의 주인공 작가들처럼 스티븐 킹의 분신이라고 할 수 있겠다.

호러라는 장르적 특징을 사회학적인 은유로 포섭하고 다시 그것을 존재론적으로 성찰한 스티븐 킹은 얼룩의 지도 작성에 지대한 공헌을 하였고, 또 하고 있다. 수십조 원을 들여 멀

[*] 《스탠 바이 미》, 스티븐 킹 지음, 임영선 옮김, 영언문화사, 1993.

쩡한 강을 파헤쳐 죽음의 강을 만들거나, 국가의 최고 정보요원이 민간인 사찰 의혹에 휘말려 자살인지 타살인지 모를 죽음을 맞거나, 세월호 사건을 계속 거론하는 것은 미래지향적이지 않으니 그만두자는 신문 사설 같은 B급 호러가 판치는 오늘날의 한국 사회에서 스티븐 킹이 여전히 유효한 이유이다.

오늘도
근사한 악몽을

조셉 콘래드가 쓴 《암흑의 오지》란 책이 세상에 존재한다는 것을 처음 안 것은 중학교 1학년 땐가 2학년 때였다. 삼성출판사에서 나온 새까만 하드커버 세계문학전집이었다. 그때 책 제목이 '암흑의 奧地'로 표기되어 있어 한자 독음을 읽는 데 애를 먹었던 것도 어렴풋이 기억난다. 사실은 아무것도 모르면서, 첫사랑이었던 친구 누나에게 잘 보이려고 친구 집에서 세계문학전집을 빌리던 시절이었다. 아무튼 그때는 앞부분만 조금 읽어보고 너무도 재미가 없어 누나네 장식장의 유리문을 열고 얌전히 책을 제자리에 꽂아두었는데, 이 책에 담긴 진실을 알아챈 것은 군 복무를 하며 인간의 악의에 대해 경험하면서였다.

스물두 살, 군 훈련소를 마치고 동기 한 명과 함께 모 근무지로 배정을 받았는데, 그 첫날 군모에 갓 이등병 계급장을 단 우리는 으슥한 옥상으로 끌려갔다. 그 옥상에서 우리 둘은 바로 위 기수에게 대략 정신교육을 받고—정신교육의 핵심은, 지금부터 환영식을 할 텐데 아무리 불편하고 힘들어도 참고 또 참으라는 것이었다—'환영 행사'를 위해 경직된 자세로 대기했다.

이윽고 고참 한 명이 올라오더니 부동자세를 취하고 있는 우리에게 몇 가지 인적 사항을 물어봤다. 그러더니 지금부터 자기가 하는 말에 무조건 순응하라고 하였고, 물론 동기와 난 크게 그 지시를 복명복창했다. 첫 질문은 좋아하는 여자 연예인의 이름을 대는 것이었다. 동기와 난 한 사람씩 이름을 댔다. 그러자 그 연예인의 이름을 불러가며 욕을 하라는 지시가 떨어졌다. 물론 낮은 목소리로 말이다. 잠깐 망설이다가 동기와 난 그 여자 연예인에게 욕을 했다.

그러자 욕이 너무 순했던지 고참은 그게 무슨 욕이냐며 우리 둘 옆에 서 있던 바로 위 기수들을 때리기 시작했다. 차라리 우리 둘이 맞았으면 마음이나마 편했을 텐데, 정작 우리는 부동자세로 서 있고 바로 옆에서 원산폭격을 한 위 기수들이 얻어맞는 소리를 들으니 너무도 불편했다. 고참은 다시 우리 둘에게 욕할 기회를 주었다. 그러자 우리 둘은 차마 입에 담기 힘든 욕설을 그 여자 연예인의 이름을 불러가며 퍼부었다. 물론 그 연예인은 꿈에도 자신이 그런 끔찍한 욕을 들을 것이라곤 상상도 못 했겠지만, 우리 둘의 욕설은 막 해가 지는 옥상에서 조용히 울려 퍼졌다.

두 번째 지시는 출신 학교를 얘기하라는 것이었다. 그리고 우리가 각각 학교 이름을 대자, 그 학교에 대해 욕을 하라는 것이었다. 한차례 매운맛을 봤기에 이번에는 별 망설임 없이 불과 지난 계절까지만 해도 잘 다니고 있던 학교 욕을 시작했다. 이렇게 무사히 넘어가나 싶더니, 세 번째 지시가 떨어졌다. 그건… 그건 각자의 어머니 이름을 대라는 것이었다.

난 이름을 대면서도 설마… 설마 했다. '아닐 거야, 아니겠지, 이건 다른 거겠지, 그럴 리가 없어.' 극히 짧은 순간 동안 온갖 생각이 머릿속을 획획 떠다녔다. 그러나 불길한 예감은 맞았다. 자, 이제부터는 어머니 이름을 대며 욕을 하라는 것이었다. 잠깐 공황 상태가 찾아오고, 당연히 우리 둘은 어찌할 바를 몰랐다. 그러자 우리 둘 옆에 있던 바로 위 기수 고참들이 따귀를 맞았다. 차라리 우리가 맞았으면 했지만, 군대란 곳은 정말로 불합리하고도 비정한 곳이었다.

　그때 우리 둘은 어떤 선택을 했던가. 솔직히 난 그 말을 지껄인 그 고참을―지금도 낮고 저열한 목소리로 어머니 이름을 대라는 광기 어린 그 고참의 얼굴을 잊지 못한다. 물론 이름도 선명하게 기억하고 있다―내가 어떻게 되든 말든 건물 옥상에서 밀어버리고 싶었다. 만약 그때 내게 소총이라도 있었으면 아마도 그 고참에게 총질을 했을 가능성이 90퍼센트였을 거라고 생각한다. 그만큼 감정이 격앙되어 나 역시 광기에 잠식되기 시작한 것이다. 그때 따귀를 맞아 뺨이 부풀어 오른 위 기수 고참과 눈이 마주쳤다. 우리 둘의 '정신교육'을 담당했던 그는 눈빛으로 말했다. '참아라. 잠깐만 참으면 된다.' 하여 나와 동기는 부동자세로 부들부들 떨리는 주먹을 군복의 바지선에 대며 참고 참고 또 참았다. 나중에 보니까 입술에선 피까지 났었다.

　그리고 무슨 일이 있었던가. 우리는―동기와 난―결국 어머니의 이름을 대며 욕을 했다(방어기제가 작동해서인지 지금에 와서는 어떤 욕을 했는지 내 기억에서 싹싹 지워졌다). 우리가 욕을 시작하자 하하하, 하고 웃던 그 고참의 기침 섞인

웃음소리는 영원히 잊을 수 없다. 그 미친놈이 흐느끼듯 웃으며 옥상을 내려가자 바로 우리 위 기수들이 우리 둘의 등을 토닥이며 잘 참았다고 위로해줬다. 그 고참이 어머니와 무슨 사연이 있는지는 모르겠지만, 항상 신병이 오면 이렇게 '환영식'을 했다면서, 그놈은 미친개니까 앞으로도 요령껏 피해서 다니라는 충고도 받았다.

이 사건을 통해 난 인간이 자기에게 주어진 아주 작은 권력을 이용하여 얼마나 사악해질 수 있으며, 그것에 대해 다른 인간은 얼마나 나약해질 수 있는지를 깊게 각인하였다. 더불어 사람을 죽이고자 하는 살의가 얼마나 쉽게 생성되는지도. 그때 평범한 이등병이 불과 오 분 만에 살의와 광기를 갖게 되었으니까 말이다.

그건 그렇고 다시 조셉 콘래드로. 콘래드의 이 소설은 국내에 《암흑의 핵심》, 《어둠의 심연》으로도 옮겨졌다. 《암흑의 오지》는 이 소설의 배경이 되는 원시림과 매칭이 되고, 《암흑의 핵심》은 작품의 주제가 되는 '다크니스'를 잘 부각시켰다고 할 수 있겠다. 하지만 번역 제목들은 원서의 제목인 'Heart of Darkness'를 발성(發聲)할 때 느껴지는 기묘한 감각에는 따라가지 못한다. 조용히 '하트 — 오브 — 다크니스 —'라고 발음할 때는 어린아이가 처음으로 주사를 맞을 때 생성되는 숨결의 떨림이랄까, 다크니스가 상징하는 묵직한 인간 심연의 어둠이 음색 속에서 느껴지기 때문이다.

이해가 안 간다면 자정이 넘은 시각, 사위가 납빛처럼 묵직한 침묵으로 가득 찰 때 가만히, 즉 자신의 입술의 떨림에 주의를 기울이면서 조용히 '하트 오브 다크니스'라고 읊조려보자. 그리고 그 혀가 율동시키는 자신의 가장 어두운 기억 하나를 떠올려보자. 만약 그렇게 발음하는 사람에게 영기(靈氣)가 있다면 아마도 신내림처럼 접신을 하게 될지도 모른다. 그러한 빙의까지는 아니더라도 거울 앞에 촛불만 켜둔 채 그렇게 온 신경을 혀에 집중하여 '하트 오브 다크니스'를 발음한다면, 조셉 콘래드가 소설의 마지막 문장으로 쓴 대목을, 소리굽쇠의 진동처럼 지독한 저음으로 공명(共鳴)할 수 있을 것이다.

난 머리를 들었다. 멀리 떨어진 강은 검은 구름에 싸였고, 지구의 끝까지 뻗어 나간 고요한 수로가 어두워진 하늘 밑에서 우울하게 흘러서, 무한한 암흑의 오지 안으로 뻗어 나가는 것 같았다.*

예전에, 그러니까 학교를 졸업하고 첫 직장생활을 할 때 마주친 인간관계가 때로는 나에게 '하트 오브 다크니스'였다. 짓궂음을 넘어서 때때로 비열한 상사들이 있었고, 업무상 국회의 권력자들, 국정원의 정보원들, 검찰 관계자들과 마주칠 일들이 종종 있었는데 그때도 그들에게서 그 고참의 사회판 버전의 그림자를 발견했다. 그러니 때로는 추악한 권력이 작동하는 사회에서 그냥저냥 살아간다는 것은 콘래드가 말한 '근사한 악몽'이 될 수 있을지 모르겠다.

아! 하지만 악몽일지언정, 적어도 근사한 악몽을 선택한다는 것은 무언가 의의가 있는 게 아닐까. 사실 난 원시적인 황야에 매혹되어온 것이지, 쿠르츠 씨에게 매혹되어온 것은 아니었단 말이야. 더구나 그는 이제 무덤에 묻힌 거나 다름없었어. 그리고 잠시 동안은 입 밖에 내놓을 수 없는 비밀로 가득한 거대한 무덤 속에 나 자신도 묻힌 것 같은 기분이 들더군. 습한 대지의 냄새, 승리에 도취된 보이지 않는 부패의 그림자, 꿰뚫어볼 수 없는 밤의 어둠—이런 견딜 수 없는 것

● 《암흑의 오지》, 조셉 콘래드 지음, 장왕록 옮김, 삼성출판사, 1982.

들의 무게가 내 가슴을 짓누르는 것 같았어….*

  그 고참은 그 후로 어떤 인생을 살아갔을까. 이미 오래전에 마음의 지층에 켜켜이 묻어둔 기억이지만, 지금도 난 그 고참이 자신의 집이라고 얘기하던 서울의 어떤 동네를 지나거나, 어쩌다 추억의 뮤지션인 강수지의 이름을 접할 때마다 그의 이름이 떠오른다. 그리고 지금도 이상하게 마음이 불안해져 맨손으로 A4 용지 따위를 잘게 찢으며 어지러운 멀미 기운을 이기려고 노력하는 것이다.

● 위의 책.

위대한
기만으로서의 시

비 오는 여름밤, 킹 크림슨을 듣는다. 사실 음향에 넋을 잃는 사람들 사이에서 킹 크림슨은 꽤 애매한 위치에 서 있다. 재즈나 컨트리처럼 장르적 정체성이 분명한 음악이 아니기 때문이다. 그저 프로그레시브 혹은 아트록으로 부르는, 아주 광범위한 음악의 엉토 중 사람들이 잘 가지 않는 험지이기 때문이다. 이런 비유를 한 것은, 프로그레시브라고 하는 장르는 퍼퓰러한 대중 곡도 아니면서 클래식 음악은 더더욱 아니기 때문이다. 문외한에게는 '클래식으로 편곡한 록큰롤입니다'라고 얘기하기도 하지만 뭐 어쨌거나 프로그레시브의 기념비적 앨범은, 하탸투랸이나 브루크너와는 또 다른 스타일로 인간이 궁극적으로 추구할 수 있는 음향에 닿아 있다고 나는 생각한다.

그렇긴 하지만 보통은, 프로그레시브 뮤직을 퍼퓰러 뮤직으로 분류하긴 한다. 그러나 이러한 단어는 약간의 어폐가 있다고 나는 생각한다. 사실 접근의 용이성이나 대중들의 기호라는 측면에서 본다면, 오늘날은 쇼팽이나 모차르트가 퍼퓰러 뮤직이고 킹 크림슨이나 클라투 혹은 〈In a Token of Despair〉를 부른 Dr. Z은 클래식이 되어버렸다고 생각하는 것이다.

  그건 그렇고 킹 크림슨의 곡에 담긴 가사는 T. S. 엘리엇이나 에즈라 파운드, 혹은 레오폴드 상고르나 랭보의 시와 유사하다. 따라서 프로그레시브 혹은 아트록이 어느 정도는 교양인 취향이라고 생각하기도 한다. 사실 음악에 담긴 화성이나 가사 등은 논외로 하더라도 프로그레시브에 담긴 시대정신은 분명 지적 엘리트주의로 설명될 수 있다. 뭐 어쨌거나 나로서는 들어서 좋으면 그게 바로 훌륭한 음악이라는 건전한 상식 또한 가지고 있기도 하다.

  내가 가지고 있는 여러 종류의 킹 크림슨 앨범 중에서 특히 아끼는 것은 일본 포니캐션사에서 발매된 《The Great Deceiver》이다(구하려고 무진 애를 썼던 음반이다). 이 특별 한정판은 모두 네 개의 디스크와 상당한 분량의 해설화보집으로 이루어져 있는데, 1973년부터 1974년까지의 라이브 공연 모음집이 되겠다. 나로서는 앨범 명을 '위대한 기만자'라고 직설적으로 번역하기보다는, 한정판 앨범의 재킷 디자인을 따라 '위대한 마술사'라고 다소 온건하게 의역하고 싶다.

사실 이 앨범 재킷의 디자인으로 말하자면 매우 의미심장한 아우라를 내뿜고 있다. 고풍스러운 우아함이 어찌나 현대사회의 모더니티 및 섹슈얼리티와 잘 어울리는지 바라만 보고 있어도 정신이 아찔해질 정도다. 재킷에 킹 크림슨다운 신비와 우수가 고풍스러운 섹슈얼리티와 결합해 있기 때문이다.

이렇게 멋진 박스를 열면 역시 고풍스러운 해설화보집이 보이는데, 인쇄된 마술사가 눈을 크게 치켜뜨고 나를 맞는다. 마술사는 자신의 구두 밑으로 링을 돌려 자신이 공중에 떠 있음을 관객에게 확신시킨다.

오랜만에 킹 크림슨을 들으며 '시야말로 가장 위대한 기만이지 않을까?'라는 생각을 한다. 시는, 그것을 읽는 인간의 감정을 정화시키는 방법을 통해, 그 인간 안에 담긴 근원적 갈망을 잠시 억누르게 하니까 말이다. 우리가 달리기를 원한다면 마라톤 중계를 보는 것이 아니라 단 1킬로미터라도 뛰면서 심장에 뜨거운 피를 순환시켜야 한다. 사랑을 원한다면 사랑에 대한 드라마나 사랑에 대한 시를 읽는 대신 사랑을 해야 한다. 그게 핵심이다.

그러나 우리 중 달릴 수 없는 사람을 위해 달리기를 중계해주고, 들을 수 없는 사람을 위해 수화를 보여준다. 감정에 머뭇머뭇하는 사람을 위해 시인들은 사랑과 체념, 기쁨과 우수에 대한 시를 쓴다.

킹 크림슨의 특별 한정판에서처럼, 마술사는 자신의 구두 밑으로 링을 돌려 자신이 공중에 떠 있음을 관객에게 확신시킨다. 물론 근본적으로는 그게 기만이라는 걸 마술사도 알고 관객도 알지만, 공연을 보는 '그 순간만큼은 진심으로 믿고 경외심을 품고 박수를 친다'. 이를 나는 위대한 기만이라고 한다. 그리고 만약 시인이 그렇게 할 수 있다면 킹 크림슨도 그렇다.

진정성은
슬픔의 영토에서 빛난다

인생을 살아가면서 '선생'이라 불렀을 때 다정한 사람들이 있다. 내가 선생이라고 부를 만한 이들은 대부분 이미 돌아가신 분들이다. 미야자와 겐지나 마틴 루터 킹, 김교신이나 디트리히 본회퍼 같은 이는 내가 영혼의 스승이라고 생각하고 살고 있다. 당신들의 글을 읽었다는 인연을 핑계로 말이다. 물론 권정생 선생처럼 살아간 시대가 약간은 겹치는 분들도 있으나 안타깝게도 생전에 제대로 뵐 기회를 놓친 경우도 있고, 노년의 황현산 선생처럼 뒤늦게 안면을 익히게 돼 다행으로 여기는 경우도 있다.

내가 처음 황현산 선생의 이름을 접한 것은 사춘기 시절 청계천 헌책방에서 산 《인간의 대지》라는 책 덕분이다. 내 사춘

기 시절에도 이미 오래된, 그러니까 1974년도에 발행된 세로
줄의 생텍쥐페리 작품의 옮긴이로서 말이다. 내가 볼펜으로
줄을 치며 읽은 소설, 막 대학원을 졸업한 젊은 황현산 선생이
번역한 《인간의 대지》는 해바라기 씨앗처럼 알알이 박혀 시
간의 저편에서 오래도록 천천히 익어갔다.

우리는 결국 만나고 말았다. 사람들은 나란히 길을 가면
서도 자기 자신만의 침묵에 잠겨 있다. 이야기를 나눌 수도
있겠지만 통하지 않는 말들뿐이다. 그러나 위기의 시간이
닥쳐왔다. 이제 비로소 서로가 서로를 돕는다. 사람들은 한
공동체에 속해 있음을 발견하게 된다. 다른 사람의 의식을
발견함으로써 스스로의 폭을 넓힌다. 커다란 미소를 지으며
서로를 바라본다. 사람들은 바다의 거대함에 감탄을 붓는
석방된 포로와 같은 것이다.[*]

그 후로 오랜 세월이 흘러, 성북구의 달빛마루라는 온화한
이름의 도서관에서 선생의 강의를 들을 일이 생겼다. 강연이
끝나고 당시 선생의 책을 가져온 이들이 사인을 받는 시간이

[*]《인간의 대지》, 생텍쥐페리 지음, 황현산 옮김, 왕문사, 1974.

있었는데, 그때 난 이 오래된 책을 슬그머니 내밀었다. 그때 선생이 몹시 놀라며 부끄러워하던 표정이 지금도 생각난다. 그건 흡사 이런 표정이었다. "지금 번역한다고 더 나아질지는 모르겠지만, 그때는 밥벌이로 급히 번역하느라 여러 군데 맘에 들지 않는 구절들이 있었지요. 흡사 글을 쓰는 이들이 오래전 작품에 쑥스러움을 갖는 것처럼 말이지요." 그러나 그렇게 부끄러워할 일은 아니다. 당신으로 인해 중학생이던 한 소년이 "우리는 결국 만나고 말았다"라는 문장의 무거움을 알게 됐으니 말이다.

그즈음 뒤늦게 등단하여 나 역시 글을 쓰고 있었으니 남에게 읽히는 문장의 무거움에 대해—그 문장이 자신의 것이든 다른 이의 것이든 관계없이—약간씩 부담감을 느끼고 있었다. 이를테면 내가 글쓰기 수업에서 신문에 실린 텍스트에 대해 '사례 A'라는 타이틀을 붙여 수업 교재로 쓸지 말지 고민하는 상황을 말이다.

사례 A

경찰이 일가족 세 명을 발견했을 당시 이들은 안방에 반듯이 누운 상태였다. 현장에선 타다 남은 연탄, 번개탄과 엄마와 딸이 쓴 유서도 발견됐다. 유서에는 엄마가 딸에게

"생을 마감하자"는 이야기를 먼저 꺼내고 딸이 이를 받아들이는 내용이 담겨 있었다.

엄마 B씨는 유서에서 "언제나 돈이 없다. 마이너스 인생이다. 더한 꼴 보기 전에 먼저 간다"고 적었다. 또 "혹시라도 우리가 살아서 발견된다면 응급처치는 하지 말고 그냥 떠날 수 있게 해달라. 뒷일은 남편이 해줬으면 한다"고 썼다.

12세인 딸 C양은 "그동안 아빠 말을 안 들어 죄송하다. 밥잘 챙겨 드시고 건강 유의해라. 나는 엄마하고 있는 게 더좋다. 우리 가족은 영원히 함께할 것이기에 슬프지 않다"는 내용의 유서를 남겼다.

나는 그 글쓰기 수업에서 이 텍스트를 학생들에게 읽히고, '우리 가족은 영원히 함께할 것이기에 슬프지 않다'는 말뜻에 대해 적어보게 할 셈이었다. 과연 내가 진행하고자 했던 수업 방식이 옳았던 것일까. 난 타인의, 타인이 자아내는 생의 마지막 목소리를 글쓰기란 그럴듯한 명분으로 도구화하는 것은 아닐까 하는 걱정을 하며 수업을 시작했다.

그럼에도 불구하고 내가 학생들과 이 신문기사를 읽으려고 했던 것은 이 짧은 문장에는 진정성이 담겨 있었기 때문이다(그날의 수업 주제는 '진정성'이었다). 나는 지금까지 살아오면서 진정성이 담긴 많은 문장을 접했다. 그런데 그토록 찾아 헤매던 진정성을 접할 때마다 난 기쁘지 않고 오히려 자주 아릿한 통증을 느끼곤 했다. 대체로 진정성이란 기쁨의 영역이 아니라 슬픔의 영토에 속했던 것이다. 어쨌든 딸 C양이 '영원히 슬프지 않을 것이다'라는 요지의 짧은 글을 쓰는 순간, 그때 난 무엇을 했는지 조심스레 학생들에게 얘기했다. 수업을 하면서 그 신문기사에 나온 사건이 일어난 날짜를 헤아려본 것이다.

　사건은 그해 시월의 마지막 주 수요일 정도에 일어난 것으로 보였다. 나의 충직한 일기를 찾아보니 그날 난 점심으로 가쓰동을 먹고 남은 시간을 이용해서 몇몇 화집을 들춰보았던 것으로 적혀 있다. 그리고 밤에는 늦게까지 음악을 들으며 책을 읽었던 것도. 그런데 내가 오랜만에 남미의 보사노바 재즈를 틀어놓고, 새로 산 마셜 살린스의 《석기시대 경제학》을 훑어보며 원시시대 인류의 삶을 더듬는 동안 누군가는 열두 해라는, 너무도 짧은 자기 인생의 마지막 문장을 떨리는 손으로 적어내려갔던 것이다. 이 행성의 인간들은, 마치 북반구의 여름이 기이하게도 남반부에서는 겨울이듯이 같은 날, 같은 경도에서 서로 상반된 계절을 느끼는 것이다….

이후로 난 꽤 오랫동안 그 가여운 아이의 문장을 마음에 담아두었다. 그리고 C양이 자신의 생에서 마지막으로 적어놓은 문장을 떠올릴 때마다 이상하게도 예전에 읽었던 선생의 《밤이 선생이다》라는 산문집의 몇 대목이 생각났다. 슬픔의 감정도 너무 오래 담아두면 병이 되는 터, 하여 난 자주 그 에세이를 읽어보았다. 내과 의사가 복통을 치료하는 기분으로 황현산 선생의 글을 읽었던 것. 이를테면 다음과 같은 구절들.

기억만이 현재의 폭을 두껍게 만들어준다. 어떤 사람에게 현재는 눈앞의 보자기만한 시간이겠지만, 또 다른 사람에게는 연쇄살인의 그 참혹함이, 유신시대의 압제가, 한국 동란의 비극이, 식민지 시대의 몸부림이, 제 양심과 희망 때문에 고통당했던 모든 사람의 이력이, 모두 현재에 속한다. 미학적이건 사회적이건 일체의 감수성과 통찰력은 한 인간이 지닌 현재의 폭이 얼마나 넓은가에 의해 가름된다. (…) 그 시선은 이런 질문을 쏘아 보낸다. 당신이 잊고 있는 것은 무엇이며 기억해야 할 것은 무엇인가.●

● 《밤이 선생이다》, 황현산 지음, 난다, 2013.

소소한 인연이 닿아 황현산 선생의 강의를 몇 번 들은 적이 있기에 당신을 선생으로 생각하며 살았다. 존경할 선생이 있다는 것은 누구에게든 큰 행운일 것이다. 슬픔이 범람할 때 마음을 다스릴 수 있는, 진심을 담은 글들이 나의 서가에 수호천사처럼 다정하게 꽂혀 있다는 것도.

그렇게 나를 일깨워주셨던 황현산 선생이 이제 돌아가셨다. 황현산 선생이 좋아했던 폴 발레리의 시 가운데 "낯선 영혼을 영원회귀로 끌어들이고"라는 구절이 있다. 시가 가지고 있는 우아한 장점 중의 하나가 영혼을 영원으로 이끄는 것임을 밝히고 있는 문장이다. 비록 그것이 유리창으로 번지는 빗방울처럼, 알아챌 수 있는 눈치를 지닌 이들에게만 보이는 것이라도. 나에게는 황현산 선생의 글과 강의가 그랬다. 선생의 문장은 이미 내 피와 살의 일부가 되었으므로 당신 영혼의 이그램 정도는 내 속에 살아 있음을 믿는다.

문학은 진정성을, 새로운 감수성을 마치 절대 선인 것처럼 집요하게 추구한다. 자주 빵모자를 쓰고 다정하게 강연했던 황현산 선생의 어투로 "문학의 소용이 거기에만 있다는 것이 아니라 우선 거기에도 있다"라고 온화하게 풀어 말할 수도 있겠다. 그런데 그 감수성을 접하는 것은, 당사자로 하여금 지독한 통증을 겪게 만든다. 그런데도 난 마음의 소실점을 그쪽에 둔다. 즉 나는 행복을 원하지만, 때로 내 진심은 슬픔이 가지런하게 배열된 위도에 놓여 있기를 원한다. 이를테면 "우리 가족은 영원히 함께할 것이기에 슬프지 않다"는 문장을 오래 읽으면서 이 지상에서 인간으로 산다는 것과 우리가 무엇을 기억해야 하는가에 대해 곱씹는 것이다. 그런 나 자신을 인식할 때마다 나는 무심코 뜨거운 물 주전자에 손끝을 덴 것처럼 깜짝 놀란다. 그리고 그럴 때마다 손가락 끝을 입술로 빨면서 난 내가 가진 비밀에 대해 생각한다.

사람은 누구나 저마다의 깊은 비밀이 있다. 글에 진정성이 담기는 것은 그 비밀이 가식 없이 발화됐을 때다. 섬과 섬이 바다 밑에서 흙으로 연결되어 있듯이 인간의 모든 비밀은 서로 연결되어 있다. 그래서 누군가 자신의 비밀을 꺼내놓으면 본능적으로 진짜인지 아닌지 번뜩 알아챈다. 마치 선생의 글에서 슬픔의 영토를 자주 발견하는 것처럼. 특히 글쓰기에서 그렇다.

불리든 불리지 않든
신은 존재한다

교직원으로 나름대로 성실하게 직장 생활을 하다가 뒤늦게 등단을 했는데, 이후 글을 쓴다는 소문이 나서 간혹 학교 관계자나 그분들의 지인에게 글쓰기에 대한 상담을 해주곤 한다. 이를테면 한 분야에 열심히 일하고 은퇴를 했으나 죽기 전에 자신의 청년기에 대하여 소설 한 권을 쓰고 싶다는 노인으로부터 시작해 사회적으로 존경받는 직업을 가졌음에도 불구하고 뒤늦게 글쓰기를 배우고 싶다며 선생님을 추천해달라는 의사까지. 그중에는 신통하다고 소문난 점술가를 찾듯이 강남이나 용인 같은 곳에서 엄마 손에 이끌려온 아이들이 있다.

"선생님, 우리 애가 내신이 달려서 그러는데 글쓰기로 인서울 할 수 있을까요? 하라는 국영수는 안 하고 뭔가를 쓰긴 하

저도 알 수 있다면 좋겠지만,

는데."

'오늘은 동쪽에서 귀인을 만나겠네'라는 식으로 뭔가 명쾌한 점괘를 기대하는 부모들. 물론 부모님들이 말하는 글쓰기란 보통 논술을 말한다. 소설가에게 논술을 묻다니. 부모들의 애타는 심정은 짐작할 수 있으나, 내가 십자수의 매듭 짓는 법이나 겨울철 스키장에서의 활강 기법 같은 것을 알 리 없는 것처럼 각자 사정이 다른 아이들의 특성과 재능이 무엇인지 알 방법도 없고, 따라서 그에 걸맞은 글쓰기 조언도 어렵기만 하다.

다만 모처럼 소개를 받은 인연을 의식하고 성의를 다하는 부분이 있긴 하다. 부모 손에 이끌려온 아이들에게 해줄 수 있는 것은 그 애들이 연습장에 쓴 글들을 읽어주거나 혹은 그 나이 또래에서 보여줄 수 있는 눈빛을 바라봐주는 징도이다. 그때 아이들의 눈빛에는 당신이라고 별거 있겠냐는 냉소와 그리고 아주 약간의 기대감이 담겨 있다. 짙은 암흑 속으로 막 코발트 빛 광채가 번져가는 새벽하늘 같은 아이들의 눈망울. 그러니 이 아이들이 밤새워 쓴 것이라고 부모님이 챙겨온 글을 읽어주는 것은 그다지 어렵지 않은 일이다.

아니, 사실은 어려운 일이다.

내가 어렵지 않다고 한 것은, 노교수나 의사나, 혹은 수학을 지독히도 싫어하는 아이들이 쓴 것을 읽어보는 것만으로도 그이들에게 위안을 주기 때문이다. 내가 사실은 어렵다고 말하는 것은, 밤새워 쓴 세상의 모든 글들은 상처를 품고 있기 때문이다.

　팔순에 가까워 자신의 버거웠던 젊은 시절을 공책에 꼼꼼한 필체로 적은 글. 소설로 쓰면 TV 연속극보다 더 기구하다는 인생이지만 정작 쓴 글은 몇 장의 리갈패드에 쓰인 이름들과 그들의 인상착의뿐. 혹은 환자들의 피가 묻은 병원 용지 뒤에 알아보기 힘들 정도로 빠르게 쓴 단상들.

　아니면 연습장의 문제 풀이 사이에 빼곡하게 적은 글들은 어떤가. 이름난 대학의 로고가 표지에 새겨진 연습장에는 빽빽한 수학 문제 풀이와 외국어의 문법들이 적혀 있었는데, 그 사이로 누군가를 죽이고 싶다는 글이 있었다.

　그런 아이들이 쓴 글을 소개할 수는 없지만, 한 아이가 어떤 기성 시인의 시를 적어둔 연습장은 소개할 수 있다(영어의 사동사 문법 뒷장에 적혀 있었다).

우리 둘이서 즐거이 손잡고
요단강*을 넘나들며
벗은 몸에 수천의 꽃잎을 달고
아름다운 불꽃을
입으로 내뿜으면서
발목에 지구를 매달고 날아다닌다는 걸
정말 모를 거야 **

천천히 읽었으나 출처를 알 수 없는 시였다. 아이도 입을 꼭 다물고 있었으므로 채근할 순 없었다. 그날 아이와 상담 아닌 상담을 끝낸 후 관심을 갖고 이 시를 찾아보려 했으나 다음 날 늘 그렇듯이 교통 혼잡을 뚫고 출근하고(아침에 가벼운 접촉 사고가 있었다는 것도 기억난다), 업무상 전화통화를 하고 그렇게 샐러리맨 모드로 돌아오면서 시는 자연스레 잊고 말았다.

그러던 이 시를 다시 접한 것은 황현산 선생의 어떤 강연에서였다. 선생의 진솔한 언어에 마음이 쓰여 강연에 인용된 시인을 찾아보는 데 거기서 시를 발견한 것이다. 김혜순 시인의

---

* 그 아이는 본래 시의 '요단강'을 '한강'으로 고쳐 써놓았었다. 아이 나름의 해석이 담긴 것이 아니었나 추측해본다.
** 《어느 별의 지옥》, 김혜순 지음, 문학과지성사, 2017.

〈날마다 맑은 유리처럼 떠올라〉라는 시였다. 난 이 시가 실린 시집의 머리말을 읽으며 코발트 빛 상처를 품고 있었던 한 아이의 동공을 떠올렸다.

　이 시집의 시들을 쓸 때 우리나라는 엄혹한 시대를 통과 중이었다. 이렇게 쓰고 보니 그렇지 않은 시대가 있었나 하는 생각이 들지만, 그때가 더 그랬다. 창문은 열었지만, 맑은 날은 하루도 없는 나날이었다. 여기가 '어느 별의 지옥'이라고 생각했다. (…)
　노동운동을 선구적으로 시작했던 여성의 일대기를 번역서로 출간한 적도 있었는데, 그 책의 역자인 그녀의 거처나 전화번호를 대라면서 경찰서에 따라가서 뺨을 일곱 대 맞은 적도 있었다. 맞으면서 숫자를 세었다. 하숙집에 엎드려 뺨 한 대에 시 한 편씩 출판사를 결근하고 썼다.●

　서문을 읽으니 불현듯 융의 어떤 격언이 떠올랐다. 짙은 잉크 빛 암흑 속에서 정교하지만, 궁극적으론 빛 쪽으로 향하는 명랑한 군청색으로 회오리치는 그의 언어.

●위의 책.

내가 존경하는 칼 구스타프 융은 중년 이후 자신을 위한 집을 스스로 짓기 시작했다. 조금씩 지어가며 마음 가는 대로 덧붙이고 하는 공사여서 깔끔하지는 않으나 결국 완성은 했다고 한다. 내부는 마치 만년에 쓴 《레드 북》처럼 스스로 그린 상징으로 장식되어 있지만 일반인에게 공개하지 않았다고 한다.

이 집에 관한 일화가 무라카미 하루키의 《1Q84》에 언급되어 있는데 집의 입구에 '차가워도 차갑지 않아도 신은 이곳에 있다'라는 글귀가 새겨져 있다는 대목이다. 칼 융의 집에 새겨져 있는 실제 문구는 'Called or uncalled, God is present'인데 라틴어 격언 'Vocatus atqua non vocatus deus aderit'의 번역이다. 그러니까 융이 자기 마음의 문에 '불리었든 불리지 않았든, 신은 존재할 것이다(혹은 불리든 불리지 않든, 신은 존재한다)'라고 새겨놓은 것이다.

칼 융은 《레드 북》에 지하 세계를 배회하는 자신의 영혼을 구하고자 하는 마음을 담았다고 한다. 애당초 이 책은 공개용으로 쓴 것은 아니었는데, 오랫동안 원고 상태로 유족이 보관하다가 1984년—하루키의 소설 제목과의 묘한 일치가 있다. 아마도 융이 얘기한 상동성의 사례라 할 수 있겠다—에 이르러서야 손자에 의해 책으로 간행된 것이다.

어떤 사람은 《레드 북》에서 칼 융의 정신착란을 발견하기도 한다. 또 어떤 이들은 오히려 융의 정신상태가 정상이라고 옹호하기도 했다. 다만 한 가지 확실한 것은 《레드 북》의 원고를 쓸 때 칼 융은 지대한 실존적 경험을 했다는 것이다. 그게 내밀한 광기이든 정신착란이든 지적인 협잡이든 혹은 인간의 무의식에 대한 의미 있는 탐험이든 간에 말이다. 그리고 어쨌든 간에 칼 융은, 자신의 의식의 기저에, 내려가볼 수 있는 데까지 내려가본 것이다.

생각해보면 글쓰기는 저마다의 《레드 북》이다. 글을 쓴다는 것은 '불리었든 불리지 않았든, 신은 존재할 것이다'라는 글로 문패를 달아놓은 자신만의 무의식의 집을 짓는 것이다. 그러므로 나처럼, 그 아이처럼, 김혜순처럼, 칼 융처럼, 밤새워 쓴 모든 글은 저마다 미지의 신을 품고 있는 것이다.

어떤 사람은 그 신을 평생 모르고 지나친다.
어떤 사람은 그 신을 찾으려 무던히도 애쓴다.
어떤 사람은 그 신을 흘낏 보고서도 부정한다.
어떤 사람은 남이 찾은 신을 쳐다본다
그리고 어떤 사람은 그 신을 만난다(만날 것이다).

나인디스크의
시절

서울을 부드러운 사막에 비유한다면, 광화문 근처에 중고 음반점이 오아시스처럼 존재하던 시절이 있었다. 이를테면 '나인디스크'는 새문안교회 건너편에, '메카'는 경향신문사 정문 맞은편에 있었다. 그때 난 군복무를 마치고 복학 전 경향신문사 조사부에서 아르바이트를 했는데, 점심을 빨리 먹고 남은 시간이나 혹은 퇴근 후에 이런 음반점을 쏘다녔다. 특히, 퇴근 후면 나인디스크에 들러붙어 크라프트베르크나 탠저린 드림, 혹은 클라투나 제임스 브라운을 들었다. 그래 봤자 값비싼 원판에는 침만 삼키고 겨우 라이선스판 하나씩만 들고 가게 문을 나서긴 했지만 말이다.

그 시절 내가 가장 아끼던 음반은 크라프트베르크의 기념비적 앨범 《Autobahn》이었다. 난 지금도 앨범을 턴테이블에 올리고 카트리지 바늘을 처음으로 내려놓던 순간이 떠오른다. 턴테이블이 돌아가는 순간, 자동차의 시동 소리와 함께 경쾌한 클랙슨이 울린다. 무제한의 고속도로를 질주하는 음향, 상쾌한 비트, 신시사이저의 명징함. 난 LP의 선율에서 가솔린 냄새까지 맡을 수 있었다. 그리고 같은 앨범에 실린 〈혜성의 운율〉에 담긴 거룩한 현란함은 또 어떤가.

　그러던 어느날 나인디스크의 주인 형—그렇다. 아저씨가 아니고 형님뻘이었다—이 이거 들어봐라 하고 건네준 앨범이 바로 《Tubular Bells》였다. 난 이 음반을 듣고 전율했다. 크라프트베르크가 프로그레시브 음악의 어떤 정점인 줄 알았는데 새로운 세계가 또 열린 것이다. 마이크 올드필드가 무수한 더빙 끝에 완성한 이 음향은 흡사 존 앤 반젤리스의 〈The Friends of Mr. Cairo〉의 정열과 뉴 트롤즈의 〈Concerto Grosso〉의 섬세함, 그리고 하탸투랸의 교향곡 〈종〉에 담긴 현란함을 뒤섞어놓은 듯한 감격을 주었다. 지금 생각해봐도 《Tubular Bells》가 가지고 있는 미학적인 성취는 압도적이다. 거의 사탄적이다. 즉 사탄이 뱀으로 변해 하와를 유혹할 때 들려주었을 음향이란 바로 이런 것이다, 라는 생각이 들 정도였다(언젠가

르네 지라르가 쓴 《나는 사탄이 번개처럼 떨어지는 것을 본다》라는 책 제목을 봤을 때 최초의 연상작용이 바로 이 앨범이었다). 그러므로 이 음향이 영화 〈엑소시스트〉에 삽입되어 그토록 커다란 반향을 일으킨 것도 무리는 아니리라.

마이크 올드필드의 작업이 수천 번의 더빙을 거쳐 이루어진 것은 익히 알려진 일이고, 그 대담하고도 도전에 찬 1집 재킷은 누구의 영감으로 이루어진 것일까. 파도가 부서지는 바다 한가운데 금속으로 된 유율 타악기 튜블러 벨이 도도하게 떠 있는 재킷 말이다(난 나중에서야 르네 마그리트의 유화 〈피렌체 산맥의 성〉과 〈구름의 비밀〉에서 그 기원을 찾을 수 있었다).

그건 그렇고 크라프트베르크나 마이크 올드필드의 앨범들은 한밤중 아무 소음이 없는 고요한 시간에 들어야 한다. 낮에 일상의 소음을 섞어 듣는 것은, 선글라스를 쓴 채로 데이비드 호크니의 원색을 관람하거나 혹은 유원지에서 솜사탕을 겨자소스에 찍어 먹는 것만큼이나 어리석은 짓이다(때로는 선글라스가 필요할 해변이나 겨자소스가 곁들어져야 할 음식도 분명히 있겠지만, 최소한 어린이날에 헬륨 풍선을 들지 않은 다른 한 손으로 들고 먹는 솜사탕에 대해선 아니다).

그러나 광화문에서의 좋았던 시절은 지나고, 대학에 복학하고 그리고 졸업 후 대학원에 진학해 공부를 더 하고 싶은 마음을 뒤로하고 취업을 하게 됐다. 처음으로 합격한 어떤 회사는 신입사원 연수 일주일 만에 사표를 내고 나오고(신입사원 연수 때 들은 근무시간은 오전 여덟 시 반에서 오후 여섯 시 반이었는데, 다들 한 시간 일찍 나오고 두세 시간 늦게 퇴근했다. 어느 날 우리 신입사원을 담당한 대리가 오늘은 자기도 여섯 시 반에 퇴근한다고 기뻐하는 걸 봤는데, 그 표정이 너무도 희극적이어서 다음 날 바로 임용포기서를 썼다) 대신 나중에 영상물등급위원회로 이름이 바뀐 공연윤리위원회에서 근무하게 됐다.

그러나 단정하게 넥타이를 매고 출근하는 것은 똑같았다. 그리고 우리 사회에서 매달 25일쯤에 월급을 받는 샐러리맨들이 겪을 만한 일은 대체로 같이 겪었다. 이를테면 솜사탕에 겨자소스까지는 아니겠지만, 종종 맛소금 정도는 뿌려 먹은 셈이다. 물론 힘 조절을 잘못해서 솜사탕에 맛소금을 왕창 뿌린 날도 간혹 있었다. 그렇게 운이 나쁜 날에는 어린 시절 유원지에서 어설프게 힘껏 달리다가 넘어져 무릎이 깨진 상태로 먹던 흙 묻은 솜사탕이 떠올랐다. 더불어 예전 나인디스크의 주인이었던 형에 대한 기억도.

형은 한쪽 다리가 불편했다. 그래서 레코드장의 구석에서 앨범을 꺼내 턴테이블에 올릴 때마다 발레를 하듯 다리로 조그맣게 반원을 그리는 것처럼 묘한 동선으로 움직였다. 그건 천주교 미사에서 사제들이 복사들을 따라 설교대에서 신자들 앞으로 내려와 성찬례를 베풀고, 또 다른 길로 다시 단상으로 올라가는 부드러운 회전을 닮았다. 그렇게 형이 생각날 때마다 사무실에서 나는 그런 회전을 연상하며 가급적 모가 나지 않는 동작으로 서류를 만들고 복사를 하고 결재를 받고 출장을 다녔다.

형은 뮤지션이 되고 싶었으나 모종의 이유로 이루지 못한 사람이었을지도 모른다. 한 번도 명시적으로 그런 사연을 들은 적은 없지만, 어떤 종류의 진실은 굳이 대화문으로 전달하지 않아도 미묘하게 공기에 진동을 일으키는 섬세한 동작만으로도 알아챌 수 있는 법이다. 즉 LP를 턴테이블에 올리는 형의 동작에서는, 마치 종교에서 성찬례를 베풀 때 비치는 것처럼 옅은 광채가 은은하게 새어 나왔는데, 그건 음향의 단순한 재생을 넘어서 어떤 새로운 선율을 추구하는 견고하고도 고집스러운 빛이었다. 그리고 한 손에 헬륨 풍선을 들고 손가락에 들러붙은 흙 묻은 설탕을 빨 때처럼 나인디스크의 시절이 떠오른 어느 날, 나는 두 번째 사직서를 썼다.

경쾌하게 반복되는
우수

　며칠 전 할런 코벤의 추리물 《마지막 기회》를 읽다가 뮤지션 스틸리 댄의 앨범이 인상 깊은 소품으로 등장하는 걸 본 게 계기가 되어 모처럼 이 듀오—월터 베커와 도널드 페이건—의 음반들을 연대기적으로 다시 들어보고 있다.

　사실 음반 콜렉터들에게 스틸리 댄은 참으로 친절한 그룹이다. 왜냐하면 공식 발매한 음반 자체가 몇 장 안 되기 때문에 누구라도 쉽게 콜렉션을 완성할 수 있기 때문이다(물론 나 역시 그의 모든 음반을 시기순으로 가지고 있다). 그러나 반면에 바로 이 점, 빈약한 발표량 때문에 애호가들의 불평을 사기도 한다.

내가 가장 선호하는 스틸리 댄의 앨범은 일본 포니캐년사의 초기작 모음집인데, 첫 곡으로 ⟨Ida Lee⟩가 실려 있다. 그런데 사실 이 앨범은 내게 재즈를 전수해주던 친구의 소장품이었다. 친구로 말하자면 당시 내가 즐겨 듣던 아바를 초등학생이 듣는 화음이라며 스탄 게츠나 맨해튼 트랜스퍼를 추천해주는 이였다. 이 친구의 추천으로 알게 된 뮤지션 중의 하나가 바로 스틸리 댄이었는데, 나는 포니캐년사의 이 CD가 탐나 여러 번 졸랐으나 끝내 얻지 못했다. 그래서 어느 날 친구집에서 몰래 들고 왔다. 그리고 한동안 그 친구가 우리 집에 오면 이 CD를 숨겨두곤 했다. 그렇게 CD를 훔쳐오고 나서 미안해진 나는 내가 가진 책 중에 그 친구가 자주 탐을 내던 비트겐슈타인의 절판된 《논리철학 논고》와 산타야나의 《The Sense of Beauty》 영문판 원서를 기꺼이 주었다(내가 아끼던 책을 두 권이나 주니까 그 친구는 "넌 정말 진정한 친구야"라고 했는데, 난 속으로 '이걸로 샘샘이다'라고 위안했다).

난 그 후로 이런저런 책에서 스틸리 댄, 혹은 월터 베커나 도널드 페이건이란 이름이 나오면 그걸 따로 공책에 적어두곤 했다. "스틸리 댄도 거기에 포함되나요? 실망인데요"라며 도널드 페이건의 노래 제목을 맞히는 에피소드는 레이먼드

커리의 종교추리물 《최후의 템플 기사단》에 나온다. '스틸리 댄의 도널드 페이건이 〈블랙 카우〉를 노래하기 시작하자 몸에서 가벼운 경련이 일었다. 대학 시절 이후론 이 테이프를 들은 적이 없었다. 모니카가 왜 이걸 틀었을까?'라는 질문은 할런 코벤의 《마지막 기회》에 나온다.

사실 스틸리 댄이란 이름은 윌리엄 버로스의 기념비적 문제작 《네이키드 런치》에 등장하는 성구(性具)의 명칭인 '요코하마에서 건너온 스틸리 댄 3세'에서 따왔다고 한다. 나에게 이 사실을 알려준 사람은 내 첫 직장인 영상물등급위원회에서 심의위원으로 활동하던 음악평론가 임진모 선생이었다 (어느 날 회의 중 티타임 시간에 이런 정보를 듣게 되었는데, 그 뒤로 스틸리 댄이란 성구가 어떻게 생겼는지 실제 사진을 찾아보려고 했지만 결국 찾지 못했다. 뭐, 지금도 뭔가 대단히 에로틱한 동시에 쩌릿쩌릿하고 무시무시한 모양이지 않을까 하고 기대감을 뿜뿜 갖고 있긴 하다). 그 뒤로 흥미를 갖고 《네이키드 런치》의 여러 판본을 읽게 되었는데, 이런 이유로 스틸리 댄이 등장하는 픽션 중에는 윌리엄 버로스가 함께 등장하는 경우도 종종 있었다. 이를테면 가타야마 교이치의 《당신이 모르는 곳에서 세상은 움직인다》가 이런 경우인데, 이 소설에는 지코라는 친구가 화자인 나에게 '네가 알고 싶은 책'

이라며 윌리엄 버로스와 스틸리 댄을 소개하는 대목이 나온다. 화자인 나는 책에서 얻은 지식이 모든 게 아니라고 비꼬기는 하지만 말이다.

그건 그렇고, 스틸리 댄의 초기 곡들을 듣고 있노라면 뭐랄까, 도시의 비애가 느껴진다. 자, 상상해보자. 늦가을 밤, 막 해가 떨어져서 사위는 어두워져가는데, 점점 춥고 떨려온다. 하나둘 켜지는 밤거리의 네온사인은 현란하지만 온기는 없다. 그런 거리를 집 없는 개처럼 쓸쓸히 걷는 거다. 멜랑콜리한 기분으로 목적도 없이 거닐면서 바라본 사람들은 나만 빼고 모두 행복해 보인다. 팔짱을 낀 연인들, 패스트푸드점의 밝은 조명과 그 안에서 즐겁게 정크푸드를 먹는 사람들. 그러나 과연 저들은 진짜로 행복할까 하는 의문이 든다. 하여 사람들 속에 섞여 있어도 왠지 나만 동떨어진 기분이 든다. 그렇다. 바로 이런 기분이 들 때 필요한 것이 스틸리 댄의 초기 앨범이다. 이 곡들에는 메트로폴리스의 다운타운에서 발견되는 비애의 그림자가 쓸쓸하게 드리워져 있다(고 나는 생각하는 편이다).

재치 있게 반복되는 화음.
경쾌하게 반복되는 우수.

재즈의 선율이 가미된 도시적인 록. 느리거나 가끔 빠른 템포의 편곡. 단조의 곡 구성은 철학이 있는 듀오보컬 사이에 필연적으로 내재할 수밖에 없는 경쟁심리를 뛰어넘어 화음으로 그 미묘한 질투를 전이시킨다. 그리하여 긴장감을 반영하는 화음에 따라 우수에 쌓인 도시의 밤거리를 촉촉하게 적셔주는 거다. 그래서 무라카미 하루키는 말했던가, 재즈도 좋지만 스틸리 댄이 재즈를 편곡한 것만 들어도 가슴이 두근거린다고.

스틸리 댄이 데뷔한 1970년대 미국 사회는 화려했던 이전 시대의 히피 문화를 마감하고 로널드 레이건류의 정치적 보수주의로 회귀할 무렵이었다. 하지만 1960년대식의 해방 정신은 아직도 젊은 세대의 기억 속에 찰랑거리고 그 마지막 불꽃을 위태롭지만 차마 꺼트리지 않고 있었다. 그러므로 그때 등장한 스틸리 댄이 지적인 세련미를 풍기는 화음과 가사를 통해 당시 인텔리전스를 휘어잡은 것은 어떻게 보면 당연한 일이라 하겠다. 따라서 난 개인적으로 스틸리 댄 말기의 최대 히트작 〈Aja〉는 매우 독창적이던 그들의 음악이 스스로의 품격을 떨어뜨리고 대중들의 기호에 영합한 타락이었다는 비판의식을 지니고 있는 것이다.

다시 한번 말한다. 그들의 음악은 신비롭다. 가사는 W. B. 예이츠의 시처럼 상징적이고 화음은 차분히 가라앉는 냉소를 띠었다. 그건 뭔가 있어 보이는 척하는 허위의식이었을까? 설사 그렇다 해도 그들의 보컬에는 욕망에 대한 어렴풋한 향수와, 그리고 그것으로부터 유리된 도시의 비애가 아로새겨져 있다. 사상사적으로 라오쯔(노자)가 존재하지 않았던 서구문명의 감수성이 그 정점에 달해 도시 문명의 욕망과 작위성을 돌아본다면 어떨까? 그렇다. 어느 늦가을 밤, 그러한 시대정신이 다운타운에서 헛되이 쌓아놓은 바벨의 탑을 맞닥뜨린다면 아마도 비애에 젖어 나직한 한탄처럼 월터 베커나 도널드 페이건류의 음악을 만들어내지 않았을까 싶다.

그건 그렇고, 아무리 생각해도 넥타이 매고 사는 게 싫어서 첫 직장을 그만둘 때 임진모 선생께 인사를 드렸더니 "조대리, 내 작업실이 금호동에 있는데 꼭 와. 같이 음악 듣자"라고 했다. 그런데 그 약속을 아직도 못 지키고 있다. 더불어 사 년 전 마지막으로 만난 그 친구에게도 첫 곡으로 실린 〈Ida Lee〉가 〈Ida Dee〉로 잘못 인쇄된 그 일본판 라이선스 CD의 절도 사실을 고백하지 못하고 있다.

세상에서
가장 오래된 유혹

내가 읽어본 책 중에 가장 오래전에 저술된 것은 《에메랄드 타블릿(Emerald Tablet)》이라는 책이다. 픽션이 아니라고 하는 역자의 주장을 그대로 신뢰한다면 저술연대가 무려 기원전 36,000년까지 소급되는 저술이다.

지은이는 아틀란티스인 토트인데 그는 아틀란티스 대륙의 침몰 후 고대 이집트로 건너온 대제사장이라고 한다. 최초의 기록은 '에메랄드 타블릿'이라는 물질에 염파(念波)로 새겨놓은 것이라고 한다. 그리고 피라미드 깊숙이 '때가 될 때까지' 존치해둔 것을 20세기 초 미국 브라더후드대학을 설립한 M. 도우릴이 역시 염파를 이용하여 현대어로 번역했다는 사연을 가지고 있다.

건전한 상식을 가진 이들은 이게 무슨 귀신 씨나락 까먹는 소리냐 하겠지만, 솔직히 나로서는 한때 이런 책들에서 프랭크 허버트나 마르틴 하이데거와 동일한, 혹은 그 이상의 재미를 느끼고 살았다. 특히 동서양 고금의 종교와 교리발전사, 그리고 연단술이나 차크라와 같은 신비사상에 애호가 있는 사람이라면 더욱 즐겁게 만끽할 수 있는 주제다. 마치 날생선을 처음 먹는 사람과 이미 그 맛에 길들여진 사람이 다른 태도로 스시를 즐기는 것처럼 말이다.

　이를테면 약 210년 전에 쓰인 헤겔의 《정신현상학》에 담긴 골상학이나 430년 전에 쓰인 조르다노 브루너의 《무한, 우주와 모든 세계에 대하여》에 담긴 외계지성체를 탐독하는 호기심과 기원전 약 38,000년에서 20,000년 사이의 장구한 기간 동안 쓰여졌다는 아틀란티스의 대제사장 토트의 《에메랄드 타블릿》을 읽는 마음가짐은 사실 거의 동일한 셈이다. 솔직히 털어놓자면 따분한 알프레드 에이어의 언어철학이나 퇴계 이황의 성학십도론보다 이 책들이 더 재밌다.

　어쨌거나 가족이 입원한 병원에서 시간을 보내느라 옛날옛적에 읽었던 이런 신지학 분야의 책들을 다시 훑어보고 있는데, 오랜만에 들여다본 토트의 저서에는 이런 구절이 적혀 있었다.

악이 얘기되고 있을 때 너는 침묵을 지켜라.*

저자의 말을 신뢰한다면 수만 년 동안 전승된 진리인데, 이 구절에 대해 역자인 M. 도우릴은 '악에 관해서 얘기하는 것은 창조력을 그것에 돌려서 악에게 생명과 현실성을 부여해주는 것이 된다'고 주해를 달았다. 즉 '악에 대해서는 단순한 소문도 얘기하지 마라. 말이나 생각은 곧바로 물리적인 힘의 실체로 환원되는 큰 힘을 가지고 있으니까'라는 뜻이다. 사실 상상 자체만으로도 많은 업(業)을 쌓을 수 있다는 것은 동서양 종교의 오랜 가르침이기도 하다.

그건 그렇고, 난 어려서부터 몇 가지 신비적인 체험을 했다. 그리고 그 현상을 스스로 해명하기 위하여 많은 분야의 책들을 들춰봤다. 널리 인정받는 정통 종교의 경전에서부터 사이비로 취급받는 오컬트까지, 이제는 홀대받는 정신분석학에서 시작해 최근 각광 받고 있는 진화심리학까지.

●《에메랄드 타블릿》, 아틀란티스인 토트 지음, M. 도우릴 영역, 이일우 옮김, 한밭출판사, 1986.

제도권의 많은 '학(學)'들은 지적인 쾌감과 그 효용성에도 불구하고, 내가 겪은 현상과 일정한 거리가 있었다. 비교종교학과 문화인류학과 뇌신경학의 일부가 그 현상의 해명에 다소 근접했지만, 제도권의 형태를 띤 것일수록 뭔가 아랫배가 꽉 틀어막힌 변비 환자처럼 답답하게만 느껴졌던 것이다.

오히려 속 시원한 것은 일부 SF나 오컬트에 가까운 저술들이다. 이를테면 아서 C. 클라크가 쓴 《라마와의 랑데부》나 《유년기의 끝》, 필립 K. 딕의 《유빅》이나 《성스러운 침입》, 혹은 칼 구스타프 융이 해설한 《티벳 해탈의 서》나 《레드 문》 같은 책들이 그랬다.

그런데 문제는 이러한 SF적 상상력들이나 오컬트의 방향들이 과연 진리에 근접하는 올바른 방법이냐의 문제다. 칼 포퍼식으로 말하자면 '반증가능성'이 부재하기에 진리의 유효성을 검증할 수 없었던 것이다.

토트의 《에메랄드 타블릿》이 M. 도우릴의 주장처럼 기원전 36,000년 전의 저서인지 어쩐지는 모르겠지만 이 책으로 말하자면 최소한 20세기 초반에 등장한 신지학(神智學) 문헌임에는 틀림없다. 지극히 다채로운 상상력을 자랑하는 신지학에서도 어쩌면 주류는 아니지만, '사이코메트리' 이론에 따르면,

우리가 특정한 사물에 깊은 감정을 투사할 때, 그리고 그러한 감정이입이 충분한 시간의 연단을 거칠 때, 그 사물은 영성을 획득한다고 한다.

그렇다면 악(惡)의 존재 역시 실존적인 존재로서, 우리가 그것에 관심을 투여할 때 생기를 획득하고 듬성듬성, 그리고 그러다가 어느새 성큼성큼 큰 걸음을 뗄지 모른다. 역시나 20세기 초에 활약한 미국 작가 H. P. 러브크래프트의 작품들을 보면 상상력과 결합되어 실존적 존재로 등장하는 악의 모습이 잘 나타나 있기도 하다.

다시 신지학 얘기로 돌아가자면, 신지학에는 '아카식 레코드'라는 개념이 있다. 아카식 레코드란 과거의 모든 사상과 실체 그리고 행위들이 기록되어 있는 기록체이다. 과거에 있었고 앞으로 생겨날 우주의 모든 존재의 업과 윤회에 대한 정보가 빠짐없이 기록된 거대한 서버를 생각하면 된다. 최근 홀로그램 우주론에서는 블랙홀의 사건의 지평선(event horizon) 근처에 이런 정보가 저장되어 있다는 이론이 있다. 물론 물리학과 수학에 기반한 우주론에서 제기하는 정보와 아카식 레코드의 정보는 다른 개념이긴 하겠지만 말이다.

여하튼 영화 〈슈퍼맨〉에는 이 아카식 레코드와 관련하여 재밌는 장면이 등장한다. 슈퍼맨의 고향인 크립토나이트 행성에는 방대한 정보가 저장된 비밀스러운 공간이 있다고 설정되는데, '고독의 요새'라는 이름의 유적이 그것이다. 이곳에는 크리스털처럼 투명한 조각들이 무수히 보관되어 있고, 그 조각들이 바로 크립토나이트 행성의 데이터 스토리지, 즉 외계인들의 서버인 것이다.

　인류는 20세기 중반에 이르러서야 플라스틱이나 석영 혹은 유리로 된 재료에 방대한 정보를 저장할 수 있다는 것을 깨달았지만 재밌는 것은 신지학에서 수정이나 에메랄드 등에 정보를 저장할 수 있다고 이미 수세기 전부터 주장하고 있었다는 사실이다. 다만 신지학의 '아카식 레코드'가 현대의 데이터 스토리지와 다른 것은 일정 수준의 영적 수련을 거친 '깨달은 자'들이 기록을 들여다볼 수 있다는 것이다. 마치 컴퓨터 프로그래밍을 마스터하면 C언어 등으로 체계화된 온갖 데이터베이스에 자유자재로 접근할 수 있는 것처럼 말이다. 물론 데이터 스토리지 및 운영체제에 접근할 수 있는 관리자 권한을 획득해야겠는데, 이런 권한의 획득이 신지학에서는 깨달음으로 표현된다.

여름의 병실에서 피서 삼아 신지학의 문헌들을 읽고 있자니, 우주의 시간과 존재의 모든 운명을 기록한 아카식 레코드가 있으면 나 역시 한 번쯤은 엿보고 싶다는 욕구가 생긴다. 물론 정통 신지학에서는 아카식 레코드의 기록이란 게 전혀 수정될 수 없는 절대불변의 운명이니 그것을 본다 해도 운명을 거스를 수는 없다고 주장하지만 말이다(혹시 아나요? 아카식 레코드에 담긴 정보가 양자역학에서처럼 정보의 중첩 상태로 있어, 그것을 들여다보는 순간 정보 값이 정해질지도 모르잖아요).

사실 미래를 알고 싶다는 이런 소망은 언제 완결될지 모르는 미우라 켄타로의 《베르세르크》나 미우치 스즈에의 《유리가면》 완결편을 미리 보고 싶은 심리라고나 할까. 과거부터 미래까지 우주의 모든 규칙을 알고 싶다는 욕망은, 신지학은 물론 물리학이나 우주론 학자들도 진지하게 탐구하는, 세상에서 가장 오래된 유혹이다.

그건 그렇고 말이 나온 김에 하는 말인데, 미우치 스즈에는 신흥종교 교주 노릇은 이제 적당히 취미로만 하고 본업인 만화가로 돌아왔으면 좋겠다. 《유리가면》 다음 권을 기다리는 게 너무 지루하니까. 몇 년 만에 한 번씩 나오는 신간을 마주하면 앞 내용이 가물가물해서 귀찮게 다시 정주행을 해야 하니까. 미우라 켄타로도 마찬가지다.[*] 지금까지 이십 년간 출간된 분량이 겨우 작가가 생각하는 프롤로그에 불과하다는 소문이 있는데 설마 사실은 아니겠지.

● 미우라 켄타로는 2021년에 작고해 《베르세르크》는 영원히 미완결로 남게 되었다.

바람은 우리를
어디로 데려가는지

밥 딜런이 2016년 노벨문학상을 수상했다. 그런데 뮤지션이 문학상의 수상 대상자가 되는지에 대하여 약간의 이견이 있는 것 같다. 뮤지션 밥 딜런 자체는 더 이상의 설명이 필요 없을 정도로 예술성을 인정받고 있으니 이에 대한 이견은 아니겠고, 다만 음악을 문학상의 대상으로 볼 수 있는지가 쟁점인 것 같다.

사실 문학은 다양한 예술 분야와 연대적, 그러니까 동지적 관계에 있다. 가까운 연극은 물론이고(희곡작가가 문학상을 수상한 사례가 빈번하거니와), 미술이나 무용, 영화나 드라마가 그렇다. 그러니 음악 역시 예외는 아니리라. 특히 가사가 존재하는 음악의 경우, 그 텍스트는 전통적인 문학 텍스트와 매우 밀접한 미학적 관계가 있기도 하고 말이다.

그런데 음악, 더 좁혀서 말하자면, 밥 딜런의 노래를 문학이라고 정의할 수 있을까. 이게 바로 밥 딜런의 예술성을 인정하는 것과 별개로 이견을 제기하는 측의 하소연일 것이다. 나는 방금 하소연이라고 적었다. 내가 하소연이라고 적은 건, 날이 갈수록 문학의 규모가 위축되는 현실에서, 그런데 반대로 음악이나 영상은 날로 영역을 확대해가는 상황에서 노벨문학상처럼 권위 있는 상이 하필이면 음악을 문학의 영역으로 포섭하여 본연의 전통적 영역을 위태롭게 하는지에 대한 항변인지도 모른다.

솔직히 직설적으로 얘기하자면, 근래 극심한 불황을 겪고 있는 출판계에서는 그마나 인지도 있는 노벨문학상 수상 이벤트를 계기로, 무라카미 하루키나 혹은 다른 작가의 작품들을 '노벨문학상 수상자 특집 코너'로 준비하여 약간의 매출을 고대하고 있었을 것이다. 그런데 느닷없이 뮤지션 밥 딜런이 수상자로 결정되었으니 출판계는 적지 않게 당황하였을지도 모른다.

이쯤에서 질문을 던져보자. 문학이란, 더 좁혀 말하자면, 문학의 대상이 되는 범위란 어디까지일까? 윈스턴 처칠 같은 정치가가 회고록으로 노벨문학상을 수상하기도 했으니, 이야말로 참 정의하기 곤란하겠지만, 그래도 대략 묵시적으로 정의하고 있는 최소한의 기준이 존재해온 것처럼 보인다. 그것은 바로 글이다. 글이란 단어가 다소 거칠다면 '텍스트로 생산된 서사'라고 좁혀보자. 바로 이게 전통적으로 생각해오던 문학의 최소한의 영토였던 것이다. 그런 의미에서 2015년 논픽션으로 스베틀라나 알렉시예비치가 노벨문학상을 수상했을 때 놀라움은 있었을지언정 별다른 이견은 없었던 것이다.

그런 의미에서, 정치가 윈스턴 처칠의 노벨문학상 수상도, 그의 회고록이—에세이라고 해도 좋겠고—텍스트로 이루어진 것이니 문학의 영토가 될 수 있었다는 합리화가 가능하다(실제로 당시 노벨문학상 결정 시에 한림원에서 그런 말을 하기도 했고). 물론 희곡 역시 공연에 올리기 전, 그 이전에 텍스트로 생산된 것이니 응당 문학의 영토라는 의식이 있었고 말이다.

그런데 현대사회에서 텍스트가 유통되는 방식이 매우 분화되면서 문학의 정의에 문제가 생기기 시작했다. 예를 들어, 종이책이 아닌 전자책은 문학의 영역일까? 손으로 만질 수 있는 실물은 없지만, 디스플레이를 통해 우리는 그 안에서 종이책과 똑같은 서사를 읽을 수 있다. 그러니 전자책도 응당 문학이란 결론은 쉽게 도출될 수 있겠다. 그렇다면 영화는 어떨까. 시나리오가 아니라 영화 그 자체가 말이다. 그리고 가요의 가사는? 그것도 문학의 영토가 될 수 있을까?

문학의 영토를 굉장히 광범위하게 잡아, '텍스트로 환원할 수 있는 모든 서사'는 문학의 영토라고 규정할 수도 있겠다(약간 더 풀어쓰자면 낱말로 받아 적을 수 있는 모든 종류의 언어 형식을 말한다). 이렇게 본다면, 연극도(희곡이 아니라 공연으로서의 연극도), 영화나 드라마도, 그리고 가요의 가사, 심지어는 각종 매체의 CF나 강남역 뒷골목에 뿌려지는 광고 전단지도 문학의 영토가 될 수 있을 것이다. 왜냐하면 그 안에는 '언어'로 발화되는 어떤 텍스트의 서사가 존재하니까 말이다.

그러니 이런 관점에서 밥 딜런의 가사는 응당 문학의 영토에 속하고, 따라서 노벨문학상의 멋진 진통이 될 수 있다. 물론 이런 인식으로 인해 훗날 베르나르도 베르톨루치의 영화도, 무용극도, 오페라도, 심지어 마음을 울리는 CF, 즉 커머셜 필름도 노벨문학상의 대상이 될 수 있겠다. 물론 게임도 예외는 아니다. 어떤 미학적 성취만 있다면 말이다. 사실 개인적으론 기술의 발전과 더불어 게임 분야에서도 어떤 대단한 미학적 성취가 이루어질 것으로 기대하고 있기도 하다.

사실 문학의 가장 본질적인 특성은 자유이며 반란이니, 문학의 영토가 이토록 신대륙으로 확장된다는 것에 기뻐해야 하는 것인지도 모른다.

그렇지만 안 그래도 위축된, 시와 소설과 희곡의 영토에―이는 문학의 구대륙이겠다―한림원이 나서서 타격을 가해서야 되겠냐는 반론은 여전할 것이다. 이에 대해서는 나로서는 뭐라 할 말이 없다. 할 말이 없다는 것은 절반쯤은 수긍한다는 뜻이고(구대륙의 문화유산을 잘 보존해야 한다는 뜻이고), 절반쯤은 이제 문학의 감수성이 신대륙으로 진출하는 것을 인정해야 한다는 뜻이기도 하다. 어쨌든 이게 대세이니 말이다. 그런 의미에서 2015년에 논픽션 작가인 스베틀라나 알렉시예비치가 문학상을 수상한 것도 신대륙으로 출항하고자 하는 한림원의 진취적인 의지가 엿보이는 대목이다.

즉 모든 문학인은 이제 시와 소설과 희곡만 쓸 게 아니라, 가능하다면 시나리오와 드라마 대본을 쓰고, 논픽션을 쓰고, 여력과 재능이 된다면 가요의 가사도 쓰고 커머셜 광고의 대본도 써야 한다는 뜻이다. 물론 직접 쓸 수 없을지라도 최소한 동지적 관계에서 연대 의식은 가져야 할 것이다.

오래전에, 그러니까 민중들이 문맹일 때도 문학은 존재했다. 할머니에게서 어머니로, 그리고 어머니에게서 딸로 전승되는 민담과 노래에 담긴 정한(情恨)과 한숨이 있었다. 우리는 그것을 기록해 구비문학이라는 그럴듯한 이름을 붙여주었다. 이미 그때부터 노래는 문학의 오랜 영토였다. 서양에서도 중세기부터 음유시인이라는 훌륭한 문학적 전통이 있었고, 그것이 근대문학의 태동에 결정적 영향을 주기도 하였다. 즉 동서고금을 막론하고 문학은 형식을 불문하고 인간의 감수성을 적극적으로 수용하였다. 그러니 밥 딜런의 노벨문학상 수상을, 문학이라는 입장에서 축하해주자.

그건 그렇고, 텍스트가 전혀 없는, 그러니까 인간의 언어가 전혀 발화되지 않는 예술의 현상도 문학의 영토로 포섭할 수 있을까? 문학의 신대륙에는 그런 기이한 지역도 존재할 수 있을까? 예를 들어 침묵으로만 이루어진 무용극이나 텍스트가 전혀 없는 미술작품이 말이다(혹은 더 극단적으로 나아가 전통적인 예술의 영역이 아닌, 일상의 어떤 몸짓도?).

내 생각은 이렇다. 인간의 모든 표현에는, 사전에 등재되는 낱말이 없더라도─받아 적을 수 있는 구문(syntax)이 없더라도—어떤 '의미의 맥락'은 존재할 것이다. 그리고 그것을 수용하는 이가 서사로 체득할 수 있다면 그것은 문학의 영토가 될 수 있을 것이라고. 뭐 신대륙이라고 해도 버팔로가 뛰노는 넓은 초원만 있는 것은 아니다. 때로는 빙하의 협곡도 있을 것이고 열기로 가득한 침묵의 사막도 있을 것이다. 이를테면 그랜드캐니언은 유럽인들이 상상도 못 했을 지형이었을 것이다. 우리는 인간의 감성이 지어내는 그 모든 지형학적 장소에 가보고, 목격하고, 체득하여야 한다.

즉 내가 얘기하고 싶은 것은, 어디까지가 문학이고 또 어디서부터는 음악이나 미술, 또 어디서부터는 게임이고 광고라는 그런 영토의 확정은 불가능하고 또 필요도 없는 시대가 되었다는 것이다. 인간의 감수성은 자유로운 것이다. 다시 말해 인간의 미감(美感)은 바람이 흐르는 대로 자연스럽게 흘러가는 것이다. 신대륙의 모든 목적지에 설형문자로 된 명판과 길을 밝혀줄 고대의 성배가 있을지는 모르겠다. 예술의 확장된 개념이 우리의 미감을 어디로 데려갈지는 오직 바람만이 아는 대답이 될 것이다.

영원으로의
상상의 비행

밤에 칙 코리아(Chick Corea)의 《리턴 투 포에버(Return To Forever)》를 듣는다.

칙 코리아의 이 전설적인 앨범에는 총 네 곡이 담겨 있다. 첫 번째가 표제곡인 〈Return To Forever〉이다. 오래전 이 곡을 처음 들었을 때 정말로 끝내주는 제목이라고 생각했다(도대체 이걸 우리말로 어떻게 번역할 수 있을까).

그리고 지금도 〈Return To Forever〉라는 곡명을 들으면 오랫동안 마음에 둔 책을 헌책방에서 만나는 것처럼 가슴이 울렁거린다.

학창시절 도서관에서 빌려 읽고 용돈을 모아서 드디어 사려고 했으나 그때는 이미 절판된 에른스트 블로흐의 《희망의 원리》전집을 우연히 헌책방에서 발견했을 때처럼.

타이틀 곡도 좋지만 세 번째 곡도 좋아하는 곡이다. 역시 〈What Game Shall We Play Today〉라는 멋진 제목을 가지고 있다.

나는 이 앨범을 들을 때면 항상 상상의 비행을 한다.

상상을 할 때면 난 맨 먼저 옷부터 갈아입는다. 면이나 혹은 폴리에스테르로 된 옷을 벗고 맨 몸이 된 나를 생각한다. 그리고 피부에 깃털이 돋는다고 상상한다.

최초로 솜털같이 아주 엷은 깃털 하나, 다음번 깃털 그리고 그 다음번.

그리고 나의 눈은 매처럼 날카로워지고 허파는 몹시 가볍다고 상상한다.

난 나의 새로운 몸이 익숙지 않아 잠시 균형을 잡지 못하고 휘청이지만, 초록으로 빛나는 메타세쿼이아 위를 몇 바퀴 돌면서 곧 적응한다. 그리고 비상.

상상 속에서 갈매기가 된 난 마치 우주로 나아갈 것처럼 하늘 높이 솟구치다가 날카로운 각도로 수직 낙하한다.

그리고 바다에 이르러서는 장난처럼 한쪽 날개를 수면에 대어보기도 한다. 마치 내 삶의 흔적을 부드럽고 명랑한 곡선으로 수면에 길게 남겨두겠다는 듯이 말이다.

3부
시간을 마음에
인화하는 법

좋아하는 사람과 무서운 것을 보고 싶었어

언젠가부터 '힐링'이 한국에서 큰 관심사가 되고 있다. 현대인들은 갈수록 마음에 상처를 입고 아파하기 때문일 터이다. 그래서인가, '힐링'에 대한 책들이 베스트셀러가 되고, 공중파의 교양 다큐에서는 전국 곳곳의 둘레길을 소개하면서 습관처럼 힐링에 도움이 되는 길이란 설명을 붙이곤 한다. 심지어 개그 프로그램에서도 힐링을 소재로 삼는다. 마치 '원푸드 다이어트'처럼 하나의 유행 같다. 하지만 이렇게 입을 모아 힐링을 외친다 해도 온전히 마음을 치유하게 될지는 의문이다. 마치 결사적으로 원푸드 다이어트를 해도 어느 순간 요요 현상이 생기는 것처럼, '힐링'에 대한 떠들썩한 소란 역시 그렇지 않을까?

마음을 힐링한다는 것에 대해 생각하자면 먼저 '마음'이 무엇인지부터 따져보아야 한다. 마음이란 무엇일까? 다른 사람은 모르겠지만 내 경우에는 마음이란 말을 들으면 맨 처음으로 일본 작가 나쓰메 소세키의 소설이 떠오른다. 일본에서 국민작가로 불리는 이 작가의 대표작이 바로 《마음》인데, 이 책에는 이런 구절이 나온다.

"나는 외로운 사람입니다만 때에 따라선 댁도 외로운 사람 아니오?"

"전 조금도 외롭지 않습니다."

"그렇지 않다면 왜 당신은 그렇게 자주 날 찾아오는 겁니까?"●

나쓰메 소세키의 《마음》은 인간의 '마음'과 '에고이즘'을 섬세하게 그려낸 작품이다. '에고이즘(egoism)'이란 자기 자신에 대한 집착을 말한다. 모든 관심사가 궁극적으로는 자신을 향하는 것이다. 하지만 우리 중에 이렇게 생각하지 않는 사람이 얼마나 될까? 누구든 자신이 좋아하는 이성이 나와 맺어

●《마음》, 나쓰메 소세키 지음, 오유리 옮김, 문예출판사, 2002.

지기를 원하고 다른 사람은 몰라도 나만큼은 구조조정의 명단에서 빠지기를 원한다. 이게 인간의 솔직한 모습이다. 그렇기에 우리는 '에고'에서 벗어나 타인을 우선하는 사람을 의인으로 칭송한다.

사실 '에고(ego)'를 충족하지 못한다는 것은 곧 외롭다는 뜻이다. 살아가는 데 필요한 타인과의 관계에 난관이 생기고 시스템에 의해 돌아가는 사회에서 배제될 때 우리는 불안을 느끼고 외로워진다. 그러므로 나쓰메 소세키의 《마음》은 외로움에 대한 소설이다. 즉 외로우니까 마음이라는 것을 보여준다.

그런데 부서지거나 상처받은 마음을 온전히 회복하려면, 즉 마음을 힐링하려면 어찌해야 할까? 당사자가 본래 원했던 것을 다시 안겨주면 된다는 것은 지극히 상식적인 처방이다. 실연한 사람에게는 연인을, 실직한 사람에게는 직장을, 그리고 이를테면 군복무 중 따돌림을 받은 관심병사에게는 성실한 동료애를 주면 된다. 이런 접근 방법이 요새 유행하는 자기계발서의 본질이다. 노력해서 원하는 것을 얻으라는 논리다. 그런데 세상이 이처럼 간단하지 않은 것은 이런 걸 돌려받을 수 없는 경우가 허다하기 때문이다. 이를테면 집도 절도 없이 노숙자가 된 사람에게 '다시 열심히 일해서 부자 되세요'라거나 혹은 '이제 모든 걸 잊고 마음을 다스리세요'라고 섣부른 위로를 건네는 것은 그 사람을 두 번 죽이는 꼴이 된다. 자, 이제 어찌해야 할까?

이왕 일본 소설을 언급했으니 〈조제, 호랑이 그리고 물고기들〉이란 일본 영화도 살펴보자. 이 영화에서 주인공 츠네오는 우연히 조제라는, 장애를 가진 여자를 만나 사랑에 빠지는데 결국은 헤어지고 만다. 이 작품에서 가장 맘에 드는 점은 뻔한 거짓말을 하지 않는 것이다. 츠네오가 휠체어를 탄 중증 장애인 조제와 헤어지지 않고 결혼에 골인했다면 이 영화는 그저 그런 판타지가 될 뻔했다. 우리는 바로 이런 것을 '값싼 힐링'이라고 부른다. 그리고 어설픈 힐링은, 그것을 들이켜는 순간에는 잠시 고통을 멎게 해주지만 곧 더 고통스러운 금단현상을 불러오는 중독성을 가지고 있다. 그러나 이 영화에서 츠네오는 조제를 떠난다.

힐링의 관점에서 말하자면 이 작품은 꽤 악의적인 '반(反)힐링 영화'이다. 언뜻 보면 그렇다. 그런데도 막상 이 영화를 보면 막막함 뒤에 어떤 따뜻한 물이 내 안을 채우는 것을 느끼게 된다. 일종의 힐링이다. 특히나 한밤중에 고요한 방에서 혼자 보면 더욱 그렇다. 정말 불가사의한 일이다. 결국 츠네오는 조제를 떠났는데 어떻게 이런 영화에서 힐링을 얻게 되는 거지? 그건 츠네오가 아니라 조제의 관점에서 영화를 볼 때 찾아낼 수 있다.

영화 중간에 조제가 츠네오에게 동물원에 가자고 부탁하는 장면이 있다. 동물원에서 조제는 호랑이를 정면으로 보면서 말한다. "좋아하는 사람이 생기면 세상에서 가장 무서운 것을 보고 싶었어." 조제는 츠네오가 곁에 있으니까 무서운 호랑이를 쳐다볼 수 있다. 장애를 가진 조제에게 호랑이는 세상의 온갖 두려운 것을 상징한다. 그 후 조제는 츠네오에게 아낌없이 사랑을 주면서도 동시에 이별을 준비한다.

마침내 두 사람은 헤어진다. 츠네오는 조제에게 작별 인사를 하고 길을 나서지만 몇 발자국 가지 못하고 주저앉아 죄책감에 흐느낀다. 하지만 조제는 달랐다. 헝클어진 머리를 단정하게 묶고, 1인분의 밥을 짓고, 혼자 휠체어를 타고 씩씩하게 거리를 다닌다. 아마도 그것은 불행을 회피하지 않고 정면으로 호랑이를 바라보았던 경험이 있었기 때문일 터이다. 이별은 힘들지만, 어느 한때 다른 사람에게 사랑받았다는 것만큼은 진실이다. 조제는 그 힘으로 세상을 살아가는 것이다.

두 사람이 헤어진다는 것만 보면 〈조제, 호랑이 그리고 물고기들〉은 새드엔딩처럼 보인다. 어쩌면 새드엔딩은 비극의 한 종류일지도 모른다. 오래전 그리스 철학자 아리스토텔레스는 비극을 관람하는 관객은 배우와 일체가 되어 자기 존재를 잊고 등장인물에 동화됨으로써 '카타르시스'를 얻는다고 했다(사족을 붙이자면 '카타르시스'란 '정화하다'라는 의미의 그리스어 '카타이레인(kathairein)'에서 나왔다. 한마디로 몸에서 나쁜 것을 빼내는 것이다).

"철학자란 영혼의 의사이며 타인의 카타르시스를 위해 존재한다." 역시 카타르시스를 중요하게 생각한 그리스의 철학자 플라톤의 말이다. 후대의 정신분석학자 프로이트도 거의 비슷한 생각을 해서 '카타르시스 요법'을 고안해내기도 했다. 이는 환자 자신이 마음속에 감춰진 울적한 부분을 언어화하여 밖으로 내보냄으로써 증상이 경감되는 데 착안한 것이다.

인간은 누구나 스스로의 존재에 대해 불안해한다. 존재의 특징은 '에고'이며 상처받기 쉬운 것이다. 물론 상처의 정도는 사람마다 차이가 있겠지만 인간이라면 누구나 살아가면서 어느 순간 어둡고 깊고 미로와도 같은 인생의 막막함에 몸서리가 쳐질 때가 있는 것이다. 그런데 다른 사람과 진실하게 감정을 공유하는 것, 즉 '공감 행위'는 그것을 이겨내는 방법이 된다.

'공감(empathy)'이란 원래 미술 분야에서 나온 말이다. 미술작품을 감상하려면 작품 속으로 들어가 무언가를 느껴야 하는데, '들어가서(em) 느낀다(pathos)'는 말이 '공감'이란 단어로 다듬어진 것이다. 말뜻에서 보듯이 우리는 영화를 보면서 조제와 일체감을 가지고 그녀의 슬픔을 체험하고 그것으로 카타르시스를 얻어 우리들 마음의 상처를 치유할 수 있다는 논리다. 인생의 어느 한순간에 체험한 애틋한 기억을 통해 평생을 살아갈 힘을 얻는 조제의 마음을 우리는 배워올 수 있는 것이다.

세상이 넓은 만큼 마음이 아픈 상황도 무척 다양할 것이다. 그러나 사람이 신이 아닌 이상 그들의 결핍을 모두 채워줄 수는 없을 것이다. 그때 할 수 있는 최선의 방법은 같이 울고 아파해주는 것이다. 그냥 울지 말고 스스로의 인생에서 힘들었던 순간을 생각하자. 그러니 노숙자를 위로해준다고 해서 반드시 자신이 경제적으로 힘들 때를 생각할 필요는 없다. 이를테면 오래전 군복무 시절에 따돌림을 받아서 탈영하고 싶었던 기억을 떠올려도 좋다. 그러나 그 어려운 최악의 시기만 넘기고 나면 '어쨌든' 살아갈 수 있다는 것을 고백하자.

자기 자신의 문제로 마음이 다친 사람도 있을 테다. 홀로 떨어져, 쇠약해진 마음에 어찌할 바를 모르는 경우 말이다. 그러면 소설이나 영화, 그도 아니면 미술관에 가서 인간의 깊은 감정을 마주하며 그 안으로 파고들어 공감해보자. 당장 생각나는 작품이 없으면 이 글에서 인용한 〈조제, 호랑이 그리고 물고기들〉부터 시작해도 좋다. 주의할 것은, 카타르시스는 등장인물에 완전히 동화되어야 얻어진다는 점이다. 즉 세상에는 외로운 것이 혼자만이 아니라는 것을 어느 순간 깨달을 때 자신과 다른 대상과의 일체화는 이루어지는 것이다. 그런 점에서 같은 작품을 보더라도 카타르시스를 느낀 사람과 그렇지 못한 사람이 생기는 것이다.

문학이나 영화 혹은 미술이나 음악이 손상된 마음을 치료해주는 만병통치약이라고는 절대로 단언할 수 없다. 그건 자기계발서가 온전히 도움을 줄 수 없는 것과 같다. 하지만 분명 도움이 된다. 경험에서 우러나오는 한 가지 조언을 한다면, 마음의 치유를 위해서는 가급적 혼자서, 집중하여 보는 것이 좋다. 독일의 철학자 한스 가다머는 《진리와 방법》이란 책에서 이렇게 말했다. "카타르시스란 존재하는 것과 자기 사이를 떼어놓는 모든 것에서의 해방을 의미하는 근원적인 체험이다."

때때로 예술작품은 정말 내가 필요할 때 같이 울어주는 사려

깊은 친구처럼 우리에게 다가오기도 한다. 만약 성숙한 힐링

이 존재한다면 그중 한 방식은 이렇게 이루어질 거라고 나는

감히 생각한다.

구련보등의
신비

일본의 영화나 드라마 그리고 만화에는 마작이 상당히 많이 나온다. 도박을 주제로 한 작품이 많을뿐더러 마작이란 소재도 빈번한 것이다. 우리나라 도박의 꽃이 화투라면 일본은 마작인가 하는 생각도 든다. 꼭 도박을 주제로 한 작품이 아니더라도 소소하게 마작이 나오는 작품도 꽤 있다. 이를테면 영화 〈조제, 호랑이 그리고 물고기들〉에도 마작이 나온다.

이 영화의 시작 부분에서 주인공 츠네오는 마작방에서 아르바이트를 한다. 열심히 마작판을 닦기도 하고, 손님이 화장실이라도 갈라치면 잠깐씩 마작을 대신해주기도 한다. 그런데 어느 날, 손님을 대신해 마작을 하던 츠네오, 자신에게 주어진 패를 보더니 갑자기 표정이 굳어버린다. 도대체 이게 무슨 패길래 우리의 주인공 츠네오가 얼어붙었을까 했는데 국사무쌍 패라고 한다(나중에 마작 룰을 다룬 책을 찾아보니 평생 한 번 만날까 말까 한 엄청 좋은 패라고 설명되어 있다). 이렇게 엄청난 패를 손에 쥐었지만 눈물을 머금고 화장실에서 돌아온 손님에게 좌석을 내어준 츠네오는 엄청나게 아쉬워한다. 축구로 말하자면 2002년 월드컵에서 대한민국 팀이 4강에 이르기까지 연거푸 승패를 맞힌 것만큼이나 운이 좋았으나 그건 결국 대타였던 것이다. 즉 온전히 자신의 행운이 아니라 남에게 양보해야 하는 것. 그렇게 아쉬워하며 마작방을 나오는 츠네오는, 우주가 허락한 대로 조제를 만난다.

사실 이 영화에서 마작방 시퀀스는 바로 이어지는 조제와의 운명적 만남과 그 결과를 암시하고 있다. 마치 모든 주인공의 운명을 시작과 동시에 선포하는 고대 그리스 희곡의 도입부 같다. 사랑은 그리도 사람의 영혼을 애태우지만, 현실의 어떤 상황들은 인생이 수학 문제처럼 명쾌하게 답이 나오지 않는 것임을 영화의 시작 부분에서 대타로 잡은 국사무쌍의 패가 상징하고 있었던 것.

영화의 시작 부분에 마작이 등장하는 작품으로 또 언뜻 생각나는 것이 〈색, 계〉이다. 역시 영화의 시작 부분에 엎치락뒤치락하는 게임의 반전은 영화의 전반적인 컬러를 상징한다. 운명은 왕치아즈(탕웨이 분)로 하여금 처음 만난 정보대 대장(양조위 분)에게 사랑을 느끼게 만드는데, 이들이 벌이는 사랑과 운명의 게임은 마작처럼 헤어날 수 없는 도박과도 같다. 이런 인생의 사건을 우리는 우연이라고 부르기도 하고 때로는 운명이라고 말하기도 한다.

그렇다면 마작의 패는 우연적으로 나오는 걸까, 아니면 운명적으로 나오는 걸까. 수학적 사고방식에 따르면 마작의 패는, 마찰력을 무시하고 충분히 잘 섞는다면 우연적인 것이라고 규정한다. 그러나 마작의 패를 우연적인 것으로 보는 수학적 관점과 달리 종교에서는 이를 전지전능한 신의 의지나, 억겁의 윤회에 따른 카르마, 혹은 필연적인 운명으로 여기기도 한다. 물론 보통의 사람들 역시 건조한 수학적 논리보다는 이런 신비주의적 관점에 매혹을 느끼기도 하고. 즉 어떤 사람이 로또에 당첨되는 것은 수학적으로는 우연의 작용이겠으나 다른 관점에서는 필연에 따른 운명으로 볼 수도 있단 뜻이다.

다시 마작 얘기로 돌아가자면, 사실 우리 문학에 있어서도 염상섭의 《삼대》처럼 마작이 등장하는 작품이 있다. 다만 어느 시절부턴가 국민적 오락이 된 고스톱에 밀려 위축되긴 했지만 말이다. 하지만 일본이나 중국의 대중예술의 세계를 이해하려면 마작에 대한 이해가 필히 병행되어야 할 것이다. 그렇지 않으면 마작 게임의 흐름에 빗대어 표현되는 작품의 미묘한 뉘앙스를 놓치기 쉬운 법이니까.

사실 모든 것에 대해 탐구심을 갖고 있는 나는 한때 마작을 배워보려고 생각한 적이 있었다. 무엇 때문에 일본 영화나 드라마 그리고 만화의 주인공들은 마작에 열광하는지 그게 궁금해서 말이다. 그러던 어느 날 아파트 재활용품을 버리러 나갔다가 우연히 누가 내다 놓은 마작 세트함을 발견했다. 마침 츠네오가 알바생으로 일하는 마작방에 흥미를 가지고 있었기에 난 이걸 우연 또는 운명으로 생각했다. 꽤 양호한 마작 세트함도 얻었으니 바로 마작 룰을 다룬 입문서를 주문했고, 드디어 첫 페이지를 펼쳤다.

그런데 웬만하면 입문서 정독을 통해 룰을 터득할 텐데, 마작의 규칙은 복잡하기 이를 데 없다. 사실 룰을 탓하기보다는 다른 모든 게임과 마찬가지로 마작 역시 네 명으로 성원이 되는 상대와 돈을 걸고 게임을 하면서 족보를 배워야 하는데 혼자서 책 보고 이해하려니까 재미가 없어서 진도가 안 나가는 것이다. 그렇다고 패를 쥔 손이 덜덜 떨릴 정도의 돈을 걸고 게임을 할 만큼 주위에 마작에 관심이 있는 사람도 없다(사실, 인터넷으로 마작 동호회를 검색해 가입하려는 마음도 품었는데, 가입 전 약간 사전 조사한 결과 동호회원들의 눈빛이 심상치 않아 보여 포기했다). 어쨌거나 그 와중에 의욕이 사라져 지금은 바둑판을 잘 모셔놓은 장롱 서랍 속에 마작 세트함 역시 잘 모셔두고 있다. 나중에 나이 먹어서 머리칼이 모두 백발이 되면 그때 슬슬 다시 배워볼 생각은 하고 있지만 말이다.

마작에 대한 한탄은 접어두고 '구련보등'에 대한 얘기나 조금 더. 마작패 중에 '구련보등'이란 패가 있다. 총 열세 개의 패가 '1, 1, 1, 2, 3, 4, 5, 6, 7, 8, 9, 9, 9'순으로 늘어지는 것인데, 보기엔 간단해 보여도 이 패로 말하자면 '평생에 한 번 만져볼까 말까 하는 절대의 패'라고, 내가 아파트 재활용장에서 마작 세트함을 습득한 날 신나서 바로 주문한 마작 교과서는 설명하고 있다.

비유하자면, 학교 야외 농구장을 지나다가 발밑으로 굴러온 농구공을 힘껏 던져주었는데 그게 아주 깔끔한 클린 슛이 되고, 그래서 기분이 좋아져 장난 삼아 로또를 샀는데 그게 세 번 정도 당첨자가 없어 당첨금이 누적된 1등에 당첨되고, 그 1등 당첨금을 찾으러 은행 본사로 가는 길에 옛날 첫사랑을 우연히 만났는데 그 사람이 여전히 날 못 잊고 있더라 하는 확률보다 더 희박할 거라고 생각한다.

하지만 인생이 재밌는 것은 누구나의 삶에서나 적어도 한 번쯤은 '구련보등'이나 '국사무쌍'과 같은 패를 쥐어본다는 것이다. 비록 대부분의 사람들은 자신이 그 패와 마주쳤다는 것을 미처 알아채지 못하고 그 기회를 무심코 흘려보내겠지만 말이다. 예를 들어 누군가 오늘 저녁에 파스타를 먹으러 가자고 했는데 거절한 것이(그 레스토랑에 갔으면 끝내주게 판타스틱한 일이 생겼을 텐데), 혹은 혼잡한 지하철에서 옆에 있던 사람이 우산을 두고 내렸는데 그걸 일러주지 못한 것이(그렇게 해서 알게 된 인연이 나의 인생에 결정적인 영향을 주었을 텐데) 말이다.

그런데 이렇게 알아채지 못하고 기회를 날려버리는 것보다 더 안타까운 일이 있다. 그건… 자신이 '어마어마하게 좋은 패'를 잡은 것을 알고 있어도, 불행히도 그 게임은 온전히 자신의 것이 아닌 대타의 경기라는 걸 알 때인 것. 마치 〈조제,

호랑이 그리고 물고기들) 초반부의 츠네오처럼 말이다. 파스타로 유명한 레스토랑이나 혼잡한 지하철 안에서처럼 차라리 모르고 지나쳤으면 좋았을 것을, 자신이 잡은 경이로운 패가 온전히 자신의 것이 될 수 없음을 안다는 것은 정말이지 너무도 슬픈 일일 것이다. 그렇지 않을까.

그러나 그렇다 하더라도 만약 그 패가 내 손에 들어온다면 난 가만히 그 감촉을 즐겨볼 것이다. 그렇다. 그렇다면 온전히 내 것이 되지 못해 엄청난 아쉬움으로 마음의 엔진은 격렬하게 타들어가더라도 난 무척이나 행복할 것 같다. 삶의 우연 혹은 운명이 지어내는 미학(美學)이 잠시 내 뺨을 희롱하고 스쳐 지날 때, 난 그 바람이 닿는 곳을 향해, 할 수 있는 한 힘껏 팔을 뻗어볼 뿐이더라도 말이다.

옛날 옛적
내가 발레를 배울 때

예전에 한동안 발레에 대한 책을 읽었는데, 영화 〈터미네이터〉의 TV판 드라마 〈사라 코너 연대기〉를 보고 나서였다. 장르가 SF이니 이 미드에는 정체가 인조인간인 여자애가 나온다. 두말할 것도 없이 미래에서 날아온, 사라 코너와 그녀의 아들인 존의 수호자이다.

극 중 어떤 에피소드에서 학생으로 위장한 이 여자애가 발레를 배우는데 기술적으로 능숙하게 '파드샤'를 해 보이는 그녀에게 발레 선생이 "춤엔 영혼의 언어가 담겨 있다"며 그녀의 기계적인 동작을 꾸짖는 것이다. '파드샤'는 '고양이 걸음'이란 뜻으로 발레의 가장 기초적인 동작 중의 하나인데, 선생의 꾸짖음이 계기가 되어 여자애는 로봇인 주제에도 불구하고 발레로 표현되는 인간의 감정에 호기심을 갖는다(언젠가는 '로봇인 주제에'라는 표현이 '여자인 주제에' 버금갈 정도로, 스스로 인성의 결함을 뜻하는 마초적 언어로 간주될지도 모르겠다. 그렇다. 언젠가는 로봇에 대해 비아냥거리는 게 정치적으로 올바르지 못한 태도가 될 날이 올 수도 있다고 나는 생각하는 편이다). 그리고 인간의 감정을 이해하기 위해 사라 코너의 집 부엌 구석에서 홀로 발레를 연습하기 시작한 것이다.

나는 이 장면에 매우 흥미가 생겨 '파드샤'에 대해 찾아봤는데―더 정확하게는 영혼이 담긴 파드샤란 기계적인 파드샤와 어떤 차이가 있는지 궁금해서―이게 발레에 대한 책들을 찾아보는 계기가 되었다.

그러나 아무리 책을 보고 관련 영상을 봐도 몸짓에 담긴 의미는 모호했고 갈증은 더 심해졌다. 그리고 미식에 대한 백 권의 책을 읽는 것보다 단 한 번의 맛집 탐방이 미각의 깨우침에 도움이 될 거란 합리적인 추론에 의해 나 역시 실제로 발레를 배워봐야겠단 생각을 하게 됐다.

다행스럽게도 내가 이직하여 근무를 시작한 대학교에 무용 전공이 있어 적절한 레슨비 협의를 거쳐 드디어 첫 수업을 시작하게 됐다. 당연히 내가 원한 것은 전문가 수준의 레벨은 전혀 아니었고, 발레란 것이 어떤 메커니즘으로 이루어지며, 또

한 그것을 펼치는 동안 행위자의 심리는 어떻게 변화하는지, 그런 게 알고 싶었던 것이다.

부상은, 내가 발레를 배우던 첫 시간에 일어났다. 발레를 전공하는 대학원생을 선생님으로 섭외하여, 무용실의 반들반들 윤기 나는 마룻바닥에 서서 첫 번째 개인 교습을 시작하게 됐는데 한 시간 동안의 기본 동작 반복은 지루하기 짝이 없었다(사실 누구라도 비슷한 심정일 것이다. 예를 들어 운전면허를 따기 위해 설렘과 두려움을 동시에 안고 연습용 차에 올랐는데 한 시간 동안 좌우 깜빡이 넣는 동작만 배운다고 생각해보라).

난 도저히 참지를 못하고 "얼마나 배우면 파드샤를 할 수 있나요?"라고 묻는 것으로 선생님을 당혹스럽게 만들었다. 지독한 몸치 주제에 첫 수업에서 할 만한 질문은 아니었던 것이다. 여하튼 선생님의 말씀에 의하면 아무리 단기 코스라도 적어도 일주일은 기초 동작을 연습해야 다음 과정으로 넘어갈 수 있다고 했다(선생님은, 지독하게 말을 안 들어먹는 제자의 몸을 교양 있게, 그러나 실눈을 뜨고 노려보더니 '아무리'와 '적어도'라는 말에 우아한 악센트를 주면서 말했다).

그러나 운전으로 치자면 좌우 깜빡이 넣는 연습을 한 시간 동안 하는 것은 도저히 납득할 수 없었으므로, 난 선생님이 잠

만약 그날 다치지 않았더라면
지금쯤 능숙한 발레리노가 되었을까?

시 화장실에 간 틈을 타서 과감하게 평행봉에 발을 올리는 도전을 했다.

　무용실의 나무 평행봉으로 말하자면 마룻바닥이 해수면이라면 해발 0.0008킬로미터 정도라고 기억된다. 다시 말해 높이 80센티미터 정도라는 뜻이다. 이 정도쯤이야 하고 왼발을 무리하게 평행봉에 올리고 영화에서 본 우아한 동작을 따라하는 순간, 영화배우만큼 단련되지 못한 나의 무릎 연골이 윤활유가 말라버린 자동차의 크랭크축처럼 부서져버리고 말았다.

　그렇게 그날 첫 수업이 채 끝나기도 전에 정형외과로 실려가 사흘을 입원하고 퇴원한 후에도 한 달 정도 깁스를 하고 다녀야 했다. 입원한 사흘간 무슨 일이 있었던가. 첫째, 다들 내가 계단에서 미끄러져 다친 것으로 소문이 났다. 둘째, 병문안을 온 무용 전공 대학원생 선생님과 우연히 마주친 후배가 간절하게 졸라서 병실에서 즉석 소개팅을 시켜줬다. 셋째, 수수깡처럼 부실한 내 무릎을 노려보면서 니진스키에 대한 세 권의 책을 읽고 깁스한 석고에다가 거의 열 명으로부터 매직으로 괴발개발 그려진 사인을 받았다.

　그 사흘 후부터 몇 년간 무슨 일이 있었던가. 결국 발레는 단념하고, 스쿼시를 시작했다 포기하고, 이집트 상형문자 서른 개를 외우고, 마라톤을 시작하고 예전 발레 선생님과 후배 부부의 집들이에 다녀오고 그때 생각이 나서 집들이 때 받아온 기념품—영국에서 사왔다는 레터 나이프—을 보면서 이렇게 옛날 옛적 내가 발레를 배울 때를 떠올려보는 것이다. "난 편지를 이빨로 뜯는 것을 더 좋아하는데 레터 나이프라니, 젠장." 이렇게 혼잣말을 하면서 말이다.

발레 대신 마라톤에 대한 얘기나 잠깐 더.

무라카미 하루키나 장 에슈노즈의 소설 같은 걸 보면 달리기에 대한 얘기가 나온다. 꼭 소설이 아니더라도 조지 쉬언의 《달리기와 존재하기》나 마크 롤랜즈의 《철학자가 달린다》 같은 책을 보면 '러너스 하이'를 비롯하여 달리기에 수반되는 온갖 진귀한 경험들이 그럴듯한 성찬처럼 나를 유혹한다.

예전에 독서를 할 때는 저자의 명성을 고려하여 그 말을 진중하게 믿곤 하였으나, 이제는 약간씩 의심하곤 한다. 내가 할 수 없는 것이라면 모를까—CERN의 입자가속기 실험처럼 말이다. 내가 하이델베르크 대학에서 물리학을 박사과정까지 마친 다음 그런 실험에 참여하기엔 재능이나 나이가 턱없이 부족할 테니까—달리기 정도라면 내가 직접 해보고 그 글의 진위를 파악할 수 있지 않을까 생각해본다. 그리고 드디어 하프 마라톤을 세 번 완주했다(다만 불행히도 마라톤 풀코스는 어려웠다. 발레 첫 수업 때 다친 무릎 연골 때문에 20킬로미터 정도를 뛰면 오른발에 마비가 오는 것이다).

그러나 비록 하프이긴 하지만 마라톤에서 나는 꽤 여러 가지 것을 배웠다. 첫째, 한강을 따라 10킬로미터 이상을 뛰면 강물에 뛰어들고 싶을 만큼 고통스러워진다. 둘째, 이렇게 사서 고생을 하는데 러너스 하이인지 뭔지는 스낵회사에서 킹크랩 과자에 담겼다고 우기는 게살만큼이나 맛보기 힘들다. 셋째, 그런데도 이듬해 마라톤 시즌이 다시 오면 발이 근질근질해진다.

어쨌거나 이런저런 무모한 도전들 끝에는 뭔가 깨달음을 얻긴 했다. '발레에 영혼의 언어가 내재되어 있다'고 한다면, '달리기에도 영혼의 언어가 내재되어 있다'고 할 수 있다는 것. 어디 달리기뿐일까. 호기심을 갖고 도전하는 인생의 많은 것들이 그럴 것이다. 비록 가끔은 연골이 부서지고, 그 연골 때문에 결국 풀코스 완주는 단념했지만, 적어도 내가 입원하지 않았더라면 영영 인연이 닿지 않았을 한 쌍이 병실에서 마주쳤으니 말이다.

커피 마니아만
대접받는
이 더러운 세상

커피를 좋아하는 사람에겐 아마도 사계절이 축복일 테다. 이를테면 여름은 아이스커피의 계절이고, 겨울이라면 뜨거운 라떼 같은 걸 마실 것이다. 그렇지만 난 커피를 마시지 않는다. 나에겐 커피가 독약이나 마찬가지다.

직장 생활을 하면서 꽤 곤란할 때가 높은 분이 참석한 회의에 커피가 나오는 경우다. 본차이나 같은 우아한 도자기 잔에 담긴 커피를 노려보느라 회의의 중요한 안건을 잊을 때도 있다. 하여 회의가 끝나갈 무렵, 사람들이 내 앞에 놓인 커피를 바라보며 '넌 왜 안 마시니? 네가 마셔야 우리가 일어나지'라는 재촉의 눈초리를 받으면 조선시대 사약을 앞에 둔 희대의 간신이 된 기분이 든다.

난 원래 커피를 잘 마시는 사람이었다. 대학교 1학년의 겨울까지는 말이다. 그런데 그해 내 '음료 섭취의 미시사'에 운명적 변곡점이 생겼다.

그건 어느 해 겨울, 몹시 추운 날의 일이었다. 그날 인문대 건물 앞에서 뜨거운 자판기 커피를 마시고 있는데 커피와 프림을 리필하는 아주머니께서 자판기 커버를 여는 걸 우연찮게 옆에서 지켜보게 되었다. 만약 시간이동기계가 있다면 그날로 돌아가 나의 눈을 가려줬을 거다. 마치 끔찍한 뉴스 영상에 충격완화용 모자이크를 덧칠하듯.

그날 내가 목격한 것 : 자판기를 열자, 새하얀 프림 위로 백 마리 정도 되는 바퀴벌레들이 새카맣게 달라붙어 있었던 것. 그리고 그 곤충들이 날개를 부르르 떨며 프림을 맛있다는 듯 야금야금 갉아 먹고 있었던 것.

지금 생각해보면 이해가 안 가는 것도 아니다. 그래, 날씨가 정말로 추웠으니 쥐라기 시절부터 진화한 이 곤충들도 따뜻한 기계 속에 몸을 숨기고 체온을 유지하고자 서로 옹기종기 모여서 당분을 섭취하고 있었던 거라고 말이다.

우주의 모든 생명을 관조하는 이러한 통찰력이 현재의 나에게는 약간 획득됐지만, 그땐 이런 심오한 깨달음을 몸으로 소화하기엔 너무 어린 나이였다. 즉 나는 하얀 프림 위로 바퀴벌레 날개들과 그리고 녀석들의 알들이 떨어져 있는 걸 목격했는데(혹시 아시는지? 바퀴벌레 알들은 기다란 원통형으로 그 끝이 둥글다는 것을. 그리고 기분 나쁜 어두운 적색으로 윤기가 반들반들하다는 것을) 그런 끔찍한 풍경에 익숙하다는 듯이 아주머니께서는 커피와 프림을 리필하고 악마의 사도처럼 딴 자판기 쪽으로 떠나셨다.

　　그 순간 난 먹던 커피를 모두 토하고 말았다. 내가 마시는 커피에 반들반들한 알들과 섞여 있던 원료들이 들어 있다고 생각하니 구토는 당연했을지도 모른다. 다시 말한다. 그때 난 어렸고, 생명의 외경에 대해 채 모르던 시절이었다(어쩌면 아프리카의 밀림 속에서 생명의 외경을 터득했던 슈바이처 박사님도 나의 구토를 이해해주셨을 것이다).

　　여하튼 그 후로 커피만 마시면 속이 뒤집히는 경험을 하게 되었다. 하여 언젠가부터 종류를 불문하고 커피를 마시지 않게 되었다. 물론 나는 건전하게 발달한 지성을 가지고 있었으므로 내가 마신 자판기의 비위생적인 사례는 어디까지나 전체 표본의 극히 일부라는 것을 알고 있었다. 따라서 교양 있는 어른이 마구 떼를 쓰는 어린아이를 훈계하듯이, '그런 건 극히 일부인 거야. 그러니 참고 마시렴'이라고 나의 이성이 통계학을 활용하여 내 혀와 위장을 타이르곤 하지만 이미 파블로프의 개처럼 '커피=구토'의 등식이 내 소화 기능의 메커니즘에 어떤 트라우마처럼 깊게 새겨져버렸다.

그 후 많은 세월이 흘렀다. 그리고 나의 트라우마도 희석이 되어 커피에 대한 거부감이 어느 정도 줄어들긴 했다. 그렇지만 지금도 커피를 마시면 기분이 꽤 불쾌해진다. 비유하자면 후추가 살짝 뿌려진 마시멜로를 씹는 기분 정도라고 말할 수 있겠다. 뭐 커피를 마신다고 죽진 않지만—더더구나 옛날처럼 구토까진 가지 않지만—내 돈을 내고 커피를 마시는 것은 절대로 하지 않을 정도의 불쾌감을 가지고 있는 거다. 아, 물론 회의석상에 나눠주는 커피도 가급적 사양하고 버틸 수 있는 한 끝까지 버틴다.

그런 내게 어떤 순진한 후배가, "형, 그럼 커피 안 마신다고 말하면 안 돼? 그렇게 말하고 마시지 마"라고 멍청하게 말한 적이 있다. 이게 왜 멍청한 소리냐면, 회의석상에서 "저는 커피가 몸에 받지 않아서 마시지 않겠습니다"라고 말하면 사람들은 그걸 '이 자식이 오늘 회의 안건에 대해 불만이 있나?'라거나 혹은 '그렇게 안 봤는데 이 녀석 굉장히 까탈스럽네. 앞으로 조심해야겠어'라고 생각하기 때문이다.

그렇다고 해서 커피에 대한 나의 진심을 전달하기 위해 대학교 1학년 겨울로 거슬러 올라가서, 바퀴벌레 떼들과 반질반질한 알들, 그리고 표정 한 번 안 바꾸고 그것들을 손으로 쫓은 다음 새하얀 프림을 붓던 아주머니가 주연으로 등장하는 내 경험담을 얘기했다간 다른 사람의 식욕을 망치는 결과를 초래할 게 뻔하다. 하여 언젠가부턴 아무 변명 없이 커피에 대한 침묵의 순교자 혹은 소극적 반항만 충실히 수행해오고 있는 것이다.

그런 이유로 겨울이 되면 난 코코아를 마신다. 그리고 생각한다. 그나마 커피 대신 코코아를 마시는 나 같은 사람을 위해 여름에는 아이스 코코아, 그리고 겨울에는 코코아 라테, 코코아 에스프레소, 혹은 코코아 카푸치노나 케냐AA 코코아… 이런 식의 메뉴가 있었으면 하고. 그렇게 코코아의 종류가 다양하다면 난 실컷 마셔줄 텐데.

나 역시 정상적으로 작동하는 혓바닥과 더불어 음료값 정도는 지불할 돈이 있는 사람이니 커피 메뉴판을 보면서 느긋하게 여러 가지 맛을 마음속으로 오 초쯤 음미한 후에 주문하는, 그런 상상력을 즐기고 싶단 말이다. 그건 맛에 대한 약간은 호사스러운 상상력일 것이다. 그런데 아무리 뛰어난 커피 전문점에 가더라도 코코아는 거의 한 종류뿐이다. 마치 개고기 전문점에서 얼떨결에 따라온 손님들을 위해 맛도 없는 삼계탕을 메뉴판 한구석에 준비해놓은 것처럼. 젠장. 커피 마니아만 대접받는 이 더러운 세상.

아직도
난 멀더가 되고 싶다

무슨 일 때문에 'FBI'를 키워드로 해서 오래전부터 한글 파일로 적어둔 메모장을 검색해보니 몇 년 전 하룻밤 사이에 악몽을 연속으로 꾼 내용이 있다(지금도 그렇지만 특이한 꿈을 꾸면 항상 메모해두는 습관이 있다. 즉 침대 머리맡에는 작은 노트와 펜이—누르면 앞에서 불빛도 나오는 펜이다—마치 배관공의 허리에 달린 펜치와 줄톱처럼 늘 준비되어 있다. 그리고 그런 메모를 조선왕조에서 실록 초록을 작성하는 사관처럼 한글 파일로 정서해둔다).

첫 번째 꿈.

밤새 치과를 찾아 헤매는 스토리. 꿈에서도 치과에 가는 게 두려웠는데 치통이 너무 심해서 더 상황이 악화될 것을 걱정

했기에 치과를 찾아다녔다. 배경이 되는 장소는 종로 3가였는데—난 종로 3가와 별 연관이 없는데 왜 악몽의 장소로 섭외가 됐는지?—그 거리를 정신없이 헤매고 다녔던 것.

치과 얘기가 나온 김에 오래전 일화도 적어두어야겠다. 서른 살 되던 해에 충치가 생긴 어금니를 금으로 때울 일이 있었다. 치과에 가서 마취 주사를 맞았는데 주사를 맞고서도 너무 아파 울고 있으니 치과 의사가 마취가 잘 안 됐나 하면서 주사를 한 번 더 놔줬다.

그리고 몇 분 후에 조그만 쇠망치로 문제의 이를 두드리는데 그 느낌이 마치 쇠구슬을 잔뜩 넣은 양말로 내 콧등을 세게 후려치는 것 같았다. 내가 "아직도 아파요!"라고 외치자 약간의 마취를 더 하더니 이 이상은 위험하다고 했다. 그러면서 덧붙인 말. "환자분은 상대적으로 통증에 민감하고 마취가 잘 안 듣는 타입입니다. 그러니 다음에 치과에 다시 올 때 꼭 얘기를 해서 조치를 받으세요."

여하튼 꿈의 막판에 겨우 치과를 찾아냈는데 치과 의사가 날 치료대에 눕히더니—누우면 머리가 다리보다 더 밑으로 내려가는 공포의 치료대—내려다보며 입꼬리 한쪽을 위로 말아 올리고 씩 웃었다. 어제 이가 아팠던 것도 아닌데 왜 그런 꿈을 꿨는지? 며칠 내로 치통이 생기려는 예지몽인가.

두 번째 꿈.

첫 번째 악몽 때문에 깬 후 다시 잠이 들어 꾼 꿈. 내가 FBI가 되어 연쇄살인마를 쫓다가 역으로 내가 범인에게 쫓기는 스토리. 처음에 꿈은 내가 신나게 연쇄살인마를 쫓는 장면으로 시작됐다. 근데 범인에게 겨눈 나의 총에서 총알 대신에 압정들이 발사됐다(바로 이 지점에서부터 난 사색이 되었다. 압정이라니? 그것도 은색 압정이 아니라 머리 부분이 알록달록한 컬러 압정이라니?). 툭툭 힘없이 떨어지는 압정을 보더니 살인마가 피식 웃었다. 그러더니 바닥에 떨어진 압정들을 집어서 입에 털어 넣고 자근자근 씹었다. 난 놈이 자근자근 씹은 압정을 내 얼굴로 뱉을 거란 강한 예감을 받고 도망치기 시작했다.

허겁지겁 도망을 치는데 난 내가 하늘을 날 수 있다는 사실을 불현듯 깨달았다. 그래서 공중으로 부양을 시작했는데 겨우 높이가 사람 머리보다 약간 더 높은 정도다. 아무리 더 높이 솟구치려 해도 힘겁기만 했다. 바로 발밑에선 연쇄살인마가 내 다리를 붙잡으려고 폴짝폴짝 제자리 뛰기를 하고, 난 그때마다 안 잡히려고 온 힘을 다해 김빠진 헬륨 풍선처럼 오르락내리락. 그렇게 아등바등하는데, 그게 꿈에서도 얼마니 숨이 차던지.

　오래전 적어둔 꿈 내용을 보니, 그즈음 어떤 글쓰기 수업에서 만났던 한 여학생의 장래희망이 떠오른다. 지금 생각해보니 그 여학생 때문에 어설프게 공중 부양하는 FBI의 꿈을 꾼 것 같기도 하다. 그 여학생으로 말하자면, 미드 〈X 파일〉 시리즈에 등장하는 스컬리 같은 FBI가 되고 싶어 했다. 평소에 꽤 얌전한 사람으로 알고 있었던 그 학생은, 사람이 행할 수 있는 온갖 기괴하고 추악한 범죄를 직접 다루어보고 싶다고 했다. 아마도 그러한 욕구의 밑바닥에는 사람이 어디까지 잔인해질 수 있는지에 대한 존재론적 호기심이 깔려 있었을 것이다.

　휴대폰 액세서리로 〈몬스터 주식회사〉에 나오는 외눈박이 '마이크' 피규어를 달고 다녔던 그 여학생은 정말로 진지하게 FBI가 되고 싶어 영어를 마스터하는 동시에, 남몰래 이런저런 범죄 수사기법 및 법의학 서적을 탐독하고 있었다.

　하지만 FBI가 되려면 미국으로 건너가 꽤 파란만장한 경력을 쌓아야 한다는 추측 때문에 우리나라 경찰 분야에서 유사한 길을 찾으라고 충고하는 수밖에 없었다. 혹은 로스쿨에 진학해 검사가 되면 비슷한 사건을 다룰 수 있을 것 같기도 하고 말이다.

당시 그 학생은 이십 대 초반이었으니 충분히 가능성이 있다는 생각도 들었다. 더더구나 우리나라에서도 해마다 떠들썩하게 돌아오는 밸런타인데이처럼 이런저런 연쇄살인범이 꾸준히 등장하고 있으며, 곧 인육을 먹어 치운다든가, 사람을 죽이고 예쁘장한 손가락만 썰어서 수집하는 놈들도 고개를 내밀 것이다.

무한경쟁의 세계화가 진척되면서 우리 사회는 스스로 매우 냉혹해지고 있으며, 그에 비례하여 타인의 고통에 대해 신경을 끊고 살게 되었다. 누적된 사회적 스트레스는 잔혹 범죄나 묻지마 범죄의 훌륭한 토양이 된다. 21세기에는 기묘한 마음들이 인간 내면에 잠재하는 내밀한 악을 거칠게 터치할 것이다.

사실 우리는 미드 〈CSI〉의 핏방울에 탐욕하듯 온갖 잔혹함이 넘실대는 뉴스 속보에 벌써 익숙해지고 있는지도 모른다. 그러므로 그 여학생은 어렵사리 미국으로 건너가지 않더라도, 우리나라에서도 결코 실망하지 않을 것이다, 라고 난 생각한 것이다.

그 여학생과 그런 얘기를 한 것은 글쓰기 수업에서 우연히 거론한 미드 〈X 파일〉 때문이었다. 그리고 그 학생에게서 자

꿈은 자유니까요.

신도 스컬리 같은 FBI가 되고 싶다는 말을 듣고, 나도 멀더가 되고 싶었다며 "그럼 트렌치코트도 준비했니?" 하고 되물을 뻔했다.

언젠가부터 다양한 매체에서 신선한 범죄 드라마가 쏟아져 나오고 있다. 개인적으론 이러한 문화 현상은 중산계급의 허위의식과 뭔가 상관관계가 있지 않을까 하고 추측해본다. 이를테면 그것은 잔혹함에 대한 본능적인 호기심 또는 동참 의식과, 동시에 현실적으로 안전한 존재의 대비에서 기인하는 모순적 쾌감 같은 것이다. 그도 아니면 수사관에 감정 이입함으로써 사회제도나 시스템이 주는 답답함으로부터 합법화된 일탈을 경험하거나 말이다.

하여튼 한때는 영화학도가 꿈이었던 여학생이 냉혹한 하드보일드의 세계로 전향하여 FBI가 되고 싶어 하는 심리에 대해서는 충분히 연구해볼 가치가 있는 정신 현상이라고 생각한다. 그리고 그 후로 만난 어떤 작가에게서도, 자신도 스컬리 같은 FBI가 되고 싶었다는 얘기를 들었다(그분은 "오! 맞아요! 저도 스컬리 같은 FBI가 되고 싶었어요. 그래서 우리 집 욕실 거울에도, 'I WANT TO BELIEVE!'라고 크레파스로 크

게 써두고 싶었단 말이에요!"라고 고백했다). 어쨌든 FBI까지
는 몰라도, 주변에서 일어나는 잔혹함에 눈을 뜨면 매일의 삶
이 그다지 시시하지는 않을 것이다.

그리고 그러니까 그 여학생을 만난 뒤로 우리나라에서도
기괴하면서도 끔찍한 사건들이 꾸준히 벌어졌다. 어느덧 세
상은 〈몬스터 주식회사〉에 등장하는 설리와 마이크 와조스키
처럼 귀여운 보랏빛 뿔과 외눈박이들의 동화적인 짓궂음에서
탈피해 진정한 잔혹함의 세계로 진입한 것이다.

한편, 생각해보니 어디 우리 시대만 그럴까. 종교적 광기가
지배하던 중세나 초기자본주의가 발흥하던 공장지대, 대공황
이나 이런저런 홀로코스트 사례에서 우리는 그런 광기와 잔혹
의 얼룩을 얼마든지 찾아낼 수 있다. 그럴 때면 나 역시 여전히
멀더가 되고 싶은 것이다. 그리고 트렌치코트를 입고 인간의
심연에 깊이 잠수하고 싶어진다.

뭐 그건 그렇고, 그 여학생은 결국 경찰이 됐단 얘기를 풍문
으로 전해 들었다. 이렇게 벌써부터 무더운 초여름에 피에 젖
은 시체가 등장하는 사건을 맡는지는 잘 모르겠지만 말이다.

내러티브의
근본주의에 대하여

하나.

무엇이든 자신의 신념을 위해 목숨을 건 사람들의 말은 경청할 필요가 있다. 그러한 죽음이 미시마 유키오의 할복처럼 멀리서 보면 다소 희극적인 것이 아니라 인류사에 있어 폭넓게 존경받는 희생이라면 더더욱 그렇다. 이를테면 나치 치하의 목사였던 독일인 디트리히 본회퍼가 그러한데, 그는 1943년에 보낸 옥중 서간에서 이런 말을 한 적이 있다.

언젠가 K 부인이 식물의 성장을 저속도 촬영으로 묘사한 영화를 본 기억을 정말 놀라면서 말하는 것을 듣고 인상 깊게 느낀 적이 있다. 그 부인과 그녀의 남편은 그것이 생의 비밀에 대한 불법 침입으로 참을 수가 없었다고 말했다.

본회퍼의 편지에서 이러한 인용은 '악은 그것이 도저히 근절될 수 없는 것이라면 어쨌든 은폐되지 않으면 안 된다'는 신학적 성찰의 문맥에서 이루어진 것이지만, 난 이 대목에서 영화에 있어 저속도 촬영기법이 왜 생의 비밀에 대한 불법 침입으로 여겨졌는가가 궁금했다.

사실 영화에는 영화만의 존재 의미가 있다. 이것을 영화의 존재론이라고 해도 좋다. 그것은 영화에는 내러티브가 있고 그것을 보는 관객의 정신적 층위에 어떤 식으로든 작용하기 때문이다. 의미와 관계 맺음, 이것은 존재론의 주요한 특징인데, 사실 인간온 내러티브라는 구조로 세상의 모든 사물을 인식하고 관계를 맺는다. 따라서 샐러리맨이 매일 아침 들고 있는 결재판에도 내러티브가 있고, 상대방의 전화번호를 휘갈겨 쓴 포스트잇, 식은 커피가 담겨 있는 일회용 종이컵, 창밖으로 도도하게 지붕을 품고 있는 고양이, 막 푸른색으로 변하는 신호등, 그리고 흘러가는 구름과 흘러가지 않는 구름도 모두 내러티브를 지니고 있는 것이다.

●《옥중서간》, 디트리히 본회퍼 지음, 고범서 옮김, 대한기독교서회, 1967.

그런데 우리가 여기서 문제 삼아야 할 것은 영화에 있어 어떤 종류의 내러티브는 인간의 영혼을 오염시킬 수도 있다는 지적이다. 이를테면 본회퍼는 신학적 회의론을 전개하면서 인간이 제어할 수 없는 어떤 종류의 사실은 그대로 묻어둘 필요가 있다고 주장하며 K 부인의 사례를 언급한다. 즉 본회퍼의 입장을 유추하자면 인간은 도무지 저속도로 촬영된 영화를 보아서는 안 되며, 이는 이러한 기법에서 발현하는 내러티브의 메커니즘이 인간의 영혼을 혼란에 빠뜨릴 수 있다고 보기 때문일 터이다.

  저속도 촬영이란 무엇인가? 저속도 촬영이란, 촬영속도를 보통의 경우보다 느리게 찍어 촬영 후 일반 속도로 영사할 때 촬영 대상의 움직임이 실제보다 빠르게 보이도록 만드는 타임랩스 촬영기법을 말한다. 이러한 영상기술 덕분에 우리는 불과 십 초 동안에 사막에 떨어진 작은 씨앗이 우기를 맞아 꽃을 피우고 홀씨를 날려 보낸 다음 빠르게 말라비틀어지는 과정을 볼 수 있다. 그것은 자연의 동공으로는 볼 수 없는 것이다. 이를테면 그것은 신의 눈으로 사물을 보는 것이다.

  그런데 K 부인의 입장에 의하면 '샘의 비밀'이라는 것은 그 자체로 신비 속에 숨겨두어야 하는 것인데 이를 불법 침입하듯 폭로한다면, 그것은 인간에게 유해하다는 것이다. 하긴 저속도로 촬영된 영화는 생명의 비밀을 기술적인 메커니즘으로 탐구할 수 있다는 오만한 감성을 인간에게 부여하는 측면이 있다. 이렇게 하나둘 벗겨낸 '생의 비밀'을 '감상'하는 것만으로도 인간은 '생의 비밀'을 '소유'했다고 믿게 된다. 종교적인 관용어로 은유한다면 타임랩스 촬영기법은 우상숭배인 것이다. 즉 악의적으로 말한다면, 영화는 대체로 상업적인 논리에 따라 '생의 절정'만을 교묘하게 편집하여 보여주고 있다고 비판할 수 있는 것이다.

이러한 입장에 따르면 영화에서의 내러티브는, 특히 그것이 대중 영화인 경우에는 생이 수반하고 있는 무기력하고 고통스러운 일상성이 철저히 배제된다는 주장도 가능하다. 어쩌면 흐릿하게 존재의 내면적 진실을 담고 있을지 모르겠지만, 대체로 그것은 불과 몇 컷의 간략한 장식으로 이용되는 경우가 많다는 지적도 가능하다.

이는 마치 사탕수수에서 단맛만을 강제로 집약하여 희디흰 설탕을 만드는 것과 같다. 그리고 그 정백당의 결정을 '생의 맛'이라고 착각하는 것과 같다. 그것은 과연 생의 진솔한 맛일까. 그러나 과일에서 섭취해야 할 당분을 백설탕으로 대체하면 결과적으로 여러 종류의 질환이 유발되는 법이니 생의 진정한 단맛은 공장에서 제조된 백색의 결정 가루가 아니라 한여름 뜨거운 햇볕으로 익어가는 수박의 시간이나 멜론의 시간에서 찾아야 한다고 이러한 신념의 소유자들은 주장한다. 그러니 이런 신념을 지닌 사람들을 내러티브의 근본주의자들로 불러도 좋을 것이다.

　그리고 이들이 가장 위협적인 것으로 두려워하는 것은 '생의 파편' 혹은 '생의 절정'을 보여주는 대중 영화의 내러티브가 세련된 미학의 옷을 입고 관객들에게 전이되는 것이다. 다시 말해 영상을 담아내는 미학적 테크닉이 현란하면 현란할수록 예견되는 위험도 비례하여 증가한다는 우려이리라.

　사실 본회퍼가 수감되기 이전 이미 독일에서 생산된 레니 리펜슈탈의 선전 영화들, 이를테면 1934년작 〈의지의 승리〉나 1938년작 〈올림피아〉 같은 혁신적인 영화들이 가지고 있던 놀라운 테크닉은 인간의 정신 조작에 있어 영화 미학이 얼마나 비극적으로 기여할 수 있는가를 여실히 보여준다. 또한 오늘날의 영화들은 어떠한가. 할리우드의 상업 영화는 차치하고라도 명작이라고 부르는 영화 역시 대형마트의 질 분류

된 상품 진열대에서처럼 현대인이 원하는 '생의 감동'을 적절하게 가공, 생산, 포장하여 유통시키는 측면이 없다고는 할 수 없다.

근본주의자들의 걱정이 어디 영화뿐일까. 이러한 신조에 따르면, 생의 절정만을 집약하여 배열하는 드라마나 대중소설도, 그리고 코믹스나 롤플레잉 게임도 모두 경계 대상일 것이다. 사실 우리는 아이돌 스타가 나오는 저녁 드라마를 보면서 초라한 자신이 신데렐라가 되는 환상을 맛본다. 혹은 롤플레잉 게임을 하거나 무협소설을 읽으면서 잠시 일상에서 벗어나 판타지의 세계에서의 모험에 마음을 맡기기도 하고, 놀이공원에서 롤리코스터를 타듯 〈CSI 라스베가스〉 시즌이나 마이클 코넬리의 신작 스릴러 소설을 읽기도 한다.

그런데 그것은 삶의 진정성을 놓치는 것이라고 이들 내러티브의 근본주의자들은 주장한다. 그리고 사실 내러티브에 대한 이러한 근본주의적 입장은 동서고금을 막론하고 그 뿌리가 깊고도 오래되었다.

패관잡서는 인재 가운데 가장 큰 재앙이다. 음탕하고 추한 어조가 사람의 심령을 허무방탕하게 하고, 사특하고 요사스러운 내용이 사람의 지혜를 빠뜨리며, 황당하고 괴이한 이야기가 사람의 교만한 기질을 고취시키고, 시들고 느른하며 조각조각 부스러지듯 조잡한 문장이 사람의 씩씩한 기운을 녹여낸다.[*]

이건 당대에 가장 오픈된 마인드를 가졌다는 다산 정약용의 발언이다. 여기서 정약용이 말한 '패관잡서'를 오늘날의 '대중소설'로 치환한다면, 이는 사실 그동안 우리 문단이 견고하게 견지해온 입장에 잇닿아 있기도 하다. 그렇다면 이들 근본주의자들이 숭앙하는 내러티브는 무엇일까.

나는 그 한 예를 안드레이 타르코프스키의 영화가 가지고 있는 극단적인 롱테이크에서 찾아볼 수 있다고 생각한다. 이를테면, 1983년작 〈노스텔지아〉의 마지막 장면에서 무려 구 분에 이르는 롱테이크 장면이 등장한다. 물론 곧바로 뒤이어 나오는 이 분 동안의 롱테이크는 보너스이다. 이러한 롱테이크는 1995년작 〈희생〉에서도 등장하는데, 이들 근본주의자들은

[*] 《조선의 베스트셀러》, 이민희 지음, 프로네시스, 2007.

어떤 나무 밑에서 한 노인이 어슬렁거리는 몹시도 지루한 장면을 진지하게 관람하면서 그들만의 예배를 드릴지도 모르겠다. 물론 롱테이크 장면이 주는 긴 시선은 '생의 비밀'이 '생의 절정' 말고도 '생의 지루함'에도 존재하고 있다는 점을 넌지시 알려준다. 여기에 타르코프스키가 가진 매력이 있긴 하다.

그리고 이들 내러티브의 퓨리턴들이 숭앙하는 경전의 목록은 발자크의 《인간 희극》이나 제임스 조이스의 《피네간의 경야》에서 시작해 오슨 웰스의 〈시민 케인〉이나 토머스 핀천의 《제49호 품목의 경매》를 거쳐, 박상륭의 《죽음의 한 연구》나 키에슬로프스키의 〈세 가지 색〉에 이른다. 그런데 이것이 진정, 내러티브의 유토피아일까. 아니, 도대체 읽는다는, 혹은 본다는 것은 무엇일까.

둘.

지난 연말, 공중파 방송의 한 예능 프로그램에서 일 분에 삼만 자씩 척척 읽어내는 어린 속독가들이 자신의 묘기를 맘껏 자랑한 적이 있다. 출연한 초등학생들은 삼 분 만에 책 한 권을 모두 읽었다. 빠른 속도로 책장을 넘겼지만, 이들은 책을 덮은 후에 줄거리는 물론 책 속에 나오는 연도 등 세부적인 사항까지 기억해내 방청객들을 놀라게 했다. 어린 학생들은 자신들의 속독 비결은 초집중력이라고 밝혔다. 한 남학생은 이렇게 말했다. "남들은 한 글자씩 읽지만 우리는 한 페이지를 사진 찍듯이 머리에 넣어 기억한다."

이 방송을 보면서 나는 읽는다는 행위의 의미에 대해 새삼 다시 생각해보게 되었다. 사실 이런 속독이 가능하긴 하다. 방송을 보며 책 한 권을 삼 분 만에 읽고 척척 그 내용을 말하는 걸 보니 십 초 정도 부럽긴 했다. 하지만 곰곰이 생각해보니 나에겐 맞지 않는 방식 같다. 그저 나로서는 찬찬히 읽고 그 뜻을 오래 새기는 것이 좋다. 잘 납득이 가지 않았던 문장을, 생각하고 또 생각하다가 십 년 후 불현듯 깨닫는 편이 나에게 더 어울린다고 생각한다. 어떤 문장은, 십 초 만에 읽을 수는 있어도 그 뜻은 생의 모든 시간에 걸쳐서 탐험해야 할 것이다. 아무렴, 다음과 같은 월트 휘트먼의 한 구절.

한 어린이가 손에 가득히 풀잎을 뜯어 들고 묻는다. '풀잎은 무엇입니까?'라고. 나는 어떻게 대답을 할까? 나도 어린이만큼이나 모르는 것을.●

● 《풀잎》, 〈나 자신의 노래6〉, 월트 휘트먼 지음, 김기대 옮김, 내학당, 1991.

이는 언젠가 학창시절 읽은 다음, 평생을 영혼에 품고 살아온 문장이다. 도대체 이런 문장을 십 초 만에 납득할 수 있다고 생각하시는지?

사실 누구나 책을 읽다 보면, 특정 문장에 막혀 잠시 생각할 시간을 갖게 될 때가 있다. 문장이 이해가 안 돼서 그 의미를 생각하느라 그럴 수도 있고, 또는 자기의 생각과 백팔십도 달라서 반항심을 가지고 한쪽 볼에 바람을 넣은 채 비판적으로 점검할 때도 있을 것이다. 가장 행복한 경우는 그 문장이 너무나 맘에 새록새록 와 닿아서 겨우내 입었던 두터운 모직 코트를 벗어 던지고 드디어 샛노란 개나리꽃을 환영하는 것처럼 자기 마음에 정박한 타인의 사유를 힘 있게 품어내는 것일 테다.

그리하여 그 문장은 젖먹이가 빨아들이는 모유같이, 혹은 오래 달린 후의 물 한 잔처럼 생을 약동하는 기운으로 북돋는 영양소가 되는 셈이다. 우리는 그 문장에 힘입어 매너리즘에 빠진 일상에 신선한 자극을 받고 막혔던 혈관에서 나쁜 콜레스테롤을 제거하듯이 자기가 업으로 쌓아 올린 편견과 죄를 씻어낼 수 있는 귀한 기회를 탐미할 수 있는 것이다. 이것은 일 분에 삼만 자씩 읽는 속독법으로 해결할 부분이 아니다.

그래서 우리는 흔히 독서를 통해 비판력과 함께 사유의 깊이를 얻을 수 있다고 말한다. 그것은 책의 첫 페이지부터 마지막 페이지까지 거침없는 독해를 통해 얻어지는 것이 아니라, 불현듯 어떤 문장에 길이 막혀 책을 덮고 자신의 내부를 섬세하게 점검할 때 얻어지는 것이다. 이건 순전히 책 또는 문학이 시간에 가역적이기 때문이리라. 즉 일단 정지하고, 그리고 생각하고, 다시 본문으로 돌아가는 사유의 패턴이 자연스럽기 때문이라고 생각한다. 바로 이 지점에서 텍스트로 이루어지는 예술 장르의 미덕을 발견할 수 있다.

그러나 반대로 반성적 인식이 상대적으로 어려운 예술이 있다. 다시 말해 시간에 있어 불가역적인 특성을 가진 영화라는 예술 장르가 그렇다. 따라서 영화에 담긴 가치관은 소설보다 더 관객에게 일방적으로 주입되기 쉽다. 더불어 영화의 미학적인 특성이 테크닉의 발전에 따라 상승하면 그 내러티브가 내포하고 있는 가치관에 우리는 보다 더 노출되기 쉽다. 마치 레니 리펜슈탈의 장엄한 다큐멘터리처럼 말이다. 만약 그게 싫다면, 우리는 영화나 드라마를 집에서 다운받아 마우스로 정지 버튼을 눌러가며 봐야 할 것이다. 그러나 그것은 어디까지나 편법이다. 아무튼 내가 이러한 입장을 가지고 있다면, 나 역시 K 부인과 같은 내러티브의 근본주의자일까?

나는 아니라고 생각한다. 왜냐하면 나는 월트 휘트먼에서도 생의 약동을 찾아내지만, 이를테면 스티븐 킹의 호러 소설 《캐리》나, 최후식의 무협소설 《표류공주》 혹은 〈황혼에서 새벽까지〉나 〈인셉션〉 같은 장르 영화에서도 평생 마음에 담아둘 삶의 진실을 발견하기 때문이다.

어쨌든 이들 근본주의자들이 대중문화의 여러 장르를 경계하는 것은 그것이 '생의 절정'만을 자극적으로 편집하여 보여줌으로써 순전한 미학적 감수성으로 세례받아야 할 사람들이 사악한 우상숭배에 빠지고 있다고 여기기 때문이라고 본다.

그러면 우리는 이러한 대중소설이나 대중 영화들을 분서갱유해야 할 것인가. 내러티브의 퓨리턴들이 염려하는 것을 이해 못 하는 바는 아니나, 우리가 대중소설과 대중 영화들을 분서갱유해야 한다면, 백설탕이나 에스프레소 커피도, 놀이공원의 자이로드롭이나 번지점프도, 유튜브의 다양한 채널들도 분서갱유해야 할 것이다. 더불어 내러티브의 근본주의에 있어 애매모호한 이단인 무라카미 하루키나 스티븐 킹 그리고 어슐러 K. 르 귄의 경우에는 작품의 절반 정도는 분서갱유해야 할 것이다. 물론 커트 보니것이나 레이먼드 챈들러의 경우에는 간신히 이단 판정에서 제외될지는 모르겠지만 말이다.

SF 작가인 시어도어 스터전은 "SF의 90퍼센트는 쓰레기다. 그러나 모든 것의 90퍼센트는 쓰레기다"라는 말을 했다. 이른바 '스터전의 법칙'이다. 난 어떤 것이 쓰레기냐 아니냐는 독자가 그것을 어떤 그물로 포착하느냐에 따른 것이라고 생각한다.

앞에서 속독법에 대한 회의론을 말하면서 사유의 깊이라고 하는 것은 책의 첫 페이지부터 마지막 페이지까지 거침없는 독해를 통해 얻어지는 것이 아니라, 불현듯 어떤 문장에 길이 막혀 책을 덮고 자신의 내면을 섬세하게 점검할 때 얻어지는 것이라고 적었던가? 그렇다. 로베르토 로셀리니의 〈무방비 도시〉나 토마스 만의 《마의 산》이라 할지라도 기말고사용 리포트 때문에 의무적으로 보거나 읽는다면 그것은 그에게 쓰레기가 될 확률이 높다. 반면 누군가가 어떤 작품에서 '생의 진실'을 한 올이라도 발견한다면 그것은 그에게 필생의 명작이 된다. 비록 그것이 아침에 방영되는 막장 드라마나 웹소설 플랫폼에 수천 권씩 쌓여 있는 대중소설이라 할지라도 말이다.

나에게 '풀잎'의 화두를 던져준 월트 휘트먼은 또한 어떤 시의 마지막 연에서 다음과 같이 말했다. "너는 내 눈을 통하여 보아서도 안 된다. 내게서 무엇을 얻어도 안 된다. 너는 널리 귀를 기울여야 하고, 네 자신의 체로 걸러내야 한다."*

대중소설 혹은 대중문화에 대한 논의는 수없이 이루어져 왔다. 그러나 우리 문단의 입장은 아직도 완고한 것 같다. 이를테면 왜 많은 사람이 웹소설로 제공되는 판타지나 무협소설을 읽느냐에 대해서 사색하지 않았다. 어쨌거나 한 해에 수백 종씩 쏟아지고 그것을 읽는 사람들이 있는데 말이다. 기껏해야 대중소설 혹은 대중문화가 가진 통속성을 악으로 규정 짓고, '악은 그것이 도저히 근절될 수 없는 것이라면 어쨌든 은폐되지 않으면 안 된다'는 입장을 견지했다.

개인적으로는 이러한 내러티브의 근본주의에 변화가 이루어졌으면 한다. 이를테면 청년 예수는 율법을 독실하게 지켰던 제사장이나 레위인보다는 버려진 이웃을 구호한 사마리아인에게 호감을 표시했다. 절대다수의 사람들은 그들의 어떤 근원적인 욕구의 충족을 위해 내러티브를 갈망한다. 우리 문

* 《풀잎》, 〈나 자신의 노래2〉, 월트 휘트먼 지음, 이창배 옮김, 혜원출판사, 2000.

단이 엄숙주의라는 근엄한 율법에 따라 대중들과 거리를 둘 때, 그사이 내러티브에 대한 일반인들의 욕구를 충족시켜준 것은 대중소설과 코믹스와 롤플레잉 게임과 드라마와 영화였다. 물론 K 부인을 위시한 내러티브의 퓨리턴들이 걱정하는 것처럼 여기에는 우상숭배의 염려가 있으며, 솔직히 농후하다. 그러나 이천 년 전 제사장이나 레위인도 이와 똑같은 논리와 근엄한 율법에 따라 행동했지만, 결국 쓰러진 사람을 구한 것은 그들이 그렇게도 불결하게 생각했던 불가촉천민인 사마리아인이라는 사실을 명심하자.

앞으로 소설의 미래가 어떻게 될지 그런 것은 잘 모르겠다. 하지만 분명히 알 수 있는 것은, 인간은 앞으로도 영원히 내러티브에 대한 근원적인 욕구를 지닐 것이라는 사실이고, 기성의 문단이 불가촉천민으로 천대했던 대중예술에서도 '생의 진실'은 발견될 수 있다는 것이다. 이는 역으로 말하자면, 창작자의 입장에서도 대중소설과 코믹스와 롤플레잉 게임과 드라마와 영화에 '어떤 종류의 생의 진실'을 담아낼 수 있다는 사실을 뜻한다. 난 그렇게 믿고 있다. 만약 내러티브의 근본주의에 있어 종교개혁이 이루어진다면 이러한 측면에서 접근해야 하지 않을까 싶다.

신선한 인생에
대하여

요즘 계속 신경이 쓰이는 일인데, 점점 나이를 먹어가니까, 몸도 마음도 오래된 식빵처럼 굳어가는 것 같다(너무 딱딱해서 이빨도 안 들어갈 정도다). 책도 읽던 종류만 읽고, 바흐나 탠저린 드림도 시시하고, 만나는 사람들의 얼굴과 내뱉는 푸념도 항상 똑같고, 영화도 취향의 오래된 관성을 유지하고(심지어 영화관에 들어가기만 하면 잠이 오고), 그리고 무엇보다도 몇 년 전만 해도 턱걸이를 열 개씩은 했는데, 이젠 두세 개도 힘들다. 이른바 인생이 시시해지고 지루해진다는 것이다.

오래 방치된 콜라처럼 걸쭉한 액체에 눅눅한 설탕 맛만이 남아, 처음 뚜껑을 딸 때의 톡— 쏘는 신선함이 사라지고 만 것이다. 탄산음료는 혀를 쏘는 맛에 마시는 건데, 이래서는 정말 곤란하다.

요즘 나는 건조하게 마른 식빵 같아.

쩌적

인생이 시시하고 지루해.

그렇다. 나로서는 지구온난화로 남태평양의 어느 섬나라의 모든 국토가 물에 잠긴다거나 이제 지구인은 한 달에 한 줌씩 미세플라스틱을 섭취하게 됐다는 소식 못지않게 내 인생에서 '신선함'이 사라지는 것 역시 종말론적 사건이다. 그러므로 뭔가 특단의 자구책이 필요하다, 라고 생각은 하지만 어디서 무엇부터 손을 대야 할지. 도대체 무엇을 해야 인생이, 갓 수확한 채소로 만든 샐러드처럼 아삭아삭 다시 '신선'해지는 걸까? 일단 뭔가 식상한 삶의 패턴을 바꿔볼 특이한 짓을 해볼까?

— 한 번도 내려본 일 없는 지하철역에 내려, 그 동네를 한 시간쯤 배회하기

— 배 타기(난 태어나서 지금까지 배라는 것을 타본 일이 없다. 워터파크에서 탄 튜브는 빼고.)

— 평소 경멸하던 그레고리안 성가를 들어보거나 할리퀸 로맨스 읽어보기

— 소백산 같은 첩첩산중에서 밤하늘의 은하수 올려다보기(어차피 서울에서 보는 것과 오십보백보겠지만.)

— 스쿼시나 클라이밍같이 땀 많이 흘리는 운동을 시작해보기

흐음, 실망이다. 겨우 이 정도 도전을 갖곤 도대체 인생이 신선해질 리 없는 거다. 정말 실망이다. 이미 굳어버린 내 머리에서 나오는 아이디어란 게 겨우 이 정도란 말이지. 어이쿠 (그런데, 도대체, 지금까지, 한때라도, 내 인생이, '신선'했던 적이 있기나 했을까 싶다).

생각해보면 오래전엔 시집을 한 권 읽으면 머리가 맑아지고 세상의 사물에 대해 다정한 애정이 생겼었다. 한여름에 차가운 물방울이 맺힌 청량음료를 마시는 기분이라고나 할까. 한때는 스윙 재즈나 프로그레시브 록을 들으면 기분이 산뜻해지던 시절도 있었다. 그 시절에는 음악이 신약의 《히브리서》처럼 느껴졌다.

그러나 어느 순간부터 많은 것에 피곤해졌다. 시집에 담긴 감수성이 그럴싸하게 마케팅에 활용될 때, 체 게바라의 얼굴이 대형 쇼핑센터에서 홍보 플래카드로 걸릴 때, 혹은 패션으로 힙합을 듣거나 스윙 재즈나 프로그레시브 록을 들으면서도 타인의 눈물에 무감해질 때. 하긴 설교 시간에 《히브리서》에 담긴 고아한 언어들을 인용하면서도 행동으론 짐승의 길을 걷는 성직자도 보았으니 말을 다 했지.

어쩌면 나의 피곤은, 아는 것과 행하는 것 사이의 어긋남에서 시작됐는지도 모른다. 존 롤즈나 피터 싱어의 정치철학을 공부하면 세상을 바꿀 수 있을 거란 신념, 마일스 데이비스의 선율을 들으면 인간은 다정다감해질 거란 기대, 혹은 《히브리서》를 읽으면 인간은 성스러워질 거란 믿음(최소한 일요일에 교회 옆 주택가에 무단 주차해서 동네 사람들에게 민폐는 끼치지 않겠지 하는), 이런 신념, 기대, 믿음들에서 상처를 받고, 하여 생을 부정적으로 바라보게 되고, 의욕을 상실하게 된다. 즉 영혼이 지루해지는 것이다.

그럴 때, 거울을 보듯 지루해진 내 얼굴을 볼 때, 권태가 주름살처럼 팬 얼굴을 볼 때, 피곤에 절어 퇴근하다 문득 밤하늘을 올려다봤는데 마음을 찌르는 날카로운 초승달을 볼 때, 나는 지루한 삶에서 벗어나 다시 희망을 찾고 싶다. 록그룹 주다스 프리스트는 나이 마흔이 넘어 앨범 《페인킬러(Painkiller)》를 완성했다. 그 나이라면 '나 때는 말이야'라고 아랫사람들에게 거드름 피우기 시작할 때다. 즉 주다스 프리스트는 멋있게 늙기 시작한 것이다. 나도 그처럼 지루하지 않게 나이 들고 싶다. 그런 날 오래전에 사두고, 불과 한 달 만에 책장 구석으로 방치한 라틴어 교본을 꺼내 본다. Dum Spiro, Spero(숨을 쉬는 한 희망은 있다).

내 인생 최초의 카메라는 수동식 미놀타였다. 오래전 사진을 배우고 싶은 마음에 용돈을 모으고 모았다. 그리고 남대문 시장 중고 카메라 상가를 보름이나 쏘다니면서 고르고 골라 구입했다. 그리고 그 카메라를 가지고 아는 분의 소개로 옆 동네 사진관 주인에게 촬영에 대해 배우게 됐다. 젊은 시절에 신문사 사진기자로 일했다는 선생님은 매우 꼼꼼했다. 사실 꼼꼼함은 사진작가의 특징이다.

선생님께 처음 배운 것은 사과를 찍는 법이었다. 즉 테이블에 사과를 두고 같은 사진을 반복해서 찍는 것이다. 선생님은 사진기자가 되기 위해서는 같은 사진을 천 장 찍어야 하지만, 너는 취미로 하는 거니까 딱 24컷짜리 필름으로 열 통만 찍자고 했다.

난 그 가르침에 따라 삼각대에 고정된 카메라를 가지고 같은 구도의 사진을 정확히 240장 찍었다. 마치 예비 미대생이 미술학원에서 온갖 토르소의 음영을 데생하는 것처럼 말이다. 난 그 과정을 통해서 사과를 비추는 새벽의 빛, 아침의 빛, 정오의 빛, 석양의 빛, 달밤의 빛, 형광등의 빛, 백열등의 빛, 안개를 통과한 빛, 유월의 빛, 칠월의 빛, 팔월의 빛, 커튼을 친 빛, 커튼을 걷은 빛이 다르다는 것을 알았다.

그런데 빛을 감지하여 본능적으로 조리개와 노출과 포커스와 거리와 각도와 앵글을 잡는 감각이 몸에 배게 하는 것은 또 다른 이야기였다. 마치 백 미터 달리기 선수가 스타트를 알리는 총성을 듣고 0.05초 만에 반응을 보이며 뛰쳐나가는 기술을 연마하는 것처럼 말이다. 이후 나의 사과는 방 안의 기온에도 영향을 받았고 사진작가의 숨결에 따라서도 다른 표정을 짓는다는 것을 알게 되었다.

어쨌거나 내가 배운 교습의 순서는 다음과 같다. 셔터를 누르기 전에 먼저 메모장에다 연번을 매기고 내가 객관적으로, 그리고 주관적으로 알 수 있는 정보를 기입한다. 주로 색온도

측정값과 노출값 혹은 셔터속도 같은 걸 적었지만 그 순간의 느낌이나 바람의 세기 같은 주관적인 정보도 적는다. 그리고 메모가 끝나면 셔터를 누른다. 그렇게 24컷짜리 필름 한 통을 다 찍은 후에 그걸 인화해서 내가 적은 메모와 그 결과물을 비교한다. 그런 식으로 빛에 대한 몸의 감각을 내면화시키는 연습을 한 것이다.

필름 열 통을 쓴 후에 그만하면 그럭저럭 사과 정도는 찍을 수 있겠다는 얘기를 들었다. 그렇게 사과를 찍을 줄 알게 된 후 전봇대 전선에 나란히 앉아 있는 참새를 찍었다. 즉 완전한 정물에서 반(半)정물로 옮겨간 것이다. 더불어 그때부터 사진관 암실을 출입하며 인화법도 배웠다. 그건 참으로 신비로운 경험이었다. 붉은 조명이 달려 있는 암실에서 이런저런 약품으로 우윳빛 인화지에 어떤 이미지가 떠오르게 만드는 것은. 우리가 붙잡을 수 없는 시간의 아주 얇은 슬라이스 한 조각이 나무집게에 매달린 인화지 위로 고요히 떠오르는 것을 목격하는 것은. 그건 어쩌면 화학의 이름을 빌린 마술이었다.

나의 선생님은, 전선에 앉아 있는 참새를 찍을 수 있게 되면 그다음에는 더 발랄한 무언가를 찍게 될 거라 했다. 그런데 딱 그즈음 여러 가지 집안 사정으로 취미를 겸해 배우던 사진 실습을 참새에서 중단하게 되었다. 선생님은 아쉬워하며, 그래도 그 정도면 어디서 사진이 후졌다는 얘기는 안 들을 거라고 하셨다.

그 후로 디지털카메라가 보급되면서, 그리고 포토샵이나 여러 가지 사진 보정 프로그램들이 대중화되면서 필름카메라와 관련된 많은 노하우가 쓸모없는 것이 되어버렸다. 수동식 필름카메라에서 중요시되었던 빛에 대한 감각은, 그래픽 툴의 색보정으로 그런대로 간단히 해결됐다. 처음으로 그런 프로그램을 이용하여 사진에 담긴 빛을 보정한 날, 난 어떤 종류의 슬픔이 북받쳐 오르는 것을 느꼈다.

중세시절 필경사는 일 년의 시간을 투자하여 성서 한 권을 제작해냈다. 그렇지만 현대의 윤전기는 하루에 만 권의 성서를 찍어낼 수도 있다. 물론 중세의 필경사가 수작업으로 채색한 아름다운 도판은 없겠지만 시대의 흐름은 거스를 수 없었다. 즉 그날 밤 내가 체험한 것은 현대의 윤전기를 본 중세의 필경사 느낌이었다.

그 후로도 더 많은 시간이 흐른 뒤에 나는 생각한다. 내가 만약 그때 전선 위의 참새를 찍을 수 있게 됐다면, 그다음에는 무엇을 찍게 되었을까. 그리고 그걸 배웠더라면 내 인생은 어떤 부분에서 달라졌을까, 하고 말이다. 뭐 그런 건 영원히 모를 거다.

그런데… 그런데 말이다. 아는 것도 있다. 참새를 찍는 도중에 멈췄지만 빛을 감지하는 몸의 감각은 오래도록 나에게 큰 영향을 미친 것 같다. 어떤 종류의 풍경을 보면, 그것이 나의 인식에 부여하는 시간의 흐름을, 단면을 잘라 마음속에 인화하여 새겨 넣을 수 있게 된 것이다. 그런데 그것은 풍경뿐 아니라 사람에 대해서도 마찬가지가 되었다. 그 후로 난 생각한다. 이게 나에게 좋은 일인지 혹은 나쁜 일인지에 대하여. 누군가의 모습을 마치 살라미 소시지를 아주 얇게 저미는 것처럼 마음에 각인하는 것이 좋은지 어떤지 말이다.

좋아하는 영화는 무수히 많지만, 오직 하나를 꼽으라면 데이비드 린치 감독의 〈블루 벨벳〉이다. 이 영화가 왜 내 인생의 영화인지는 다음에 말할 기회가 있겠는데, 어쨌거나 이 영화에 경도된 대학 시절 이후로 책에서 벨벳이란 단어가 나오면 따로 메모해두는 습관이 생겼다. 이를테면 니코스 카잔차키스의 《예수 다시 십자가에 못박히다》에는 "벨벳 쿠션 위의 그의 왼쪽 편에 앉아서 시중드는 계집아이 같은 소년"이란 문장이 나오는데 이렇게 정적인 표현도 수집의 대상이지만 그보단 아서 C. 클라크의 《유년기의 끝》에 나오는 "벨벳과 같은 밤 속에 떠 있는 별"이나 하퍼 리의 《앵무새 죽이기》에 등장하는 "빨간 벨벳 커튼이 물결을 일으키며" 같은 부드러운 표현으로서의 벨벳을 더 좋아하는 편이다(살아오면서 '벨벳'이란 단어가 들어간 책을 오십 권 정도 찾아냈다).

벨벳이란 단어를 수집하고 있었으므로, 원서에는 분명히 벨벳으로 표기되었을 텐데 그것을 융단이나 부드러운 천 같은 단어로 번역한 책을 보면 슬픔이 배어났다. 특히나 그 단어가 들어간 문장이 아름답고 우아하면 더욱 그렇다. 어쨌거나 벨벳이 들어갔다고 해도, 바람직한 것은 그 책이 픽션의 한 문장이어야 한다. 이를테면 의상학이나 문화사, 고고학이나 심리학 서적에 등재되는 벨벳이란 단어에는 흥미가 반감된다. 이를테면 M. 그로써의 《화가와 그의 눈》 29쪽에도 벨벳이란 낱말이 등장하지만 이렇게 미학 내지 미술비평에 실린 벨벳은 나에게 별다른 기쁨을 주지 못한다.

벨벳 말고도 내가 수집하던 단어들이 더 있다. 예를 들어 '체크무늬'(스카치의 캠벨 체크무늬로 쓰이는 경우에 한해서)나 '벽감'과 같은 사물의 명칭들. 'H. P. 러브크래프트'나 '발터 벤야민'과 같은 묵시록적 문인들의 이름도 한때 모았는데, 이들의 인명이 등장하는 픽션은 너무도 많아서 어느 순간 수집을 포기했다. 그러나 꾸준히 모으고 있는 것이 더 있다. '윤슬'이나 '언령(言靈)'처럼 다른 차원에서 흘러들어온 단어들. '위니펙'이나 '가마쿠라'처럼 마음에 파문을 던지는 지명들.

혹은 '롄'이나 '훼', '걘'이나 '룔'처럼 특이한 낱글자들. 즉 지금 펼치는 이 소설에서가 아니라면 도저히 다시는 만나보지 못할 것 같은 특이한 낱글자도 수집의 대상이다. 난 지금까지 살면서 '욷'이란 글자는 창비에서 나온 크리스토퍼 이셔우드의 《베를린이여 안녕》의 43쪽에서 유일하게 봤다. '됭'이란 글자는 문지에서 나온 파스칼 키냐르의 《로마의 테라스》의 81쪽에서, '톄'는 민음사의 《유럽, 소설에 빠지다》에 실린 단편 〈첼로〉의 140쪽과 143쪽에서 유일하게 봤기에 나의 컬렉션이 됐다(특히, 생소한 유럽 작가들의 작품을 수록한 이 책에는 벨벳이란 낱말도 서로 다른 세 개의 단편에 골고루 들어 있어 나를 행복하게 했다).

그건 그렇고 특이한 낱글자에 대한 페티시즘에 따라 난 어떤 단편에 '몐'이란 글자를 사용한 적도 있다. 이는 마니아의 집착이 어느 임계점을 통과하면 직업이 된다는 '덕업일치'의 유사한 사례라고 할 수 있다. 어쨌거나 내가 아니라면 세상에 존재하지 않았을 '몐'이란 글자가 까맣게 인쇄된 책은 나에게 소소한 만족감을 준다(더불어 이 에세이집의 본문 어딘가에도 벨벳이란 단어가 한 차례 등장하지요).

어떤 단어들을 수집해서 공책에 기록해두는 이런 습관은 온건한 페티시즘이라고 할 수 있다. 누군가에게 위해를 끼칠 일도, 더더구나 위해를 받을 일도 없으니 남들에게도 떳떳한 취미이다. 물론 왜 이런 컬렉팅을 하는지에 대해서는 설명을 하려면 어느 정도의 시간과 노력과 재능이 필요한 정교한 작업이니 우선은 이러한 온건한 페티시즘은, 세상에 방어적인 자세를 취하면서 동시에 세상을 엿보는 행위인지도 모른다고 축약해놓기로 하자.

또는 이러한 컬렉팅은 합리적인 목적이나 효용이 없기에 역설적으로 무의미하고 건조한 세계에서 기쁨과 쾌락을 건져내는 행위라고도 적을 수 있다. 즉 내 마음의 작동 원리를 정교하게 설명하진 못하겠지만, 지난밤 이희주 작가의 《성소년》의 9쪽에서 "장미 케이크 위로 벨벳 같은 촛불이 일렁이는 걸 보아도"라는 표현을 접할 때 난 내가 살아 있음을 느낀다. 살아 있고, 그리고 앞으로도 더 많은 책에서 벨벳과 언령과 위니펙과 특이한 낱글자를 찾아낼 것이다.

목요일의
아이

매해 시월이 돌아와 목요일을 맞으면 항상 떠오르는 노래
가 있다(엄밀하게 말하자면 노래가 아니라 노래 가사이지만).
그건 미국 민요인—어떤 책에는 영국 민요라고도 한다—〈마
더구스〉의 노래집에 실려 있다고 알려진 곡인데, 우리말로는
대략 다음과 같은 내용이다.

아름다운 건 월요일의 아이,
품위가 있는 건 화요일의 아이,
울상을 짓는 건 수요일의 아이,
여행을 떠나는 건 목요일의 아이,
매력적인 건 금요일의 아이,
고생하는 건 토요일의 아이,

귀엽고 명랑하고 마음씨가 고운 건 일요일에 태어난 아이

내가 이 노래를 처음 알게 된 것은, 사춘기 시절에 읽었던 김민숙 작가의 1980년 작 《목요일의 아이》라는 소설 덕분이었다. 이 소설에는 시월의 어느 목요일에 태어난 여자애가 주인공으로 나온다. 하여 그 이후 난 매해 시월이 되고, 첫 번째나 두 번째의 목요일을 맞으면 가끔 이 소설에 실린 노래가 생각나곤 했던 것이다. 난 언제나 목요일의 아이가 부러웠다. 먼 길을 떠나는 아이라니, 얼마나 낭만적인지.

이 작품으로 말하자면 이제 막 열일곱 살 된 소년 소녀들이, 마치 사랑이란 낱말을 처음 들은 듯이 사랑을 배워가는 청춘 소설이다. 물론 지금 다시 읽어보면 손발이 오그라드는 부분이 잔뜩 있지만 어쨌거나 사춘기 시절에 읽은 이 소설은 세 가지 측면에서 내 인생에 작은 영향을 주었다.

첫째, 이 소설은 나에게 바다에 대한 환상을 심어주었다. '바다는 이상한 체험을 하게 해주고, 그리고 그 체험은 아주 평화로워지는 것'이란 관념을 얻은 것이다. 따라서 '바다를 보러 가는 것'은 '책을 덮어버리고' 갈 만한 가치가 있다는 관념도.

둘째, 이 소설은 병상에서의 차림에 대한 어떤 태도도 알려주었다. 특히나 '사랑하는 사람이 올 것 같은 분명한 예감'이 든다면 병석에서도 머리를 곱게 빗고 옷차림을 정갈히 해야 한다는 그런 환상을 품게 된 것이다. 생각해보면 사춘기 아이들 특유의 센티멘털리티일 뿐, 정말로 비현실적인 것인데 말이다. 여하튼 지우려 해도 이미 사춘기 시절, 마음에 틀어박혀버리고 말았다. 더불어 이상한 페티시즘도 생겨버렸다. 즉 한여름에도 긴소매 블라우스를 입은 사람들에 대한 동경이.

셋째, 소설가에 대한 환상도 생겼다. 소설 쓰기야말로 '여러 가지 인생을 다채롭게 맛보며 살 수 있는 길'이라는 이상한 미신이 생긴 것이다.

어쨌거나 아주 오랜만에 다시 읽어보니 이 작품은 정말로 사랑스러운 소설이었다. 유치한 센티멘털리티가 지뢰처럼 널려 있고, 상당한 신파까지 섞여 있지만, 이 소설에는 아주 굉장한 장점이 두 개나 있었다.

그것은 이 소설에 등장하는 인물 중에 나쁜 사람이 전혀 없다는 것이다. 이루지 못하는 사랑에 아파하는 주인공의 집에는 다소의 갈등은 있을지언정 따뜻한 가족애가 있고, 학교 선생님들은 자애로우며, 배경으로 등장하는 고아원의 아이들도 모두 천사 같다. 이렇게 선량한 소설을 읽으니, 그 비현실성에도 불구하고 마음의 때가 약간은 벗겨지는 듯한 기분이 든다. 비꼬려고 하는 얘기가 아니다. 그립다는 거다. '등장하는 주인공들이 모두 온화하고 다정스러운 세계가 있을 수도 있다'는 그 가능성이 그리운 거다.

더불어 이 소설에는 다른 장점도 있다. 그것은 이 소설에는 스마트폰과 SNS가 등장하지 않는다는 사실이다. 서로의 연락처를 몰라서 전전긍긍하고, 편지를 보내놓고 그것이 잘 들어갔는지 매일매일 궁금해하고, 매일 새벽 도서관에서 만났는데, 어느 날부터 나오지 않아 어찌 된 일인지 조바심치면서 궁금해하다가 시일이 한참 지나서야 비로소 그 연유를 알게 되고….

이 얼마나 다정한 시절이란 말인가. 즉각성과 일회성이 삶의 표준이 된 오늘날, 과거의 그리운 아날로그적 감수성이 못내 사무치게 그리워진다. 그리고 그것을 되돌아보게 만드는 것만으로도 이 소설은 아련한 그리움을 선물로 내어준다고 할 수밖에….

뭐 그건 그렇고 난 이 소설 때문에 목요일의 아이가 부럽기도 했지만, 정말로 되고 싶었던 것은 일요일의 아이였다. 일요일에 태어나 누구에게나 사랑받는 아이란 모든 이의 꿈이 아니던가.

　그렇지만 나는 일요일의 아이도, 목요일의 아이도 아니다. 나는 화요일의 아이다. 그나마 수요일의 아이가 아닌 게 다행이라고 해야 하나?

　뭐 어쨌거나 난 그 뒤로 〈마더구스〉의 노래에 대한 여러 가지 번역을 볼 때마다 특히나 화요일의 아이에 대한 해석을 경청하고 그걸 잘 메모해두곤 했다. 그리고 여태까지 이런저런 책에서 발견한 화요일의 아이에 대한 번역은 다음과 같다.

　화요일의 아이는 의젓하고요
　또는
　품위가 있는 건 화요일의 아이
　또는
　화요일에 태어난 아이는 지혜롭기 그지없단다

　꽤 의미가 달라지는 번역문장 때문에 언젠가는 드디어 원문을 찾아보았다. 원문은 다음과 같다.

Tuesday's child is full of grace;

하하, 그렇다. 원문의 'grace'를 어떻게 번역하느냐에 따라 화요일의 아이는 뉘앙스가 달라지는 것이다. 하여 난 새삼스레 이 낱말을 사전에서 찾아보았다.

1. 우아함, 고상함, 의젓함, 품위, 기품
2. (천부적) 재능, 영감, 지혜
3. (신이 내리는) 은총, 은혜, 축복, 가호
4. 친절, 호의, 예의

결국은 모두 비슷한 얘기다. 나쁘지 않다는 소리다. 그러니 만족하도록 하자. 수요일이나 토요일의 아이가 아닌 게 어딘가(네, 그렇습죠).

어쨌거나 사춘기 시절 《목요일의 아이》를 읽은 나는, 오랜 시간이 흘러 소설가가 되었다. 그렇다면 나는 '여러 가지 인생을 다채롭게 맛보며 살 수 있는 길'을 걷고 있는가. 아직은 알 수 없다.

아직은 알 수 없지만, 언젠가 '모든 요일의 아이들'이라는 연작소설을 쓰고 싶은 욕심은 있다. '월요일의 아이'부터 '일요일의 아이'까지 모두 일곱 편의 소설을 쓰는 거다. 물론 자비로운 나는 특히 수요일의 아이에게 신경을 써줄 테다.

그러니까 수요일에 비가 내리는 풍경을 보면, 그리고 비가 내리는 풍경이 귀스타브 카유보트의 어느 그림을 닮았다면, 수요일의 아이의 삶도 썩 괜찮다는 생각을 했던 거다.

음악의
취향

나이를 먹어가는 증거는 아마도 새로운 것에 관심이 사라지는 것이리라. 예를 들어 어떤 사람이 일본의 사회파 미스터리에 관심이 있어 미야베 미유키의 신간을 산다고 해도 그것은 새로운 것에 관심을 갖는 것은 아니다. 그에게 새로운 것이란 장르소설과 거리가 먼, 이를테면 번지점프나 리듬체조 같은 것이리라. 음악에 대해서도 마찬가지. 나 역시 내가 선호하는 것만 듣다 보니 최근의 뮤지션은 그 이름조차 잘 모른다. 하지만 요즘 핫한 걸그룹의 곡을 듣느니 그 시간에 김광석이나 엘라 피츠제럴드 혹은 쿨리오나 제임스 브라운을 듣겠다는 것이 내 입장인 것이다(이 역시 일종의 문화적 편견일 수도 있다. 뭐, 어쨌거나). 완벽에 가까운 것이 있는데 애써 불완전한 것을 찾을 필요는 없는 것이다.

완전한 음악에 관해 말해보자. 오래전 읽었던 SF 중에 아서 C. 클라크의 《2001 스페이스 오디세이》가 있다. 주인공인 우주비행사 데이비드 보먼은 무료함을 이기고자 음악을 듣는데, 결국 보먼은 바흐가 고독한 인간이 선택할 수 있는 최후의 음악이라는 결론을 내린다. 이후 난 이 대목 때문에 궁극의 음악은 바로 바흐다, 라는 편견을 가지게 되었다. 나에게 이런 편견을 준 대목은 다음과 같다.

처음에는 인간의 목소리가 그리워 디스커버리호의 도서실에 소장된 테이프 중에서 고전 희곡―특히 쇼어, 입센, 셰익스피어의 작품―이나 시 낭송을 들었다. 그러나 작품들의 소재와 문제들이 현실감각에 안 맞거나 또는 상식적이어서 곧 시들해졌다. 그래서 오페라로 관심을 바꾸었다. 그러나 이 주일쯤 지나보니 그 훌륭한 목소리들이 전부 자신의 고독감을 더욱 심화시키는 것으로 느껴졌다. 그는 성악에 종지부를 찍었다. 그 후에는 기악만 들었다. 낭만적인 작곡가부터 시작해서 감정의 발로가 지나치다 싶으면 하나씩 뒤로 제쳤다. 시벨리우스, 차이코프스키, 베를리오즈는 수 주일씩 갔고, 베토벤은 그보다 더 오래 들었다. 그는 드디어 많은 사람이 그랬던 것처럼 바흐의 추상적인 구성 속에서 평화를 찾았고, 간혹 모차르트를 가미시켰다. 그래서 디스커버리호는 이미 이백 년 전에 흙으로 돌아간 고인의 두뇌에서 생성된 차분한 음악을 가득히 싣고 토성으로 날아가게 됐다.•

처음 이 구절을 읽었던 때가 사춘기 시절이니 완전한 음악에 대한 이러한 편견—음악의 궁극은 바흐라는—의 역사도 상당히 오래 지속된 셈이다. 그리고 그 편견은 지금도 유효하다. 때문에 요즘 뮤지션의 음악도 나름대로 의미가 있을 터이나 아무래도 내 입장에서는 새로 등장하는 대중가요를 이를테면 〈하얀 나비〉의 김정호나 〈여러분〉을 부른 윤복희와 비교하게 된다(정말 말도 안 되는 비교라는 것은 안다. 이렇게 편견에 사로잡히면 마음은 산소에 오래 노출된 커피처럼 천천히 굳어갈지도. 어쨌거나 아이러니한 것은, 원작에서 찬양받은 바흐 대신 영화의 OST로는 리하르트 슈트라우스의 〈차라투스트라는 이렇게 말했다〉가 메인 테마로 쓰인 점이다).

• 《2001 스페이스 오디세이》, 아서 C. 클라크 지음, 김종원 옮김, 모음사, 1979.

그건 그렇고 지난밤에는 잠시 시간을 내서 내가 가지고 있던 프로그레시브 뮤직비디오 중에서 운전하면서 들을 만한 곡들을 선곡해서 음원만 MP3로 리핑했다. 오래도록 듣지 않았던 곡들이 51퍼센트, 52퍼센트, 53퍼센트 이렇게 퍼센테이지가 올라가면서 MP3로 변환되는 걸 보니 기분이 좋아졌다. 마치 옛날 전자레인지를 처음 산 날, 동네 슈퍼에서 냉동 피자를 사와 그것이 가열되는 시간을 조바심치며 기다리는 기분이었다(그때도 카운팅되는 숫자를 보며 기대에 찬 심장은 발랄하게 뜀박질했었다).

　그리고 오늘 아침에 운전하면서 그 MP3를 들으며 출근했다. 삼백만 년 전 미지의 외계인이 남겨둔 유물의 의미를 찾으려고 머나먼 우주를 가로질러 토성의 위성 이아페투스로 향하는 데이비드 보먼이나 일상의 번잡한 업무에 종사하려고 서울 시내를 가로질러 운전하는 것이나 본질적으로 고독하기는 마찬가지다. 이성을, 선율이 생성하는 추상적인 언어로 투사한다는 점에서 음악은 활자화된 문장과 또 다른 의미로 생의 좋은 동반자가 된다.

명랑한 음악이란 게
존재할 수 있을까

다음 겨울이 올 때까지 마지막으로 듣겠다는 생각으로 어제와 마찬가지로 밤새, 그러니까 새벽까지 프란츠 슈베르트의 가곡집을 듣고 있다. 예전에 일기장에 "내가 기대한 삶은 쇼팽처럼 경쾌하였으나, 이윽고 슈베르트의 어떤 가곡처럼 음울해졌다"라고 적은 적이 있다. 이런 문장을 쓴 밤에도 어김없이 슈베르트를 듣고 있었다. 물론 쇼팽도.

그리고 이 밤, 프란츠 페터 슈베르트란 남자에 대해 곰곰이 생각해보았다. "자네들은 명랑한 음악이란 걸 정말 꼽을 수 있는가. 난 알 수가 없네." 슈베르트가 그의 친구들에게 반문했다는 이 한마디는, 인생에 대한 그의 비애가 얼마나 근원적이었던가를 말해주는 단적인 예이다.

한때 젊은 시절의 행복이 슈베르트에게도 있었다. 그러나 이윽고 사랑의 실패와 함께 궁핍한 생활에서 오는 마음의 쇠잔으로 불행과 비참의 시기가 찾아들어 그 남자의 남은 인생을 지배한다. 또한 이 지구에서, 슈베트르가 살다 간 인생은 지나치게 짧았다. 서른 몇 해의 짧은 인생과는 대조적으로, 정서적으로 그의 인생은 대체로 지루했다(어쩌면 작곡을 완성하는 순간마저 환희의 짧은 절정이었는지, 아니면 자신의 우울이 가장 극점에 도달한 순간이었는지는 아무도 모르리라).

그리고 길고도 지리하게 삶을 체험한 그는, 마침내 자기 앞의 현실을 직시하게 되고 기쁨도, 친구도, 더더구나 사랑도 없는 괴로운 일상 속에서도 애수의 연가곡 〈겨울 나그네〉를 탄생시킨다. 이 우수에 찬 연가곡은 청춘의 꿈이 사라지고 엄연한 현실과 마주 선, 즉 어른이 된 슈베르트의 모습을 반영한 것이리라.

그리고 수세기 후에 극동아시아의 어느 도시에서 한 남자가 밤새워 슈베르트의 인생을 되새긴다. 언젠가 한때 초록빛 지구를 이렇게 살아간 오스트리아의 한 남자의 생애가 이 밤, 그를 괴롭게 만든다.

명랑한 음악이란 게 존재할 수 있을까. 어쩌면 모든 음악은 근원적으로 비애를 품고 있는지 모른다. 그 어떤 즐거운 화음이라도 공기를 매개로 대기에 퍼지는 순간, 바로 물거품처럼 꺼지고 마니까. 화음의 즐거운 진동이 곧 사그라들고 오랜 침묵만이 막막한 허공으로 남는 것, 나는 그것을 우주의 침묵이라고 부른다. Ex nihilo nihil fit(무에서는 아무것도 생기지 않는다).

어려서, 그러니까 열 살 안팎 무렵에 나는 커다란 두 가지 궁금증을 가지고 있었다. 첫째, 마술사와 요술사의 차이에 대하여. 둘째, 크라운과 피에로의 차이점에 대하여.

우선 마술사와 요술사의 차이점에 대해 궁금해한 건 그 당시 탐독하던 여러 동화책의 영향이었다. 동화에는 자주 마술과 요술이 등장하는데, 난 그 차이점을 꽤 심각하게 고민했다. 그래서 학교 선생님께 귀찮을 정도로 여쭤봤지만 결국 핀잔만 들은 기억이 난다. 여하튼 궁금증이 생긴 이후 책이나 애니메이션에 등장하는 마술과 요술의 용례를 나름대로 분류하기 시작했다.

그 결과, 마술은 〈신빗드의 보험〉에 등장하는 마신처럼 다소 험악하고 거친 남자가 쓰는 거고, 요술은 마귀할멈처럼 사악하거나 마녀처럼 요상하고 요염한 여자가 쓰는 거라고 결론을 내렸다. 즉 남자가 쓰면 마술, 여자가 쓰면 요술. 이렇게 생각하자, 모든 의문이 풀리면서 머릿속이 깨끗하게 정돈됐다.

그런데 그 후로 신경질이 나는 상황이 종종 생겼다. 분명 남자가 쓰는데 요술이라고 적혀 있고, 반대로 여자가 쓰는데 마술이라고 적혀 있는 책들이 발견된 것이다. 그때마다 이상하게 마음이 헝클어지면서 기분이 나빠졌다.

그 후로 인생을 살아오면서 마술(magic)과 요술(sorcery)의 차이에 대해 계속 생각해오고 있는데(그렇다, 지금도 생각하고 있다), 이를테면 이런 설명을 들어봤다. 즉 마술은 눈속임에 가까운 것이고, 요술은 초자연적인 신기함이라는 것. 그러나 절대로, 절대로, 나는 이런 해석에 반대한다. 마술과 요술의 차이에는 뭔가 더 근본적이고 신비스러운 차이점이 있을 것으로 믿고 있는 것이다.

다음으로 어린 시절의 나를 괴롭힌 크라운(clown)과 피에로(pierrot)의 차이에 대하여 말할 차례다. 사실 이 기억을 되살리는 것은 나로서는 좀 슬픈 일이기도 하다.

초등학교 고학년 때 난 동네 교회에서 만난 한 여자애와 알고 지냈다. 지금으로 말하자면, 약간 썸을 타는 사이였는데, 난 그 애와 자주 동네 전자오락실에서 'Mr. Do'라는 게임을 했었다. 그 애랑 이 게임을 하면서 항상 뭔가 자잘한 것을 걸고 내기를 했는데, 그때마다 난 항상 져줬다. 그냥 져주고 싶었다. 난 그래서 나름대로 그 애를 배려했다고 생각했던 것 같다.

어느 날 내가 광대는 영어로 '크라운'이라고 하니까(내가 '크라운'이란 낱말을 알게 된 건 당시의 이 게임 때문이었다), 그 애가 아니라며, 광대는 영어로 '피에로'라고 했다. 그리고 우리의 작은 언쟁은 전자오락실에서 광대가 나오는 게임에 영어로 크라운이란 글자가 적힌 걸 증거로 내민 나의 승리로 마무리됐다.

그 후 나는 교회 전도사님께 물어서 크라운이나 피에로나 사실은 같은 말이라는 걸 알게 되었다. 하지만 이상하게도 먼저 사과를 못 하겠는 거다. 하여 난 그 애가, 광대에 대한 얘기를 살짝, 그러니까 아주 살짝만이라도 화제로 꺼내기만 하면 바로 미안하다고 사과하겠다고 결심했다. 즉 백 미터 달리기 출발선상에서 반쯤 몸을 숙이고 있는 육상선수처럼 "땅—" 하고 총소리가 나기만을 몹시 기다렸던 거다.

그러나 그 후로 교회에서 어러 번 마주쳤음에도 불구하고 그 애는 광대의 '광' 자도 꺼내지 않았다. 시간이 지날수록 지난날의 작은 다툼을 다시 화제로 꺼내기는 더 어려워지고…. 그리고 결국 그 애랑 꽤 서먹해지게 됐는데, 일 년인가 뒤에 그 애는 먼 곳으로 이사를 가버렸다.

그 애 가족이 환송회를 겸해 마지막으로 교회에 나온 날, 난 혼자서 오락실에서 게임을 했다. 교회의 다른 모든 이들에게는 미국으로 이민을 간다는 말을 하고선 정작 나한테는 아무런 말을 하지 않아 그게 섭섭했던 것 같다. 아니, 어쩌면 그 애가 한번쯤은 오락실로 나를 찾아오지 않을까 하는 기대를 했던 것 같다.

'Mr. Do'에는 광대가 주인공으로 등장한다. 그리고 조그만 공을 던져 E, X, T, R, A 알파벳을 가진 엑스트라들을 모두 해치우면 승리를 한다. 내가 이 게임을 신의 경지까지 마스터하느라고 오락실에 가져다 바친 50원짜리 동전이 아마 돼지 저금통 열 개는 됐을 거다. 얼마나 내 맘에 쏙 드는 게임인지 이건 만들어질 때부터 나를 위한 게임이었던 거라고 확신했다.

그렇게 그날도 전자오락실에서 작은 공을 던져 EXTRA들을 펑펑 울렸지만 그 애는 오지 않았다. 그렇게 그 애가 먼 곳으로 이사 간 뒤, 그 애랑 친했던 여자애한테 "주희는 사실, 그

게임 좋아하지 않았어. 네가 좋아하니까 같이 해준 거지"라는 말을 들었다.

그런 애였는데, 왜 크라운이니 피에로니 하며 자존심 싸움을 했던 것일까? 그깟 게 도대체 뭐라고? 그런 주제에 왜 먼저 손을 내밀지 못했을까?

인생의 주인공이라고 하면 뭔가 거창하지만, 게임 정도라면 누구나 주인공이 되고 싶어 한다. 자기가 주인공이 되어서 스테이지 안을 마구 휘젓고 다니고 싶은 거다. 고득점을 하고 레벨도 올리고, 그리고 스테이지가 올라갈 때마다 더 극적인 스릴을 즐기고…. 그리고 플레이어가 죽더라도 오락실 게임기 옆구리를 손바닥으로 한 대 친 다음, 동전을 넣고 처음부터 다시 시작하면 된다. 그렇게 가벼운 마음으로 잠깐의 기쁨을 느끼는 게 게임의 본질인 듯도 싶다.

하지만 솔직히 대부분은 자기 스스로를 이 세계의 주인공이 아니라 엑스트라로 생각하며 하루를 보낸다. 화려하게 빛나는 주인공의 뒤편에서 얼쩡거리는 조연 말이다. 그렇게 생각하니 오락실 게임 속에서 내가 무찌른 EXTRA 못난이 괴물들이 불쌍해진다. 걔네늘은 항상 게임기 속 창백한 디지털 기

호로만 잠자고 있다가 컴퓨터 주인이 어쩌다 게임이라도 실행시킬라 치면 그때야 화면 속에 잠깐 등장한다. 그리고 주인공이 던지는 하얀 공에 맞아 맥없이 죽어가는지도 모른다.

그건 그렇고, 만약 그때 내가 손을 먼저 내밀고, 그리고 이민 가기 전에 그 애의 주소를 물어보기라도 했다면, 그로 인해 펼쳐지는 인생에서 나는 주인공이 될 수 있었을까? 이런 생각을 하자 오랜만에 해본 추억의 게임이 슬프다. 옛날 추억에서는 굳어버린 설탕과자의 향이 난다. 왜냐하면 아무래도 가을밤이니까.

나와
아바타

얼마 전부터 디즈니의 '썸썸'이란 게임에 푹 빠져 살고 있다. 디즈니와 관련된 캐릭터들이 게임의 주인공으로 나와, 일분 남짓한 러닝타임 동안 유사한 캐릭터를 연결하여 득점을 하는 게 주된 테크트리인데, 구조는 단순하지만 묘한 흡입력이 있어 나도 모르게 중독되고 말았다. 심지어 휴대폰 디버깅을 해서 국제판뿐만 아니라 일본판까지 두 종류로 하고 있다.

사실 난 게임 중독에 빠지기 쉬운 타입이다. 어떤 이유로 특정 게임의 매력에 빠져들면―물론 그렇지 않은 게임이 더 많긴 하지만―날밤을 새우는 탓에 웬만하면 게임 근처에는 기웃거리지 않는 편이다(빠져들 만한 게임은 보는 순간, 딱 느낌이 온다. "이거, 위험하군. 너무나 위험해"라는 적신호가 삐

릿삐릿 켜지는 것).

오래전에 넥슨의 '퀴즈퀴즈'라는 게임에 푹 빠져 있었던 적도 있고—아마도 넥슨사의 전신일 거다. 어쨌든 나중에 '큐플레이'로 이름이 바뀔 때까지 정말 열혈 마니아로 퇴근 후 여가 시간을 보냈다—그 후에는 넷마블의 '야채부락리'라는 게임, 그리고 '넷마블 오목'이나 '넷마블 바둑'에 빠져 살기도 했다.

그리고 정말 눈물을 머금고 컴퓨터에서 '넷마블 바둑'을 지울 때, 다시는 내 인생에서 게임은 하지 말아야지 하고 결심했으나, 웬걸, 그 이후에도 '뿌요뿌요 2'라는 게임에 빠져 최종 보스 대마왕을 물리칠 때까지 날밤을 새우기도 했다.

게임을 하면서도, 이렇게 게임에 빠지게 된 이유에 대해 곰곰이 생각해보곤 한다. 즉 게임을 하는 순간에 뇌의 한구석을 비워서 이 게임이 가진 중독성의 이유에 대해 생각해보는 것이다. 내가 '썸썸'에 빠지게 된 중요한 이유는 게임 속 분신인 아바타에 자기 존재를 투영하여 정서적 안정감을 얻기 때문일 것이다. 사실 '썸썸'의 모든 캐릭터들은 디즈니사에 저작권이 있는 영화나 애니에서 유래되었는데, 이렇게 도입된 캐릭터는 복제품임에도 불구하고 본래 작품의 아우라가 깃들어 있다. 그런 의미에서 게이머가 캐릭터를 고르는 것은, 문학의 애호가가 오늘 밤 읽을 소설을 고르는 행위와 본질적으로 동일한 것이다. 그리고 대리만족은 꽤 만족스럽게 이루어진다.

예를 들어 '썸썸'에서 '하쿠나 마타타 심바'라는 캐릭터의 스킬을 쓰면 어린 심바가 어른으로 성장하는 모습이 보인다. 더불어 눈길을 끄는 것은 심바 앞에서 활달하게 고개를 좌우로 내저으며 걸어가는 멧돼지 품바의 의젓한 모습이다. 다시 말해 고개를 흔드는 각도와 제스처, 그리고 그와 함께 어울리는 음악이 나에게는 너무나도 인상 깊게 다가오는 것이다. 그 당당한 모습을 보노라면 마치 서머싯 몸의 단편 〈메이휴〉나 파스칼 키냐르의 음악 소설 《세상의 모든 아침》의 마지막 대목 못지않은 감동이 느껴진다. 약간 과장해서 말하자면, 난 이 멧돼지 품바의 모습에서 니체의 위버멘시를 떠올리는 것이다.

그래서 이 스킬 영상만 따로 이어붙여 직장생활이 힘들거나, 사회생활이 피곤할 때면 들여다보고 있다. 마치 내가 예술에 대한 갈증으로 깊은 밤, 파블로 네루다나 가브리엘 마르케스의 자서전이나 레이먼드 카버에 대한 평전을 펼치는 것처럼 말이다. 혹은 문학이 아닌 다른 종류의 현기증을 찾아 '썸썸' 캐릭터 피글렛의 고득점 영상을 찾아보는 것처럼 말이다.

처음에 '썸썸'을 시작할 때만 해도 게임에 필요한 하트가 떨어지면 그것이 차기만을 바라면서 멍하니 있었는데, 지금은 국내는 물론 미국의 시애틀에서 일본의 삿포로까지, 대만의 타이페이에서 지구의 반대편 베네수엘라까지 수백 명의 친구들과 함께 하트와 게임 미션에 대한 정보를 주고받고 있다(혹시 '썸썸'을 하시는 분들이 계신다면, 라인 아이디 'velvetbanana'를 추가하고 말 걸어주세요. 하트 잔뜩 보내드립니다).

　그건 그렇고, 내가 예전에 키웠던 게임 속 캐릭터들은 어떻게 지내고 있을까. '야채부락리' 게임에서 내가 애써 키운 쿵야들, 배추 머리를 한 귀엽고 사랑스러운 쿵야들과 함께 놀던 놀이동산에서의 흥겨운 멜로디들. '뿌요뿌요 2'의 주인공은 또 어떤가. 거대한 마탑에서 꼭대기 층까지 올라 드디어 대마왕을 물리치고 먼 우주로 향하는 로켓에 올라타던 기억. 그 기억들은 아직도 내 의식의 깊은 곳에서 생명을 얻어 숨 쉬고 있다.

　어느 컴퓨터 혹은 클라우드의 데이터로 살아 아직도 존재할지 모르는 게임 속 캐릭터를 생각하면, 먼 옛날의, 나도 잊어버린 내 모습이 생각난다. 그러니 게임 속 아바타의 본질은 바로 내 실존의 정체성이기도 하다. 진실로, 그렇지 않을까.

꽃눈

어려서부터 매화를 좋아했다. 희고 고운 목련에 부딪히는 봄 햇살도 좋지만, 꽃나무 그늘에 앉아 책을 읽는 것도 좋아했던 것이다. 물론 밤에 보는 매화도 즐겁다. 옛 현인들은 흰 달빛 아래 고고한 매화를 월매(月梅)라고 불렀다. 그뿐일까, 설중매(雪中梅)라는 낱말처럼 눈 속에 처연한 매화도 고귀했다. 그러나 어느 때부턴가 이런 낱말들이 유흥에 비유되면서 고귀한 어감에 때가 타버렸다. 그러니 '달빛 매화'나 '설매'처럼 다른 어감을 찾아야 하는 숙제가 생겨났다.

봄날이면 꽃잎이 눈처럼 흩날리는 꽃눈(花雪)을 보는 것도 장관이다. 특히 달빛 아래 펼쳐지는 꽃눈은 잠깐 이 세계를 다른 차원으로 옮겨놓는다. 그 풍경이 좋아 바람 많은 봄밤이면 무엇에 홀린 듯이 산책을 했다. 봄밤이면 들춰보는 산타야나는 그의 우아한 명저 《미감(The Sense of Beauty)》에서 "대지는 귀 기울일 수 있는 사람에게 음악을 들려준다"고 했는데 아마도 봄밤의 산책도 그러하리라. 머지않아 그런 밤 산책의 날들이 도래할 것이다.

그건 그렇고, 언젠가 밤 산책을 하면서 큰 잘못을 한 적이 있다. 어떤 시에 너무나 마음이 쓰여 꽃그늘을 지나면서도 미처 꽃나무를 올려다보지 못한 것이다. 자길 보라고 조용히 말 걸어준 그 아이를 말이다. 그때 내가 읽은 것은 무엇이었을까. 아마도 김승희 시인의 "낮잠처럼 큰 목련꽃 그늘 속엔 저승의 말들이 들어 있다"라는 구절이었을 테지.

꽃그늘 속에 담긴 저승을 생각하느라 정작 꽃에서 고개를 숙인 남자. 그 때문에 백만 년 후쯤 꽃나무는 자신을 외면하며 지나치는 어떤 사람의 어깨를 두드릴 정도로 나뭇가지의 관절과 신경을 진화시킬지도 모른다. 그리하여 그토록 오랜 세월 후에도 무더기로 흩날리는 꽃눈을 맞으며 바락바락 속을 긁어대는 시를 잊으려는 사람이 여전히 밤 산책을 하고 있다면 "이보세요. 내 얼굴을 보세요" 하고 어깨를 툭툭 두드릴지 모른다.

어느 날 문득
내가 한 권의 책이
된다면

어느 날 문득 내가 한 권의 책이 된다면, 누구나 찾는 베스트셀러 같은 건 되고 싶지 않다. 사실은 너무나 되고 싶기에 되고 싶지 않은 것이다(미리 단념하는 셈이다). 그러니 현실성 있는 대안을 찾는다면 근사한 화집이나 낯선 이국의 소도시에 대한 기행문이면 만족할 듯싶다. 이왕 화집이 된다면 종이만큼은 최고급에 꽃들의 풍부한 표정을 담은 정물화면 좋겠고, 기행문이라면 꼭 그 지역 사람들만 알고 있는 골목길에 대한 다정다감한 귀띔이 담겨 있으면 한다.

하지만 진짜 내가 원하는 것은, 무슨 책이든 좋으니 도서관 서가의 외진 곳에서 한가롭게 햇볕을 쬐는 그런 자리를 차지하는 것이다. 그러니까 얘긴즉슨, '어떤 내용의 책이냐보단 어떤 위치에 있는 책이냐의 문제'라는 거다. 그리고 백만 년 만에 한 번 우연히 누군가가 내 마음의 깊은 페이지를 펼쳤을 때 꽃 피는 봄 햇살이 나의 검정색 활자에 젖어왔으면 좋겠다는 것이다.

아마 그때 종이에 와 닿는 햇살은, 바다를 건너온 이국의 동전들이 주머니 속에서 짤그락짤그락 부딪치는 듯한 소리를 낼지도 모른다. 그리고 햇살의 목덜미에 코를 대보면 유년시절의 파인애플 맛 크래커의 크림 향이 날지도 모른다. 백만 년에 한 번 나도 잘 모르는 마음의 지층을 내보이는 그런 계절이 찾아든다면 난 나의 남은 여백에 새로운 문장을 적어낼 것이다. 어린 시절 나를 사로잡았던 식물 크로톤의 신비로움이나 처음으로 루시드 드림을 꾼 밤에 대해서. 혹은 먼 이국에서 건너온 동전들의 고향이나 첫눈 내린 밤에 마시는 글루바인의 기쁨에 대해서.

그게
호였다

난 장애가 있는 사람이 좋다. 정확히 말하자면, 자신의 장애를 잘 인지하면서도 세상을 긍정적으로 살려고 하는 사람이 좋은 것이다. 나는 사람은 누구나 하나 이상씩 장애가 있다고 생각하는 편이다. 그러니까 세상에는 두 종류의 사람이 있다고 생각하는 것이다. 자신의 장애를 인지하는 사람, 그리고 자신의 장애에 대해 둔감하거나 혹은 부정하는 사람. 예를 들어 시력에 문제가 있는 것을 나는 장애라고 얘기한다.

그리고 어린 시절 소아마비를 앓았거나, 아무리 애써도 수학 문제를 풀지 못하거나, 어눌하거나, 몹시 키가 작거나, 몹시 뚱뚱하거나, 반대로 몹시 말랐거나, 너무 소심하거나, 너무 욕심이 없거나, 피아노를 전공하고 싶었지만 어떤 사정으로 그만둬서 인생의 큰 아쉬움으로 남았거나, 잘 웃지 못하거나,

다른 사람의 얄미운 부탁을 거절하지 못하는 성격을 가졌거나 하는 그런 모든 결여에 대해서도 나는 장애라고 말한다.

그래서 웹툰 〈Ho!〉를 보는 순간, 나는 이 조그만 아이에게 끌릴 수밖에 없었다. 좋아하는 학원 선생님에게 항상 "던댕니(선생님)─"라고 새된 소리로 말하는 우리의 주인공 호. 그렇다. 이 아이는 들을 수가 없다. 청각에 이상이 있는 것이다. 그런데 비 오는 여름밤에 쇼팽을 듣지 못하는 삶은 어떤 것일까. 온통 먹물을 부어놓은 것 같은 그믐밤의 바닷가에서 쇼스타코비치도, 뜨거운 여름날 금빛으로 빛나는 맥주잔이 부딪치는 소리도 들을 수 없다. 겨울산 눈꽃 사이로 비껴드는 바람도, 처음으로 이성에게 건네준 크리스마스카드를 상대방이 사각사각 가위로 개봉하는 소리도, 고풍스러운 박물관에서 한 아이가 떨어뜨린 유리구슬이 에폭시 바닥 위로 또르르 구르는 소리도 듣지 못한다. 그런 삶이란 도대체 어떤 것일까.

결여에 대해 더 얘기해보자. 인생에 있어 매우 중요한 무언가를 결여한 사람이라면, 지그소 퍼즐의 마지막 조각마냥 그 결여를 메꿔줄 어떤 감정을 절실하게 원할 터이다. 그러므로 장애가 있는 사람이 좋다는 것은, 삶에 있어 지그소 퍼즐의 빈

곳을 메워줄 어떤 조각 하나를 간절히 원하는 사람을 좋아한다는 뜻이다. 그건 그 사람이라면 나의 결여를 이해해주지 않을까 하는 기대를 가지고 있다는 뜻이기도 하다.

그런 의미에서 나는 세상에는 다시 두 종류의 사람이 있다고 생각한다. 자신의 빈 구멍을 메워줄 지그소 퍼즐의 마지막 조각이 무엇인지 알고 있는 사람, 그리고 자신의 공허에 대해 둔감하거나 애써 외면하는 사람. 물론 나는 나의 결여를 잘 인식하고 있고, 그것을 메워줄 무언가를 찾고 있었다. 인간 존재 속에 필연적으로 내재된 불안을 인정하고도 다른 영혼에게 진심을 다하는 사람. 그리고 그런 사람을 난 알게 되었다.

그게 호였다.

(그리고 나는 누군가에게 호가 될 수 있을까?)

열려 있는
문에 관한
아홉 가지 단상

하나.

최근 건강검진 때문에 금식을 하고 있다. 그래서인지 직장에서의 점심시간이 한가롭다.

모처럼 사무실에 갖춰놓은 턴테이블로 LP를 듣고 있다.

둘.

듣고 있는 LP 재킷을 오래도록 들여다본다.

《Garfield-Out There Tonight》이란 앨범이다.

그건 이런 의문 때문이다. : '문을 열고 나가려는 걸까, 아니면 뭔가가 들어오려는 걸까.'

셋.

음악을 들으며 최근 주문한 시집 몇 권을 훑어보았다(서른 살 이후로 한 달에 시집 한 권씩은 구입하고 있다. 내 인생 최대의 멋스러운 사치라고 생각한다).

그런데 외우고 싶은 시가 없다.

'좋은 시는 외우고 싶은 시'라는 나의 일관된 생각은 촌스러운 것인지 모른다. 하지만 어떡하나, 페이스북 메신저나 인스타그램 디엠보다는 손으로 쓴 편지를 받고 싶은 게 내 취향인데.

이를테면 학창시절 외국에서 날아온 엽서들은 얼마나 내 마음을 설레게 했던가.

넷.

나도 인디언식 이름을 갖고 싶다는 생각을 한다. 이를테면 '열려 있는 문'.

다섯.

아니 그보다, 며칠간 말을 하지 않고 살고 싶다. '말하지 않기'에 대한 내 최고의 기록은 고등학교 1학년 여름방학에 세운 '15일 14시간'이다. 그땐 위쪽으로 스프링이 달린 조그만 수첩에 자주 쓰는 문장을 미리 적어놓았다. 그리고 필요할 때마다 사람들에게 보여주곤 하였다.

예를 들어 수첩의 첫 장에는 '이루고 싶은 목표가 있어 禁言합니다', 두 번째 장에는 '이건 얼마죠?', 그리고 다섯인가 여섯 번째 장에는 '엄마, 밥은 나중에 따로 먹을게요' 따위의 문장들이 적혀 있었다.

그때 내 목표는 성서 완독과 내 마음에 흡족한 시 한 편 쓰기였다.

여섯.
'말을 하지 않으면 정말로 진실한 문장을 적을 수 있다'고 그때는 그렇게 생각했(던 것 같)다.

일곱.
시집을 치우고 린즐리 캐머런이 쓴 《빛의 음악》의 몇 부분을 다시 읽었다.

오에 겐자부로가 자폐증의 아이와 함께 살아온 얘기다. 오에 겐자부로는 아이가 음악가가 될 수 있도록 지속적으로 자극했다. 아들의 입장에선 부담감이 엄청났을 것이다.

그런 점에서 오에 겐자부로는 좋은 아버지였을까? 글쎄, 그건 의문이다. 그렇지만 오에 겐자부로 같은 아버지를 만나는 것도 인생에 있어 엄청난 복이란 생각이 든다.

그리고 글쓰기란 누구나 마음 깊은 곳에 숨어 있는 자폐증의 아이에게 머뭇머뭇 말 거는 것 같다는 생각을 한다.

여덟.

열일곱의 여름방학에 신약성서를 완독했지만, 결국 마음에 쏙 드는 시는 쓰지 못했다.

그리고 그사이에 식구들 먹을 때 밥을 안 먹고 상을 두 번 차리게 한다고 어머니께 등짝을 대여섯 대 얻어맞았다.

아홉.

진실한 문장이 무엇인지 아직도 잘 모르겠다.

하지만 가끔 뭔가 어떤 종류의 날 선 문장이 막 내 마음의 문을 열고 나가거나 혹은 막 다른 차원에서 내게로 들어오려는 듯한 느낌을 받을 때가 있다. 그럴 때 진실된 무언가가 내 마음 깊은 곳에서 가녀린 숨을 내쉬는 걸 느낀다.